A velha Nova York

FUNDAÇÃO EDITORA DA UNESP

Presidente do Conselho Curador
Mário Sérgio Vasconcelos

Diretor-Presidente
Jézio Hernani Bomfim Gutierre

Superintendente Administrativo e Financeiro
William de Souza Agostinho

Conselho Editorial Acadêmico
Danilo Rothberg
Luis Fernando Ayerbe
Marcelo Takeshi Yamashita
Maria Cristina Pereira Lima
Milton Terumitsu Sogabe
Newton La Scala Júnior
Pedro Angelo Pagni
Renata Junqueira de Souza
Sandra Aparecida Ferreira
Valéria dos Santos Guimarães

Editores-Adjuntos
Anderson Nobara
Leandro Rodrigues

A coleção CLÁSSICOS DA LITERATURA UNESP constitui uma porta de entrada para o cânon da literatura universal. Não se pretende disponibilizar edições críticas, mas simplesmente volumes que permitam a leitura prazerosa de clássicos. Nesse espírito, cada volume se abre com um breve texto de apresentação, cujo objetivo é apenas fornecer alguns elementos preliminares sobre o autor e sua obra. A seleção de títulos, por sua vez, é conscientemente multifacetada e não sistemática, permitindo, afinal, o livre passeio do leitor.

EDITH WHARTON
A velha Nova York

TRADUÇÃO E NOTAS ROBERTA FABBRI VISCARDI

© 2021 EDITORA UNESP

Título original: *Old New York*

Direitos de publicação reservados à:
Fundação Editora da Unesp (FEU)
Praça da Sé, 108
01001-900 – São Paulo – SP
Tel.: (0xx11) 3242-7171
Fax: (0xx11) 3242-7172
www.editoraunesp.com.br
www.livrariaunesp.com.br
atendimento.editora@unesp.br

DADOS INTERNACIONAIS DE CATALOGAÇÃO NA PUBLICAÇÃO (CIP)
DE ACORDO COM ISBD
Elaborado por Odilio Hilario Moreira Junior – CRB-8/9410

W553v   Wharton, Edith

       A velha Nova York / Edith Wharton; traduzido por Roberta Fabbri Viscardi. – São Paulo: Editora Unesp, 2021.

       Tradução de: *Old New York*
       ISBN: 978-65-5711-074-4

       1. Literatura americana. 2. Novela. 3. Sociedade – Nova York. 4. Costumes. I. Viscardi, Roberta Fabbri. II. Título.

2021-2610   CDD 810
                                              CDU 821.111(73)

Editora afiliada:

Asociación de Editoriales Universitarias
de América Latina y el Caribe

Associação Brasileira de
Editoras Universitárias

SUMÁRIO

Apresentação
7

A velha Nova York

Falso amanhecer (Os anos 1840)
13

A solteirona (Os anos 1850)
75

A faísca (Os anos 1860)
155

Dia de Ano-Novo (Os anos 1870)
203

APRESENTAÇÃO

EDITH NEWBOLD JONES tinha 23 anos quando, em 1885, em Manhattan, casou-se com Edward Robbins Wharton, doze anos mais velho que ela e de quem herdou o sobrenome. De perfil esportista e *bon-vivant*, Teddy, como era conhecido, vinha de uma abastada família da Filadélfia. Nos primeiros anos de matrimônio, puderam realizar muitas viagens, uma paixão que compartilhavam. Mas, diferentemente dela, ele não tinha inclinações, gostos nem pretensões intelectuais. Esse aspecto não demoraria a comprometer a harmonia do casal, situação que se agravou depois que quadros depressivos passaram a ser uma constante na vida dele. Em paralelo à ascensão literária – e, consequentemente, à fama e à popularidade – da mulher, o estado de Teddy foi se agravando a ponto de ser diagnosticado como "doente incurável" em 1908. O casamento problemático ainda se arrastaria por mais cinco anos, até a separação. A independência de Edith Wharton a partir dali mostrou-se simbólica em muitos sentidos. Na carreira, por exemplo, suas obras se consolidaram e alcançaram a excelência: foi a primeira mulher a ser laureada com o Prêmio Pulitzer – em 1921, por *A época da inocência*.

Nascida em 24 de janeiro de 1862 em Nova York, onde viveu parte da vida, Edith Wharton era filha de pais – George Frederic Jones e Lucretia Stevens Rhinelander – de ascendência holandesa e britânica. Seus biógrafos costumam apontar a timidez como a principal característica de Edith na infância. Talvez por isso, viria a sustentar uma relação estreita, por quase toda a vida, com sua governanta, Anna Catherine Bahlmann, mulher de personalidade marcante e de ideias progressistas. Embora, quando jovem, Edith já se inclinasse ao universo literário – publicou seu primeiro livro de poesia aos 16 anos –, foi só em torno dos 40 anos que passou a se dedicar consistentemente à escrita, a princípio com propósito terapêutico, de forma a desanuviar as tensões do matrimônio que se dissolvia. A obra resultante é notável: mais de duas dúzias de romances, centenas de narrativas curtas, relatos de viagens e poemas (ainda que estes em menor escala), que a levaram, inclusive, a ser cotada ao Nobel de Literatura em mais de uma ocasião. Wharton faleceu em 1937, aos 75 anos, em Saint-Brice-sous-Forêt, na França.

A produção de Edith Wharton se notabilizou por duas características principais. A primeira: a capacidade de desenvolver personagens femininas atípicas, que não se eximem de marcar posição, desconstruindo convenções sociais. A segunda: o interesse, sempre renovado a cada obra, em decifrar os mecanismos que faziam girar a roda da alta sociedade norte-americana, em particular a nova-iorquina, na transição entre os séculos XIX e XX. Esses são elementos evidentes, por exemplo, em *A casa da alegria* (1905), em *A época da inocência* (1920) e no presente *A velha Nova York* (1924) – compilação de quatro novelas que iluminam o âmago da escrita whartoniana, gestadas no auge de seu processo criativo.

Ao longo dos anos, "A solteirona" tornou-se entre os leitores norte-americanos a mais popular das histórias aqui reunidas, muito em decorrência da forma como a autora elabora seu drama a partir de uma trindade feminina. A personagem-título é, na verdade, uma mãe solteira, Charlotte, que se vê forçada pelas circunstâncias a abrir mão de sua filha, Tina, adotada pela amiga Delia. As três até conseguem conduzir suas vidas em águas aparentemente calmas; mas o tempo é cruel, e, chegada a ocasião do casamento da garota, as duas mães – biológica e adotiva – precisarão acertar suas contas. Outra personagem feminina protagoniza "Dia de Ano-Novo": Lizzie Hazeldean, uma mulher casada que, na noite de *réveillon*, na evacuação de um hotel que pegou fogo na Fifth Avenue, é vista em meio aos atordoados hóspedes. Mas não sozinha: na companhia do bem-apessoado Henry Prest – o que é suficiente para desencadear as mais indiscretas maledicências. O volume é completado por "Falso amanhecer", que acompanha um conflito entre pai e filho, e "A faísca", sobre o relacionamento, não muito convencional, do casal formado pelos personagens Hayley Delane e Leila Gracy.

    Edith Wharton teve suas virtudes literárias reconhecidas em vida. Gênios das letras norte-americanas contemporâneos dela, como Ernest Hemingway, Scott Fitzgerald e, em particular, Henry James, não se cansaram de manifestar apreço pelo trabalho da autora. Com este último, além de ter forjado uma particular intimidade literária, em que as influências de um e de outro foram recíprocas, ela também compartilhou o status de baluarte de um realismo na literatura de língua inglesa que sepultava a tradição anterior, de um romantismo de tintas mais açucaradas que deram fama a outras importantes escritoras, casos de Jane Austen e das irmãs Brontë. E o realismo de Wharton não foi meramente literário; nascida em família abastada, manteve-se, no entanto, com pés bem fincados na realidade mais dura, sempre com um olhar lúcido e atento às mazelas e disputas sociais.

EDITH WHARTON
(NOVA YORK, ESTADOS UNIDOS, 1862 – SAINT-BRICE-SOUS-FORÊT, FRANÇA, 1937)

FOTÓGRAFO DESCONHECIDO, C.1885.

EDITH WHARTON
───────

A velha Nova York

FALSO AMANHECER
(OS ANOS 1840)

PARTE I

I

FENO, VERBENAS E RESEDÁS PERFUMAVAM o dia lânguido de julho. Morangos graúdos, enrubescendo em meio aos ramos de hortelã, flutuavam em um recipiente amarelo pálido sobre a mesa da varanda: um antigo vaso georgiano, com intricados reflexos em flancos poligonais, gravado com as armas dos Raycie entre cabeças de leões. De quando em quando os cavalheiros, advertidos por um zumbido ameaçador, estapeavam as bochechas, as sobrancelhas ou o topo calvo da cabeça; mas agiam da forma mais furtiva possível, pois o sr. Halston Raycie, em cuja varanda eles se encontravam, jamais admitiria haver mosquitos em High Point.

Os morangos vieram do pomar do sr. Raycie; o vaso georgiano veio de seu bisavô (pai do Signatário);[1] a varanda fazia parte de sua casa de campo, localizada em um pico acima do Estreito, a uma

---

1 Os Signatários da Constituição dos Estados Unidos integraram o grupo de delegados que representou doze estados do país na Convenção Constitucional da Filadélfia, ocasião em que foram debatidos e revistos os Artigos da Confederação após a independência do Reino Unido. Ao final de quatro meses, em 17 de setembro de 1787, 39 dos 55 delegados que redigiram o texto assinaram o esboço final da Constituição dos Estados Unidos. [N. T.]

distância conveniente de carruagem até sua residência urbana na Canal Street.

– Outra taça, Comodoro – disse o sr. Raycie, agitando um lenço de cambraia do tamanho de uma toalha de mesa, pressionando uma das pontas contra a testa fumegante.

O sr. Jameson Ledgely sorriu e apanhou outra taça. Era conhecido como "o Comodoro" entre os íntimos por ter feito parte da Marinha durante a juventude e atuado como guarda-marinha sob o comando do almirante Porter na guerra de 1812. Esse solteirão bronzeado, cujo rosto se assemelhava ao de um dos ídolos de bronze que ele deve ter trazido consigo, mantivera seu ar naval, embora tivesse há muito se aposentado do serviço militar; e as calças de lona branca, o quepe com trança de ouro e os dentes reluzentes ainda faziam que ele aparentasse estar no comando de uma fragata. Em vez disso, tinha acabado de velejar até um grupo de amigos, partindo de sua propriedade na costa de Long Island; e sua elegante chalupa branca se encontrava agora ancorada na baía abaixo do local.

A residência de Halston Raycie dava para um gramado que descia em direção ao Estreito. O gramado era o orgulho do sr. Raycie: era aparado com uma foice a cada duas semanas e compactado na primavera por um velho cavalo branco cujas ferraduras eram dispostas especialmente para esse fim. Abaixo da varanda, a grama era interrompida por três canteiros redondos de gerânios rosa, heliotrópios e minirrosas, dos quais a sra. Raycie cuidava com luvas grossas, sob um pequeno guarda-sol articulado que se fechava sobre o cabo de marfim esculpido. A casa, reformada e ampliada pelo sr. Raycie na ocasião de seu casamento, tivera um papel importante durante a Guerra de Independência como o chalé militar onde Benedict Arnold estabelecera seu quartel-general. Uma reprodução contemporânea da construção estava pendurada no escritório do sr. Raycie; mas ninguém teria sido capaz de detectar o humilde contorno da antiga casa na majestosa residência cor de pedra construída com tábuas de encaixe macho-fêmea, uma torre angular, janelas altas e estreitas e uma varanda de pilastras chanfradas, que se apresentava de forma tão confiante quanto uma "*Villa* toscana" em *Jardinagem paisagística dos Estados Unidos* de Downing.[2] A mesma diferença que havia entre a rude litografia da casa anterior e a fina gravação em aço de sua sucessora (com um "exemplar" de faia chorona no gramado) existia entre as próprias construções. O sr. Raycie tinha razão em pensar bem de seu arquiteto.

Ele pensava bem da maioria das coisas relacionadas a si mesmo por laços de sangue ou de interesse. Ninguém nunca teve plena certeza de que ele fazia a sra. Raycie feliz, mas era conhecido por ter a opinião mais elevada sobre ela. Assim também era com as filhas, Sarah Anne e Mary Adeline, réplicas mais revigoradas da linfática sra. Raycie; ninguém poderia jurar que elas se sentiam muito à vontade na companhia desse amável pai, mas todos ouviam os elogios que elas dedicavam a ele em alto e bom som. No entanto, o objeto mais notável dentro da escala de autoaprovação do sr. Raycie era o filho, Lewis. E ainda assim, como Jameson Ledgely, que era dado a falar o que pensava, tinha uma vez observado, ninguém suporia que o jovem Lewis fosse exatamente o tipo de projeto que Halston teria recusado caso tivesse tido acesso ao esboço de seu filho e herdeiro.

O sr. Raycie era um homem monumental. As extensões de sua altura, largura e espessura eram tão próximas umas das outras que, não importava a maneira como ele estivesse posicionado, era possível ter uma visão quase igualmente ampla dele; e cada centímetro dessa circunferência poderosa era cuidado com tanto requinte que, aos olhos de um fazendeiro, sua figura talvez tivesse sugerido uma grande propriedade agrícola da qual nem mesmo um só acre seria árido. Até a calvície, que era proporcional

---

2 Andrew Jackson Downing (1815-1852) foi um escritor, paisagista, arquiteto e horticultor estadunidense. Considerado um dos fundadores da arquitetura paisagística dos Estados Unidos, Downing ajudou a popularizar a atividade no país por meio de tratados e ensaios publicados em livros e na revista *O horticultor*, da qual era editor. Pensador, Downing tinha como um de seus princípios a ideia de que uma boa casa devia ser entendida como uma influência positiva em seus habitantes e o reflexo moral deles. [N. T.]

ao resto, aparentava receber um polimento especial diário; e em um dia de calor, era como se toda a sua pessoa fosse um exemplo maravilhoso do sistema de irrigação mais dispendioso que existia. Havia tanto dele, e ele tinha tantas superfícies, que era fascinante assistir a cada filete de umidade seguir sua própria bacia hidrográfica particular. Mesmo sobre as mãos grandes e viçosas as gotas se dividiam, escorrendo por caminhos diferentes a partir dos cumes dos dedos; e quanto à testa, às têmporas e às almofadas elevadas das bochechas sob as duas pálpebras inferiores, cada uma dessas encostas tinha seu próprio córrego particular, com piscinas ocas e cataratas repentinas; e a visão nunca era desagradável, porque toda a superfície vasta e borbulhante era de um cor-de-rosa muito limpo e saudável, e a umidade que exalava era perceptivelmente aromatizada por uma sofisticada *eau de cologne*[3] e o melhor sabonete francês.

A sra. Raycie, embora construída em uma escala menos heroica, tinha uma amplitude pálida que, quando trajava seu melhor vestido de seda ondeada (do tipo que parava em pé sozinho) e enquadrava seu semblante nos inúmeros babados de renda sob cachos de uvas roxas do chapéu parisiense mais recente, quase se equilibrava à massa do marido. No entanto, desse par totalmente equipado, como o Comodoro os teria descrito, surgiu um Lewis magricelo e minúsculo, diminuto como um camarão, miúdo quando criança e agora um jovem tão escasso quanto a sombra de um homem mediano ao meio-dia.

Todas essas coisas, Lewis ponderou consigo mesmo enquanto balançava as pernas sobre o gradil da varanda, estavam, sem dúvida, passando pela cabeça dos quatro cavalheiros reunidos em torno do vaso do pai.

O sr. Robert Huzzard, o banqueiro, um homem alto e largo, que parecia grande na companhia de qualquer pessoa, exceto na do sr. Raycie, inclinou-se para trás, levantou sua taça e se curvou para Lewis.

---

3 Em francês, água-de-colônia. [N. T.]

– Ao Grand Tour!⁴
– Não se empoleire nesse gradil como um pardal, meu filho – reprovou o sr. Raycie; e Lewis caiu em pé, e devolveu a saudação ao sr. Huzzard.

– Eu não estava pensando – ele gaguejou. Era sua desculpa mais frequente.

O sr. Ambrose Huzzard, o irmão mais novo do banqueiro, o sr. Ledgely e o sr. Donaldson Kent, todos levantaram suas taças e ecoaram alegremente:

– Ao Grand Tour!

Lewis se curvou de novo e pousou os lábios sobre a taça da qual se esquecera. Na verdade, ele tinha olhos apenas para o sr. Donaldson Kent, primo de seu pai, um homem silencioso com um perfil magro, semelhante ao de um falcão, que se parecia com um herói revolucionário aposentado e temia diariamente os riscos ou as responsabilidades mais insignificantes.

Para esse cidadão prudente e circunspecto tinha sido imposta, alguns anos antes, a exigência inesperada e totalmente indesculpável de cuidar da filha de seu único irmão, Julius Kent, que havia morrido na Itália; bem, isso era problema dele, se ele escolheu morar lá. Mas deixar a esposa morrer antes dele e deixar uma filha menor e um testamento confiando a menina à tutela do estimado irmão mais velho, o dr. Donaldson Kent, advogado de Kent's Point, Long Island, e Great Jones Street, Nova York... bem, como o próprio

---

4 Fenômeno social muito em voga no século XVIII, mas que remonta ao século XVI, o *Grand Tour* ("a grande volta" em tradução livre do francês), uma modalidade de viagem que privilegiava o lazer e o prazer, tinha como objetivo reforçar a prevalência da classe dominante europeia por meio do acesso ao conhecimento sobre história, arte e cultura da Antiguidade Clássica e do Renascimento. Ao completarem 21 anos, os filhos mais velhos de famílias da aristocracia partiam em um itinerário que privilegiava as cidades de Paris, Veneza, Roma, Florença e Nápoles. O advento do transporte a vapor diminuiu os custos da viagem e a tornou mais segura; em consequência, durante o século XIX a atividade se tornou popular entre artistas, escritores e filósofos, e grande parte dos jovens educados de famílias abastadas da Europa e dos Estados Unidos realizaram o *Grand Tour*. [N. T.]

sr. Kent dizia, e como sua esposa falava por ele, nunca tinha havido nada, nada que fosse, na atitude ou no comportamento do sr. Kent que justificasse o fato de o ingrato Julius (cujas dívidas ele pagara mais de uma vez) depositar sobre ele esse último fardo.

A menina veio. Tinha catorze anos, era considerada simples, era pequena, morena e magra. Seu nome era Beatrice, o que já era ruim o suficiente, e foi piorado pelo fato de estrangeiros ignorantes terem-no abreviado para Treeshy. Mas ela era interessada, prestativa e bem-disposta, e como os amigos do sr. e da sra. Kent apontaram, sua simplicidade facilitava tudo. Havia dois meninos Kent crescendo ali, Bill e Donald; e se a prima pobretona fosse feita de creme e rosas, bem, ela teria atraído mais atenção e poderia ter recompensado a bondade do tio e da tia com algum ato de ingratidão perversa. Mas como esse risco era impedido por sua aparência, eles podiam ser bons com ela sem nem pensar duas vezes e, para eles, serem bonzinhos era natural. Assim, com o passar dos anos, ela foi se tornando a tutora de seus tutores; uma vez que também era natural para o sr. e a sra. Kent se lançarem em uma relação de confiança cega com todo mundo a quem eles não temessem ansiosamente ou de quem não desconfiassem.

– Sim, ele estará de folga na segunda-feira – afirmou o sr. Raycie, acenando bruscamente com a cabeça para Lewis, que tinha descansado a taça depois de um gole. "Esvazie-a, seu trapaceiro!", o aceno ordenou; e Lewis, jogando a cabeça para trás, engoliu o trago, embora ele quase tenha ficado entalado em sua garganta magra. Ele já tivera de beber duas taças, e mesmo essa sociabilidade escassa era excessiva para ele e provavelmente resultaria em um clima de volubilidade enérgica, seguido de uma noite melancólica e uma dor de cabeça na manhã seguinte. E ele queria manter a mente limpa naquele dia e pensar com firmeza e lucidez em Treeshy Kent.

Claro que ele não podia se casar com ela... ainda. Ele estava completando 21 anos naquele dia e ainda dependia por completo do pai. E não estava totalmente arrependido de, antes disso, partir para o Grand Tour. Era algo com que sempre sonhara, pelo qual se empenhara desde o momento em que seus olhos infantis foram atraídos pela primeira vez para as gravuras das cidades europeias no longo corredor superior que cheirava a tapete. E tudo o que Treeshy tinha contado a ele sobre a Itália confirmara e intensificara seu desejo. Oh, se pudesse ir com ela, tendo-a como guia, sua Beatrice! (Pois ela dera a ele um pequeno Dante que havia sido de seu pai, com um frontispício de Beatrice gravado em aço; e sua irmã Mary Adeline, que tinha aprendido italiano com um dos românticos milaneses exilados, ajudara o irmão com a gramática.) A ideia de ir para a Itália com Treeshy era apenas um sonho; mas, depois, como marido e mulher, eles voltariam para lá, e a essa altura, talvez, seria Lewis seu guia e lhe revelaria as maravilhas históricas de sua terra natal, da qual, afinal, ela sabia tão pouco, a não ser de maneiras secundárias e domésticas, que eram pitorescas, mas desimportantes.

A perspectiva encheu o peito do pretendente e o reconciliou com a ideia da separação. Afinal, no íntimo, ele ainda se sentia como um menino e era como um homem que voltaria: ele pretendia dizer isso a ela quando se encontrassem no dia seguinte. Quando ele voltasse, seu caráter estaria formado, seu conhecimento da vida (que ele já achava considerável) estaria completo; e, então, ninguém poderia mantê-los separados. Ele sorriu antecipadamente ao imaginar como a gritaria e a efervescência do pai pouco impressionaria um homem em seu retorno do Grand Tour...

Os cavalheiros contavam anedotas sobre suas próprias experiências inaugurais na Europa. Nenhum deles, nem mesmo o sr. Raycie, tinha viajado tanto quanto se pretendia que Lewis viajasse; mas os dois Huzzard tinham ido duas vezes à Inglaterra para tratar de assuntos bancários, e o Comodoro Ledgely, um homem ousado, tinha ido à França e também à Bélgica, sem mencionar suas experiências iniciais no Extremo Oriente. Todos os três tinham guardado uma lembrança vívida e divertida, levemente marcada por alguma desaprovação do que eles tinham visto.

— Ah, aquelas prostitutas francesas — o Comodoro riu por entre os dentes brancos; mas o pobre sr. Kent, que tinha viajado para o exterior em lua de mel, foi pego em Paris pela revolução de 1830, teve febre em Florença e quase acabou preso como espião em

Viena; e o único episódio satisfatório dessa aventura desastrosa e nunca mais repetida foi o fato de ele ter sido confundido com o duque de Wellington (enquanto tentava escapar de um hotel vienense vestindo a túnica azul do mensageiro) por uma multidão que tinha sido, "bem, muito gratificante no seu entusiasmo", admitiu o sr. Kent. "Como meu pobre irmão Julius pôde viver na Europa! Bem, veja as consequências", ele costumava dizer, como se a simplicidade da pobre Treeshy servisse como argumento terrível para sua moral.

– Há uma coisa em Paris, meu rapaz, sobre a qual você deve ser advertido: aqueles infernos de jogos de azar no Pally Royle[5] – insistiu o sr. Kent. – Eu mesmo nunca pisei nesses lugares; mas passar em frente foi suficiente.

– Conheci um rapaz que teve uma fortuna rapinada lá – o sr. Henry Huzzard confirmou; enquanto o Comodoro, em sua décima taça, riu com os olhos marejados:

– As meretrizes, ah, as meretrizes...

– Quanto a Viena... – disse o sr. Kent.

– Mesmo em Londres – alertou o sr. Ambrose Huzzard – um jovem deve ficar alerta aos apostadores. Toda forma de estelionato é praticada, e os ambulantes estão sempre à procura de novatos; um termo – acrescentou ele, lisonjeiro – que eles aplicam a qualquer viajante recém-chegado ao país.

– Em Paris – contou o sr. Kent – eu estive, em certa ocasião, a um fio de cabelo de ser desafiado para um duelo. – Ele produziu um suspiro de horror e alívio e olhou de forma tranquilizadora para a área abaixo do Estreito em direção ao seu próprio telhado pacífico.

– Ah, um duelo – riu o Comodoro. – Um homem pode participar de duelos aqui. Eu lutei uma dúzia deles quando era um rapazote em Novorleans.[6] – A mãe do Comodoro era uma senhora do Sul e, depois da morte do marido, ela tinha ido passar alguns anos

---

5 "Palais Royal" na pronúncia americanizada. [N. T.]
6 A ortografia das palavras em inglês muda para pontuar que o personagem fala da juventude passada no Sul dos EUA com um sotaque da região.

A VELHA NOVA YORK 23

com os pais em Louisiana, de modo que as experiências variadas do filho tinham começado cedo. – Por causa de mulher – ele sorriu secretamente, estendendo a taça vazia para o sr. Raycie.

– As damas...! – exclamou o sr. Kent com uma voz de alarme. Os cavalheiros se levantaram, o Comodoro com a mesma rapidez e firmeza que os outros. A janela da sala de visitas se abriu e dela surgiu a sra. Raycie, em um vestido de seda fina com babados e uma touca Point de Paris, seguida pelas duas filhas vestindo organdi engomado e sapatilhas cor-de-rosa. O sr. Raycie olhou com uma aprovação orgulhosa para suas mulheres.

– Senhores – disse a sra. Raycie, com uma voz perfeitamente uniforme –, o jantar está servido, e se vocês puderem fazer ao sr. Raycie e a mim a gentileza...

– A gentileza, sra. Raycie – afirmou Ambrose Huzzard –, é a senhora quem faz, ao nos convidar com tamanha amabilidade.

A sra. Raycie se curvou, os cavalheiros se curvaram e o sr. Raycie disse:

– Ofereça seu braço para a sra. Raycie, Huzzard. Essa festinha de despedida é um assunto de família, e os outros cavalheiros devem se contentar com minhas duas filhas. Sarah Anne, Mary Adeline...

O Comodoro e o sr. John Huzzard avançaram cerimoniosamente em direção às duas moças, e o sr. Kent, por ser um primo, encerrou a procissão entre o sr. Raycie e Lewis.

Oh, aquela mesa de jantar! Essa visão às vezes surgia diante dos olhos de Lewis Raycie em estranhas localidades estrangeiras; pois, embora não fosse um glutão ou sistemático para comer quando estava em casa, ele iria, em terras de farinha de castanha e alho e estranhas criaturas barbadas do mar, sentir muitas pontadas de fome ao pensar naquela mesa opulenta. No centro estava a *épergne*[7] Raycie de prata perfurada, sustentando no alto um buquê

No original: "young feller" – young fellow, "rapazote"; "New Erleens" – New Orleans, "Novorleans". [N. T.]

7 Em francês, um objeto ornamental, como um centro de mesa, normalmente feito em prata e composto por um recipiente central em formato

de rosas de junho rodeado por cestos pendentes recheados com amêndoas confeitadas e balas de hortelã listradas; e agrupadas em torno desse "motivo" decorativo estavam travessas de porcelana Lowestoft, pesadas devido às pilhas de framboesas, morangos e os primeiros pêssegos Delaware. Um flanco externo de biscoitos empilhados, bolinhos de massa frita, tortinhas de morango, pão de milho bem quente e manteiga de um dourado escuro, moldada em blocos úmidos ainda com manchas das faixas de musselina da leiteria, direcionavam o olhar para o presunto da Virgínia que estava posicionado em frente ao sr. Raycie, e para as baixelas gêmeas de torradas com ovos mexidos e anchovas grelhadas que sua esposa presidia. Lewis jamais conseguiu encaixar nesse padrão intrincado os "acompanhamentos" compostos de coxas de peru apimentadas e caçarola cremosa de frango, os pepinos e os tomates fatiados, os pesados jarros de prata contendo creme cor de manteiga, a ilha flutuante, "pingos" e geleias de limão que estavam de alguma forma entrelaçados com os elementos mais sólidos do arranjo; mas eles estavam todos lá, juntos ou sucessivamente, assim como as enormes pilhas de *waffles*, que giravam sobre suas bases, e as esbeltas jarras de prata repletas de xarope de bordo que os acompanhava perpetuamente em volta da mesa conforme a negra Dinah reabastecia a provisão.

Eles comeram, oh, como todos eles comeram!... embora as damas devessem apenas beliscar; mas todas as coisas boas do prato de Lewis permaneceram intocadas até que, como sempre, um olhar de admoestação do sr. Raycie ou uma rápida olhada de súplica de Mary Adeline o faziam introduzir um garfo lânguido na montanha.

E o tempo inteiro o sr. Raycie continuou a pregar.

– Um jovem, na minha opinião, antes de se preparar para si mesmo, deve ver o mundo; formar seu gosto; fortificar seu julgamento. Deve estudar os monumentos mais famosos, examinar a organização das sociedades estrangeiras e os hábitos e costumes dessas civilizações mais antigas, cujo jugo tem sido nossa glória

---

de cesta ou vaso a partir do qual irradiam "braços" que sustentam outros pequenos suportes, pratos ou cestos. [N. T.]

abandonar. Embora ele possa ver neles muito o que lamentar e reprovar – ("Algumas das garotas, no entanto", ele ouviu o Comodoro Ledgely acrescentar) –, muito do que o fará agradecer pelo privilégio de ter nascido e sido criado sob nossas próprias instituições livres; embora eu acredite que ele também – o sr. Raycie admitiu com magnanimidade – será capaz de aprender bastante.

– Os domingos, porém... – o sr. Kent se arriscou com um tom de advertência; e a sra. Raycie murmurou para o filho: – Ah, é disso que *eu* falo!

O sr. Raycie não gostava de interrupções; e ele as enfrentava tornando-se visivelmente maior. Seu volume enorme pairou por um segundo, como uma avalanche, sobre o silêncio que se seguiu à interjeição do sr. Kent e ao murmúrio da sra. Raycie; então, ele desabou sobre ambos.

– Os domingos... os domingos? Bem, e o que têm os domingos? O que há de assustador para um bom episcopal no que chamamos de Domingo Continental? Suponho que sejamos todos religiosos aqui, ahn? Nenhum metodista chorão ou ateu unitário na minha mesa esta noite, que eu saiba? Também não ofenderei as damas da minha casa ao supor que elas secretamente deram atenção àquele fanfarrão batista da capela ao pé da nossa estrada. Não? Eu achava que não! Bem, então eu pergunto, para que toda essa agitação em torno dos papistas? Longe de mim aprovar suas doutrinas pagãs; mas, maldição, eles vão à igreja, não vão? E eles têm um culto de verdade, como nós, não têm? E um clero de verdade, não um monte de sem-denominações trajados como leigos e muito malvestidos, que conversam com familiaridade com o todo-poderoso no seu próprio jargão vulgar? Não, senhor – ele se virou para o encolhido sr. Kent –, não é a Igreja que eu temo nos países estrangeiros, e sim os esgotos, senhor!

A sra. Raycie estava muito pálida: Lewis sabia que ela também era profundamente perturbada pelos esgotos.

– E o ar noturno – ela suspirou, quase imperceptivelmente.

Mas o sr. Raycie tinha retomado seu tema principal.

– Na minha opinião, se um jovem viaja, ele deve viajar tanto quanto seus... ah, meios permitirem; deve ver o máximo que puder do mundo. Essas são as ordens de navegação do meu filho, Comodoro; e um brinde para que ele as cumpra da melhor forma possível!

A negra Dinah, ao retirar o presunto da Virgínia, ou melhor, a estrutura óssea que restou sozinha no prato, tinha conseguido abrir espaço para uma tigela de ponche a partir da qual o sr. Raycie derramou conchas profundas de fogo perfumado nas taças dispostas diante de si sobre uma bandeja de prata. Os cavalheiros se levantaram, as damas sorriam e choravam, e a saúde de Lewis e o sucesso do Grand Tour foram brindados com uma eloquência que levou a sra. Raycie, com um aceno brusco de cabeça para as filhas e um farfalhar de babados engomados, a pastoreá-las suavemente para fora da sala.

– Afinal de contas – Lewis a ouviu sussurrar em sua direção da soleira da porta –, o fato de seu pai estar usando esse vocabulário mostra que ele está muitíssimo bem-disposto em relação ao querido Lewis.

II

Apesar da bebedeira forçada, Lewis Raycie estava em pé na manhã seguinte antes do nascer do sol.

Desenrolando as persianas sem fazer barulho, ele olhou para o gramado molhado diluído em um borrão de arbustos e as águas do Estreito indistintamente vistas sob um céu cheio de estrelas. Sua cabeça doía, mas seu coração brilhava; o que estava diante dele era eletrizante o suficiente para clarear uma mente mais pesada do que a sua.

Vestiu-se rapidamente por completo (exceto pelos sapatos), e então, retirando a manta florida da cama elevada de mogno, enrolou-a em um pacote apertado sob o braço. Assim, enigmaticamente equipado, ele estava tateando o caminho, sapatos na mão, através da escuridão do andar de cima até as escadas escorregadias de carvalho, quando foi surpreendido pelo brilho de uma vela no breu total do saguão abaixo dele. Prendeu a respiração e, inclinando-se sobre a balaustrada, viu com espanto aparecer a irmã, Mary Adeline, saindo, de casaco e chapéu, mas também só de meia-calça, do corredor que levava à despensa. Ela também carregava um fardo duplo: os sapatos e a vela em uma mão, na outra uma grande cesta coberta, que pesava sobre o braço nu.

Irmão e irmã pararam e se entreolharam no crepúsculo azul: a inclinação ascendente da luz das velas distorceu os traços suaves de Mary Adeline, transformando-os em um sorriso assustado enquanto Lewis descia furtivamente para se juntar a ela.

– Oh – ela sussurrou. – O que diabos você está fazendo aqui? Eu estava apenas juntando algumas coisas para aquela pobre jovem, a sra. Poe, do fim da estrada, que está tão doente, antes da nossa mãe ir à despensa. Você não vai contar nada, vai?

Lewis demonstrou sua cumplicidade e, com cuidado, abriu o ferrolho da porta da frente. Não se atreveram a falar mais nada até que estivessem fora do alcance dos ouvidos dos outros. No degrau da entrada, eles se sentaram para calçar os sapatos; então aceleraram o passo, sem dizer uma palavra, através dos arbustos fantasmagóricos, até que chegaram ao portão que dava para a estrada.

– Mas você, Lewis? – a irmã questionou de repente, enquanto olhava espantada para a manta enrolada sob o braço do irmão.

– Ah, eu... olhe aqui, Addy – ele parou e começou a apalpar o bolso –, eu não tenho muito aqui comigo... o velho me deixa com pouco, como sempre... mas aqui está um dólar, se você acha que a pobre sra. Poe pode usá-lo... eu ficaria muito feliz... consideraria um privilégio...

– Oh, Lewis, Lewis, que nobre, é muita generosidade sua! Claro que posso comprar algumas coisas extras com ele... eles nunca veem carne, a menos que eu consiga levar um bocado, você sabe... e temo que ela esteja sendo consumida... e ela e a mãe são tão profundamente orgulhosas... – ela chorou de gratidão, e Lewis respirou aliviado. Ele tinha desviado a atenção dela da manta.

– Ah, aí está a brisa – ele murmurou, inspirando o ar que tinha subitamente esfriado.

– Sim, eu preciso ir; tenho que estar de volta antes de o sol se levantar – disse Mary Adeline, ansiosa –, e isso nunca daria certo se nossa mãe soubesse...

– Ela não sabe das suas visitas à sra. Poe?

Um olhar de astúcia infantil aguçou o rosto ainda não desenvolvido de Mary Adeline.

– Ela *sabe*, é claro; mas ainda assim ela não... fomos nós que organizamos tudo. Você sabe, o sr. Poe é ateu; e por isso nosso pai...

– Entendi – Lewis assentiu com a cabeça. – Bem, nos separamos aqui; vou dar um mergulho – ele disse sem hesitar. Mas se voltou abruptamente e pegou o braço da irmã. – Minha irmã, diga à sra. Poe, por favor, que eu ouvi uma leitura dos poemas do marido dela em Nova York duas noites atrás...

– Oh, Lewis, *você*? Mas nosso pai diz que ele é um blasfemador!

– E que ele é um grande poeta... um Grande Poeta. Diga isso a ela por mim, sim, por favor, Mary Adeline?

– Oh, meu irmão, eu não posso... nós nunca conversamos sobre ele – a garota, assustada, vacilou, saindo depressa.

Na enseada, onde a chalupa do Comodoro tinha navegado algumas horas antes, um grande barco a remo pegava as ondas do despertar. O jovem Raycie remou até ele, amarrou seu esquife ao ancoradouro e subiu rapidamente no barco.

Das várias reentrâncias em seus bolsos ele tirou corda, barbante, uma agulha de carpete e outros equipamentos inesperados e incongruentes; em seguida, prendendo um dos remos sobre o outro e acomodando o último em pé entre a proa dianteira e o arco, ele amarrou a manta florida a esse mastro, atou uma corda na extremidade livre do tecido e sentou-se na popa, uma mão no leme, a outra na vela improvisada.

Vênus, pairando prateado acima de uma linha de céu verde pálido, fez uma poça de glória no mar quando a brisa do amanhecer soprou a vela do amante...

Sobre as pilhas de seixos de outra enseada, a três ou quatro quilômetros abaixo do Estreito, Lewis Raycie baixou sua vela inusitada e encalhou o barco. Um agrupamento de salgueiros na beira do cascalho se moveu misteriosamente e se abriu, e Treeshy Kent estava em seus braços.

O sol se forçava acima de um cinturão de nuvens baixas no leste, salpicando-as com ouro líquido, e Vênus empalideceu quando a luz se espalhou para o alto. Mas sob os salgueiros ainda era anoitecer, um crepúsculo verde aquoso no qual os murmúrios secretos da noite eram capturados.

– Treeshy... Treeshy! – o jovem bradou, ajoelhando-se ao lado dela; e então, um tempo depois: – Meu anjo, você tem certeza de que ninguém desconfia...?

A garota deu uma risada leve que torceu seu nariz gracioso. Encostou a cabeça no ombro de Lewis, pressionou a testa redonda e as tranças ásperas contra a bochecha dele e segurou-lhe as mãos, respirando com rapidez e alegria.

– Achei que nunca chegaria aqui – Lewis resmungou – com aquela manta ridícula... e em breve já terá amanhecido! E pensar que cheguei à maioridade ontem e tive que vir até você num barco armado como um brinquedo de criança numa lagoa de patos! Se você soubesse como isso me humilha...

– O que importa, querido, agora que você chegou à maioridade e é dono da sua própria vida?

– Mas eu sou, mesmo? Ele diz que sim, mas é apenas nos seus próprios termos; só enquanto eu faço o que ele quer! Você vai ver... tenho um crédito de dez mil dólares... dez... mil... entendeu? ... sob meu nome num banco de Londres; e nem um centavo aqui para me abençoar enquanto isso... por quê, Treeshy querida, por quê, qual é o problema?

Ela atirou os braços em volta do pescoço dele, e em seus beijos inocentes ele sentiu o gosto de suas lágrimas.

– O que *foi*, Treeshy? – ele implorou.

– Eu... ah, eu tinha esquecido que esse seria nosso último dia juntos até que você falou de Londres... cruel, cruel! – ela o repreendeu; e através do crepúsculo verde dos salgueiros, o brilho dos olhos dela refletiu nele como duas estrelas tempestuosas. Nenhum outro olhar que ele conhecia conseguia expressar tamanha raiva elementar como o de Treeshy.

– Que nervosinha, você! – ele gargalhou, um tanto sufocado.
– Sim, é nosso último dia, mas não por muito tempo; na nossa

idade, dois anos não são muito tempo, afinal, não é? E quando eu voltar para você, voltarei como dono da minha própria vida, independente, livre; irei reivindicá-la diante de tudo e de todos! Pense nisso, querida, e seja corajosa por mim... corajosa e paciente... como eu pretendo ser! – ele declarou heroicamente.

– Oh, mas você... você vai encontrar outras garotas; montes e montes delas naqueles países antigos e perversos onde elas são tão adoráveis. Meu tio Kent diz que os países europeus são todos perversos, até mesmo minha pobre Itália...

– Mas *você*, Treeshy; você estará com os primos Bill e Donald enquanto isso... estará com eles o dia inteiro, todos os dias. E você sabe que tem uma fraqueza por aquele grande brutamontes que é o Bill. Ah, se eu medisse um metro e oitenta quando estou de meias, eu iria com um coração mais leve, sua criança caprichosa! – ele tentou provocá-la.

– Caprichosa? Caprichosa? *Eu*... oh, Lewis!

Ele teve a premonição de uma invasão de soluços, e sua coragem não testada o abandonou. Era delicioso, em teoria, abraçar a beleza chorosa junto ao peito, mas terrivelmente alarmante, ele percebeu, na prática. Ele sentiu uma contração responsiva na garganta.

– Não, não; firme como uma rocha, verdadeiro como o aço; isso é o que nós dois queremos ser, não é, *cara*?

– *Caro*, sim – ela suspirou, acalmando-se.

– E você vai me escrever regularmente, Treeshy? Longas, longas cartas? Posso contar com isso, não posso, onde quer que eu esteja? E devem ser todas numeradas, todas elas, de modo que eu saiba imediatamente se perdi uma; lembre-se disso!

– E, Lewis, você as carregará aqui? – (ela tocou em seu peito.) – Oh, não *todas* – ela acrescentou, rindo –, pois elas formariam um maço tão grande que você logo teria uma montanha na barriga como Pulcinella...[8] mas pelo menos a última, sempre, só a última. Prometa!

---

8 Pulcinella, desde o século XVII um personagem clássico da *commedia dell'arte* (forma de teatro popular que surgiu no século XV na Itália),

– Sempre, eu prometo... desde que sejam gentis – ele disse, ainda lutando para seguir por um caminho espirituoso.
– Oh, Lewis, elas serão, contanto que as suas sejam... e por muito, muito tempo depois...
Vênus falhou e desapareceu com o nascer do sol.

III

O momento crucial, Lewis sempre soube, não seria a despedida de Treeshy, mas a última reunião com o pai.

Tudo dependia dela: seu futuro imediato, bem como suas perspectivas mais distantes. Conforme se aproximava sorrateiramente da casa, sob os primeiros raios de sol da manhã, sobre a grama encharcada de orvalho, olhou apreensivo para as janelas do sr. Raycie e agradeceu às suas estrelas por elas ainda estarem completamente fechadas.

Não havia dúvida, como dizia a sra. Raycie, de que quando o marido "usava aquele vocabulário" diante das damas ele estava muito bem-disposto, relaxado e usando pantufas, por assim dizer; um estado em que a família o via tão raramente que Lewis, às vezes de maneira impertinente, se perguntava a que terrível aparição divina ele e as duas irmãs deviam suas personalidades tímidas.

Era muito bom dizer a si mesmo, como ele sempre fazia, que a maior parte do dinheiro pertencia à mãe, e que ele a tivera na palma da mão. Que diferença isso fazia? O sr. Raycie, no dia seguinte ao casamento, discretamente assumira a administração dos bens da esposa e deduzia, da renda bastante comedida que lhe concedia, todas as pequenas despesas pessoais da esposa, até mesmo os selos que ela usava e o dólar que colocava na cesta todos

---

tem como um de seus principais traços físicos a barriga protuberante. É caracterizado como um personagem ambíguo: alguém que finge ignorância apesar de ser bastante atento ao entorno ou que finge competência apesar de se mostrar completamente incapaz. É um personagem maleável, que se adapta a diferentes situações e tenta incessantemente ascender na escala social. [N. T.]

os domingos. Ele chamava essa renda de "mesada", já que, como ele sempre lembrava a ela, era ele quem pagava todas as contas da casa, de forma que a ninharia trimestral da sra. Raycie poderia ser inteiramente dedicada, se ela quisesse, a babados e penas.

– E será, se você respeitar meus desejos, minha querida – ele sempre acrescentava. – Eu gosto de ver uma bela mulher bem ornamentada e não permitir que nossos amigos pensem, quando eles vêm para o jantar, que a sra. Raycie está doente no andar de cima e que eu a substituí por uma parente pobre com um vestido de lã de alpaca.

Em conformidade com isso, a sra. Raycie, ao mesmo tempo lisonjeada e aterrorizada, gastava seu último centavo para adornar a si e às filhas, e tinha de restringir o uso das lareiras dos quartos, e as refeições dos criados, a fim de encontrar um centavo para qualquer necessidade privada.

O sr. Raycie há muito tinha convencido a esposa de que esse método de lidar com ela, se não pródigo, era adequado e de fato "admirável"; quando ela falava do assunto com seus conhecidos, era com lágrimas de gratidão pela bondade do marido ao assumir a gestão de seus bens. Como ele os administrava muito bem, os irmãos cabeça-dura da esposa (felizes por terem se livrado da responsabilidade e convencidos de que, se ela tivesse de cuidar de tudo sozinha, teria se atrapalhado e doado o dinheiro para caridades insensatas) estavam dispostos a compartilhar da aprovação do sr. Raycie; embora sua velha mãe às vezes dissesse, impotente: "Quando penso que Lucy Ann não pode sequer receber uma gota de mingau sem que ele pese a aveia...". Mas mesmo isso era somente sussurrado, a fim de que a misteriosa habilidade do sr. Raycie de ouvir o que era dito pelas costas não resultasse em represálias repentinas à venerável senhora, a quem ele sempre aludia, com um tremor em sua voz afável, como "minha querida sogra... a menos que ela me permita chamá-la, de forma mais breve, porém mais verdadeira, de minha querida mãe".

Para Lewis, até então, o sr. Raycie usava a mesma medida em relação às mulheres da casa. Ele o vestira bem, gastara muito para educá-lo, elogiava-o para Deus e todo mundo e contava cada centavo de sua renda. No entanto, havia uma diferença; e Lewis estava tão ciente disso quanto qualquer outra pessoa.

O sonho, a ambição, a paixão da vida do sr. Raycie era (como seu filho sabia) fundar uma Família; e ele tinha apenas Lewis para fundá-la com ele. Ele acreditava na primogenitura, nas relíquias, nas propriedades com direitos hereditários limitados, em todo o ritual da tradição inglesa dos "proprietários de terra". Ninguém alardeava em mais alto e bom som o elogio às instituições democráticas sob as quais ele vivia; mas nunca considerou que elas afetavam aquela instituição mais privada, porém mais importante, a Família; e era à Família que ele havia dedicado todo o cuidado e todos os pensamentos. O resultado, como Lewis vagamente adivinhou, era que em sua própria cabeça encolhida e inadequada foi centralizada toda a paixão contida na vasta expansão do seio do sr. Raycie. Lewis era sangue de seu sangue, e Lewis representava o que era mais caro a ele; e por ambas as razões o sr. Raycie estabeleceu um valor descomedido ao menino (algo bem diferente, Lewis pensou, de dar-lhe amor).

O sr. Raycie era particularmente orgulhoso do gosto do filho pelas letras. Ele próprio não sendo um homem totalmente ignorante, admirava com fervor o que chamava de "cavalheiro culto", e era isso que Lewis evidentemente seria. Se ele pudesse ter combinado a essa tendência uma estrutura mais viril e um interesse pelas poucas formas de esporte então populares entre os cavalheiros, a satisfação do sr. Raycie teria sido completa; mas quem é totalmente satisfeito neste mundo decepcionante? Enquanto isso, ele se gabava de que, sendo Lewis ainda jovem e maleável, e com a saúde em franca recuperação, dois anos de viagens e aventuras poderiam devolvê-lo como alguém muito mudado, tanto física quanto mentalmente. O próprio sr. Raycie viajara na juventude e fora persuadido de que a experiência era formativa; no íntimo, esperava que Lewis voltasse bronzeado e alargado, amadurecido pela independência e pela aventura, e tendo discretamente semeado sua aveia selvagem em pastagens estrangeiras, onde elas não contaminariam a colheita local.

Lewis adivinhou tudo isso; e adivinhou também que esses dois anos errantes foram planejados pelo sr. Raycie para conduzirem a um casamento e um estabelecimento segundo o próprio coração do sr. Raycie, no qual Lewis não teria direito nem mesmo ao papel de consultor.

"Ele vai me dar todas as vantagens... para o seu próprio propósito", pensou resumidamente o jovem ao descer para se juntar à família na mesa do café da manhã.

O sr. Raycie nunca estivera mais resplandecente do que naquele momento do dia e naquela estação. Suas imaculadas calças de lona branca, presas sob botas de pelica, o casaco fino de casimira e o colete de piquê desbotado cruzado sob um tronco nevado o faziam parecer tão revigorado quanto a manhã, e tão apetitoso quanto os pêssegos com creme depositados diante dele.

Do outro lado da mesa estava a sra. Raycie, também imaculada, porém mais pálida do que de costume, já que se tornava uma mãe prestes a se separar do único filho; e entre os dois estava Sarah Anne, estranhamente corada e ocupada em tentar proteger da luz do sol a cadeira vazia da irmã. Lewis cumprimentou-os e se sentou à direita da mãe.

O sr. Raycie sacou o relógio de repetição com acabamento guilhochê e, separando-o da pesada corrente de ouro, colocou-o ao seu lado sobre a mesa.

– Mary Adeline está atrasada de novo. É uma coisa um tanto incomum uma irmã se atrasar para a última refeição da qual compartilhará, pelos próximos dois anos, com o único irmão.

– Oh, sr. Raycie! – a sra. Raycie hesitou.

– Estou dizendo, a ideia é peculiar... talvez – retomou o sr. Raycie com sarcasmo – eu seja abençoado com uma filha *peculiar*.

– Temo que Mary Adeline esteja começando a ficar com dor de cabeça, senhor. Ela tentou se levantar, mas de fato não conseguiu – disse Sarah Anne, apressada.

A única reação do sr. Raycie foi levantar as sobrancelhas de modo irônico, e Lewis interveio às pressas:

– Sinto muito, senhor; mas pode ser culpa minha...

A sra. Raycie empalideceu, Sarah Anne ficou roxa e o sr. Raycie ecoou com uma incredulidade meticulosa:

– Sua... culpa?

– Por ocasião, senhor, da festa bastante suntuosa de ontem à noite...

– Ha-ha-ha! – o sr. Raycie riu, seus trovões se dissipando no mesmo instante.

Empurrou a cadeira para trás e assentiu para o filho com um sorriso; e os dois, deixando que as senhoras lavassem as xícaras (como ainda era hábito nas famílias sofisticadas), dirigiram-se para o escritório do sr. Raycie.

O que o sr. Raycie estudou nesse cômodo, exceto as contas e formas de se tornar desagradável para a família, Lewis nunca foi capaz de descobrir. Era uma salinha vazia e formidável; e o jovem, que nunca cruzava a soleira da porta sem um aperto no coração, sentiu-o afundar mais do que nunca. "*Agora!*", ele pensou.

O sr. Raycie ocupou a única poltrona, e começou.

– Meu querido, nosso tempo é curto, mas longo o suficiente para o que tenho a dizer. Em poucas horas você estará iniciando sua grande jornada: um acontecimento importante na vida de qualquer jovem. Seus talentos e caráter, combinados com os meios dos quais você dispõe para aprimorar a oportunidade, me fazem esperar que, no seu caso, isso será decisivo. Espero que você volte dessa viagem como um homem...

Até então, estava tudo em ordem, por assim dizer; Lewis poderia ter recitado o sermão antecipadamente. Ele abaixou a cabeça em aquiescência.

– Um homem – repetiu o sr. Raycie – preparado para desempenhar um papel, um papel considerável, na vida social da comunidade. Espero que você seja uma celebridade em Nova York; e eu lhe darei os meios para que isso aconteça. – Ele limpou a garganta. – Mas os meios não são o bastante, embora você nunca deva se esquecer de que eles são essenciais. Educação, polidez, experiência de mundo; isso é o que falta a muitos dos nossos homens de destaque. O que eles sabem sobre Arte ou sobre as Letras? Também tivemos pouco tempo aqui para produzir... você falou alguma coisa? – o sr. Raycie interrompeu com uma cortesia esmagadora.

– Eu... ah, não – o filho gaguejou.

– Ah; achei que você estivesse prestes a aludir a certos mesquinhos blasfemadores, a quem os delírios poéticos supostamente teriam dado uma espécie de notoriedade de taverna.

Lewis enrubesceu com a alusão, mas ficou em silêncio, e o pai continuou:

– Onde está nosso Byron... nosso Scott... nosso Shakespeare? E na pintura é a mesma coisa. Onde estão nossos Antigos Mestres? Não nos falta talento contemporâneo; mas, para obras de gênio, ainda devemos olhar para o passado; devemos, na maioria dos casos, nos contentar com cópias... ah, eu sei que aqui, meu querido rapaz, eu toco num ponto delicado! Seu amor pelas artes não passou despercebido; e, quero dizer, desejo fazer tudo o que puder para encorajá-lo. Sua futura posição no mundo, seus deveres e obrigações como cavalheiro e homem de fortuna, não permitirá que você se torne um pintor eminente ou um escultor famoso; mas não levantarei nenhuma objeção ao seu interesse nessas artes como amador, pelo menos enquanto estiver viajando no exterior. Isso formará seu gosto, fortalecerá seu julgamento e lhe dará, eu espero, o discernimento necessário para selecionar para mim algumas obras-primas que *não* sejam cópias. As cópias – prosseguiu o sr. Raycie com uma ênfase cada vez mais profunda – são para os menos sagazes ou para os menos abençoados com os bens deste mundo. Sim, meu querido Lewis, desejo criar uma galeria: uma galeria de relíquias de família. Sua mãe participa dessa ambição: ela deseja ver nas nossas paredes alguns exemplares originais do gênio italiano. A um Rafael, eu temo, dificilmente podemos aspirar; mas um Domenichino, um Albano, um Carlo Dolci, um Guercino, um Carlo Maratta... uma ou duas das nobres paisagens de Salvator Rosa... você percebe meu plano? Haverá uma Galeria Raycie; e será sua missão compilar seu núcleo. – O sr. Raycie fez uma pausa e enxugou a testa irrigada. – Acredito que eu não poderia ter dado ao meu filho uma tarefa mais do seu agrado.

– Oh, não, senhor, não poderia, de fato! – Lewis bradou, corando e empalidecendo. Na verdade, ele nunca suspeitara dessa parte do plano do pai, e seu coração se encheu de honra devido à missão tão imprevista. Nada, na verdade, poderia tê-lo deixado mais orgulhoso ou feliz. Por um momento ele se esqueceu do amor, esqueceu-se de Treeshy, esqueceu-se de tudo, exceto do êxtase de mover-se por entre as obras-primas com as quais tanto sonhara, movimentando-se não como um mero espectador faminto, mas como alguém cujo privilégio seria ao menos identificar e levar para longe alguns dos tesouros menores. Ele mal conseguia entender o que havia acontecido, e o choque do anúncio o deixou, como de costume, inarticulado.

Ouvia o pai falando alto, desenvolvendo o plano, explicando com sua costumeira precisão pomposa que um dos sócios do banco de Londres em que os fundos de Lewis estavam depositados era, ele próprio, um notável colecionador, e que havia concordado em fornecer ao jovem viajante cartas de apresentação a outros *connoisseurs*,[9] tanto na França quanto na Itália, para que as aquisições de Lewis pudessem ser feitas sob a orientação mais esclarecida possível.

– É – concluiu o sr. Raycie – para deixá-lo em pé de igualdade com os melhores colecionadores que coloquei uma soma tão grande à sua disposição. Penso que por dez mil dólares você poderá viajar por dois anos no melhor estilo que há; e pretendo colocar mais cinco mil no seu crédito – ele fez uma pausa e deixou as sílabas caírem lentamente no cérebro do filho –, cinco mil dólares para a compra de obras de arte, que eventualmente... lembre-se... serão suas; e serão transmitidas, eu confio, aos filhos dos seus filhos enquanto o nome dos Raycie sobreviver – uma extensão de tempo, o tom do sr. Raycie parecia sugerir, que dificilmente poderia ser medida em períodos menos extensos do que aqueles das dinastias egípcias.

Lewis o ouvia com o cérebro em rotação. *Cinco mil dólares!* A soma parecia ser tão enorme, mesmo em dólares, e tão incalculavelmente maior quando traduzida para qualquer moeda do continente, que ele se perguntou por que seu pai, antecipadamente, havia desistido de todas as esperanças em um Rafael... "Se eu viajar de forma econômica", disse ele a si mesmo, "e me negar luxos

---

9 Em francês, conhecedores, especialistas. [N. T.]

desnecessários, ainda posso surpreendê-lo ao trazer um comigo. E minha mãe, que magnânima, que esplêndida! Agora vejo por que ela consentiu com todas as pequenas economias que às vezes pareciam tão mesquinhas e tão humilhantes..."

Os olhos do jovem se encheram de lágrimas, mas ele ainda estava em silêncio, embora desejasse mais do que nunca expressar sua gratidão e admiração ao pai. Ele tinha entrado no escritório esperando um sermão de despedida acerca do tema da parcimônia, juntamente com o anúncio prospectivo de um "acordo adequado" (ele conseguia até mesmo adivinhar a garota Huzzard específica que o pai tinha em vista); e, em vez disso, disseram-lhe para gastar sua renda principesca de maneira principesca e voltar para casa com uma galeria de obras-primas. "Pelo menos", ele murmurou consigo mesmo, "ela deve conter um Correggio."

– E então, senhor? – o sr. Raycie ressoou.

– Oh, senhor... – o filho clamou, e se atirou na vasta encosta do colete paterno.

Em meio a todas essas alegrias acumuladas, murmurou profundamente dentro dele o pensamento de que nada havia sido dito ou feito para interferir em seus planos secretos relacionados a Treeshy. Era quase como se o pai tivesse aceitado tacitamente a ideia do noivado não mencionado dos dois; e Lewis se sentiu meio culpado por não o confessar naquele momento. Mas os deuses são formidáveis mesmo quando não se curvam; nunca mais formidáveis, talvez, do que em tais momentos...

PARTE II

IV

LEWIS RAYCIE PAROU sobre uma rocha protuberante e observou o espetáculo sublime do Mont Blanc.

Era um dia maravilhoso de agosto, e o ar, àquela altura, já estava tão cortante que ele teve de vestir a peliça forrada de pele. Atrás dele, a uma distância respeitosa, estava o criado que o acompanhava e que, a um sinal, o trouxera até ele; abaixo, na curva da estrada da montanha, estava a carruagem leve e elegante que o conduzira até agora em suas viagens.

Pouco mais de um ano havia se passado desde que ele acenara um adeus a Nova York do convés do navio que descia pela baía; ainda assim, para o jovem que enfrentava o Mont Blanc com confiança, nada parecia restar daquele ser fluido e sem substância, o antigo Lewis Raycie, exceto um medo oculto e dormente do sr. Raycie pai. Mesmo esse medo, no entanto, estava tão atenuado pela distância e pelo tempo, tão afundado abaixo do horizonte e ancorado do outro lado do globo, que se mexia durante o sono apenas quando uma carta belamente dobrada e selada com a caligrafia de seus pais era entregue através do balcão de algum contador do continente. O sr. Raycie pai não escrevia com frequência e, quando o fazia, escrevia com um esforço brando e afetado. Ele se sentia em desvantagem no papel, e seu sarcasmo natural era engolido pelos períodos contínuos que lhe custavam horas de trabalho para ser trazidos à vida; de forma que a temida qualidade espreitava o filho apenas na curva de certas cartas e de um jeito positivamente horrível de escrever, por extenso, a palavra *Doutor*.

Não que Lewis tivesse rompido com todas as memórias do último ano. Muitas ainda permaneciam nele, ou melhor, haviam sido transferidas para o novo homem que ele se tornara, como, por exemplo, sua ternura por Treeshy Kent, que, para sua surpresa, resistira obstinadamente a todos os assédios das belas dádivas inglesas e das huris de olhos amendoados do Oriente. Às vezes, ficava surpreso ao encontrar o rosto pequeno e escuro de Treeshy, com a testa redonda, os olhos muito espaçados e as maçãs do rosto salientes, repentinamente vindo em sua direção na rua de alguma cidade lendária ou em uma paisagem de beleza lânguida, assim como, vez ou outra, ele fora arrebatado em um jardim exótico pelo aroma característico da verbena que crescia sob a varanda de sua casa. Suas viagens tinham confirmado, em vez de amenizado, a visão familiar da simplicidade de Treeshy; ela não podia ser modificada para se encaixar em nenhum dos padrões de beleza feminina até então submetidos a ele; no entanto, lá estava ela, abrigada em seu novo coração e sua mente de forma tão profunda quanto nos antigos, embora seus beijos parecessem menos vívidos e as peculiares notas ásperas de sua voz mal o alcançassem. Às vezes, meio irritado, ele dizia a si mesmo que, com esforço, poderia dispersá-la de uma vez por todas; no entanto, ela vivia nele, imperceptível, mas indelével, como a imagem em uma placa de daguerreótipo, não menos existente por ser tão frequentemente invisível.

Para o novo Lewis, entretanto, o negócio todo era menos importante do que ele um dia imaginara. Sua maturidade repentinamente adquirida fez Treeshy parecer mais uma criança mimada do que a guia, a Beatrice, como ele uma vez a considerara; e ele prometeu a si mesmo, com um sorriso envelhecido, que assim que chegasse à Itália escreveria a longa carta pela qual agora estava consideravelmente em dívida com ela.

Suas viagens o conduziram primeiramente para a Inglaterra. Lá, ele passou algumas semanas colecionando cartas e recomendações para o tour, comprando uma carruagem de viagem e seus inúmeros acessórios, e guiando-a de cidades de catedrais a castelos ilustres, sem negligenciar nada, de Abbotsford a Kenilworth, o que mereceu a atenção de uma mente cultivada. Da Inglaterra, cruzou para Calais, movendo-se lentamente para o sul em direção ao Mediterrâneo; e lá, embarcando em um navio para Pireu, ele mergulhou em puro romance, e o turista se transformou em um Giaour.[10]

Foi o Oriente que o transformou em um novo Lewis Raycie; o Oriente, tão esquálido e esplêndido, tão pestilento e tão poético, tão cheio de velhacaria e romance e pulgas e rouxinóis, e tão diferente, igualado nas glórias e na sujeira, do que sua juventude estudiosa havia sonhado. Depois de Esmirna e dos bazares, depois de Damasco e Palmira, da Acrópole, Mitilene e Sunião, o que poderia restar da Canal Street e do gramado acima do Estreito em sua mente? Até os mosquitos, que a princípio pareciam o único elo de ligação, eram diferentes, porque Lewis lutava com eles em cenas tão diferentes; e um jovem cavalheiro que atravessou o deserto em trajes árabes, dormiu sob tendas de pelo de cabra, foi atacado por ladrões no Peloponeso e saqueado por sua própria escolta em Balbeque e por funcionários da alfândega em todos os lugares, não podia deixar de olhar com um sorriso para os terrores que percorrem Nova York e o Rio Hudson. Encerrado na segurança e na monotonia, aquele outro Lewis Raycie, quando seu pequeno corpo emergiu à superfície, parecia um bebê recém-nascido preservado no álcool. Até os trovões do sr. Raycie pai agora não eram nada mais do que o murmúrio distante de um relâmpago de verão em uma noite perfeita. Teria o sr. Raycie, em alguma ocasião, realmente aterrorizado Lewis? Ora, agora ele não era aterrorizado nem pelo Mont Blanc!

---

10 Publicado em 1813, "O Giaour" é um poema de autoria do poeta romântico Lord Byron (1788-1824). Byron teria encontrado inspiração para escrevê-lo durante o período em que realizou o *Grand Tour*. [N. T.]

Ele ainda estava admirando seus picos terríveis com uma sensação de igualdade fácil quando outra carruagem de viagem parou perto da sua, e um jovem, saltando ansiosamente dela, e também seguido por um criado usando uma capa, começou a subir a encosta. Lewis de imediato reconheceu a carruagem, e a figura leve e saltitante do jovem, seu casaco azul e a confiança inchada e a cicatriz distorcendo ligeiramente sua boca bela e eloquente. Era o inglês que havia chegado à pousada Montanvert na noite anterior com um criado, um guia e um grande carregamento de livros, mapas e materiais de desenho que ameaçavam ofuscar até mesmo as vestimentas de Lewis.

Lewis, a princípio, não se sentira muito atraído pelo recém-chegado, que, sentado afastado na sala de jantar, parecia não ver seu companheiro de viagem. A verdade era que Lewis estava morrendo de vontade de conversar um pouco. Suas experiências extraordinárias estavam tão fortemente preservadas dentro dele (sem nenhuma válvula de escape exceto o sutil gotejar no diário noturno) que Lewis sentiu que elas logo se fundiriam ao vago borrão das viagens de outras pessoas, a menos que pudesse lhes dar uma nova realidade ao falar sobre elas. E o estranho com os olhos azuis profundos que combinavam com seu casaco, a bochecha marcada por uma cicatriz e lábios eloquentes aparentava, para Lewis, ser um ouvinte digno. O inglês parecia pensar o contrário. Preservava um ar de abstração taciturna, que a vaidade de Lewis o imaginou adotar da mesma forma que os deuses faziam quando se disfarçavam para seus afazeres secretos; e a brevidade de seu boa-noite foi (Lewis sentiu-se lisonjeado) superada apenas pela do jovem nova-iorquino.

Mas hoje tudo estava diferente. O desconhecido avançou de forma afável, levantou o chapéu dos cabelos desgrenhados como os de uma estátua e perguntou com um sorriso:

– Por acaso você se interessa pelas formas das nuvens cirros?

Sua voz era tão doce quanto seu sorriso, e os dois eram reforçados por um olhar tão cativante que fez a pergunta estranha parecer não só pertinente, mas natural. Lewis, embora surpreso, não ficou desconcertado. Ele apenas corou com o senso incomum de sua ignorância e respondeu ingenuamente:

– Acho que sim, senhor, eu me interesso por tudo.
– Uma resposta nobre! – gritou o outro e estendeu a mão.
– Mas devo acrescentar – Lewis continuou, com corajosa honestidade – que nunca tive, até hoje, a oportunidade de me ocupar particularmente com a forma das nuvens cirros.

Seu companheiro olhou para ele alegremente.

– Isso – disse ele – não é motivo para você não começar a fazê-lo agora! – com o que Lewis concordou animado. – Pois, para se interessar pelas coisas – continuou o outro, mais sério –, basta vê-las; e eu acredito que não estou errado ao afirmar que você é um dos seres privilegiados a quem foi concedido o olho que vê.

Lewis corou ao concordar, e seu interlocutor continuou:

– Você é um daqueles que estiveram no caminho para Damasco.
– No caminho? Eu estive no próprio lugar! – o andarilho exclamou, irrompendo com os detalhes de suas viagens; e então enrubesceu mais forte ao perceber que o uso do nome pelo outro tinha sido obviamente figurativo.

O rosto do jovem inglês se iluminou.

– Você esteve em Damasco... você esteve lá literalmente? Mas isso deve ser quase tão interessante, de uma forma bem diferente, quanto a formação das nuvens ou dos líquenes. Por enquanto – continuou com um gesto em direção à montanha – devo me dedicar à representação extremamente inadequada de algumas dessas delicadas *aiguilles*;[11] trabalho um tanto enfadonho e que provavelmente não o interessará diante de uma paisagem tão sublime. Mas talvez esta noite, se, como penso, estivermos hospedados na mesma pousada, você me concederá alguns minutos da sua companhia e me contará algo sobre suas viagens. Meu pai – ele acrescentou com seu sorriso cativante – embrulhou juntamente com meus pincéis algumas garrafas de um Madeira totalmente confiável; e se você vai me dar a honra de ter sua companhia no jantar...

Ele sinalizou para que o criado desembrulhasse os materiais de desenho, estendesse sua capa sobre a rocha e já estava perdido em sua tarefa quando Lewis desceu para a carruagem.

---

11 Em francês, agulhas, picos de montanha pontiagudos. [N. T.]

O Madeira se revelou tão fiável quanto o anfitrião prometera. Talvez tenha sido sua qualidade excepcional que lançara um lustro dourado sobre o jantar; a menos que a conversa do inglês de olhos azuis tenha feito Lewis Raycie, que sempre bebia muito pouco, sentir que em sua companhia cada gota era néctar.

Quando Lewis se juntou ao anfitrião, foi com a esperança secreta de finalmente poder falar; mas quando a noite terminou (e eles seguiram até altas horas), ele percebeu que tinha, sobretudo, ouvido. No entanto, não houve nenhuma sensação de supressão, de volubilidade frustrada; a ele tinham sido oferecidas todas as oportunidades que quisesse. Só que, sempre que produzia um pequeno fato, sua produção era instantaneamente inundada pela imaginação do outro até brilhar como um seixo desinteressante arremessado em um riacho impetuoso. Pois tudo o que Lewis dizia era visto por seu companheiro de um novo ângulo e sugeria uma nova linha de pensamento; cada item banal da experiência se tornava um cristal multifacetado brilhando com chamas inesperadas. A mente do jovem inglês se movia em um mundo de associações e referências povoado de forma muito mais rica do que o de Lewis; mas sua comunicabilidade ávida, a franqueza da fala e dos modos, abriu seus portais instantaneamente para o jovem mais simples. Decerto não fora o Madeira que acelerara as horas e as inundara de magia; mas a magia deu ao Madeira, excelente, e renomado em sua variedade, como Lewis depois aprendeu, um sabor que nenhuma outra safra teria para ele.

– Oh, mas precisamos nos encontrar novamente na Itália… há muitas coisas lá que talvez eu pudesse ajudá-lo a ver – declarou o jovem inglês enquanto juravam amizade eterna na escadaria da pousada adormecida.

V

Foi em uma minúscula igreja veneziana, não mais do que uma capela, que os olhos de Lewis Raycie foram destrancados; em uma igrejinha de aparência enfadonha que não era nem mesmo mencionada nos guias. Não fosse por seu encontro casual com o jovem inglês à sombra do Mont Blanc, Lewis nunca teria ouvido falar do lugar; mas então, ele se perguntou, do que mais ele já teria ouvido falar de tudo o que mais valia a pena saber?

Ele tinha ficado muito tempo olhando para os afrescos, incomodado no início, ele conseguia admitir agora, por uma certa rigidez nas posturas das pessoas, pela elaboração infantil de suas roupas (tão diferentes dos nobres drapeados que os *Discursos sobre Arte* de Sir Joshua[12] o ensinaram a admirar nos grandes pintores), e pelo olhar inocente e inexpressivo em seus rostos jovens – pois até mesmo os que tinham barbas grisalhas pareciam jovens. E então, de repente, seu olhar pousou em um desses rostos em particular: o de uma garota com bochechas redondas, maçãs do rosto salientes e olhos grandes sob um adorno de cabeça intrincado feito de tranças enfeitadas com pérolas. Ora, era Treeshy, Treeshy Kent trazida à vida! E tão longe de ser considerada "simples", a jovem não era ninguém menos do que a inigualável princesa em torno da qual a história girava. E em que terra encantada ela vivia, repleta de jovens graciosas e donzelas com rostos redondos e beicinhos, velhos corados e negros polidos, belos pássaros e gatos e coelhos que mordiscavam, e todos envolvidos e encerrados em balaustradas douradas, em colunatas de rosa e azul, guirlandas de louro enfeitadas em varandas de marfim, e cúpulas e minaretes contra os mares de verão! A imaginação de Lewis se perdeu na cena; esqueceu-se de lamentar os nobres drapeados, os sentimentos exaltados, as paisagens fuliginosas, dos artistas que tinha vindo à Itália para admirar; esqueceu-se de Sassoferrato, Guido Reni, Carlo Dolce, Lo Spagnoletto, do Carracci, e até mesmo da *Transfiguração* de Rafael, embora soubesse que era a maior pintura do mundo.

Depois disso, viu quase tudo o mais que a arte italiana tinha a oferecer; havia estado em Florença, Nápoles, Roma; fora a Bolonha para estudar a Escola Eclética, a Parma para examinar os

---

12 O inglês Joshua Reynolds (1723-1792), gravurista, ensaísta e um dos principais pintores retratistas do século XVIII, foi o primeiro presidente e cofundador da Academia Real Inglesa. [N. T.]

Correggio e os Giulio Romano. Mas essa primeira visão tinha plantado uma semente mágica entre seus lábios; a semente que nos faz ouvir o que dizem os pássaros e o sussurro das relvas. Mesmo se o amigo inglês não tivesse continuado a seu lado, apontando, explicando, inspirando. Lewis Raycie se deleitou com a ideia de que o rosto redondo da pequena Santa Úrsula o teria conduzido com segurança e confiança por todos os seus rivais. Ela havia se tornado sua pedra de toque, sua estrela: como lhe pareciam insípidas todas as Virgens com cara de ovelha vestidas de tinta vermelha e azul depois que ele olhara em seus olhos mirabolantes de menina e traçara o elaborado desenho de seus brocados! Era capaz de se lembrar agora, claramente, do dia em que desistira até de Beatrice Cenci... e quanto àquela Madalena nua e gorda de Carlo Dolce, recostando-se preguiçosamente sobre o livro que não estava lendo e cobiçando o espectador daquele bom e velho jeito... argh! Santa Úrsula não precisou resgatá-lo *dela*...

Seus olhos tinham sido abertos a um novo mundo da arte. E era sua missão revelar esse mundo aos outros; ele, o insignificante e ignorante Lewis Raycie, que "se não fosse pela graça de Deus", e aquele encontro casual no Mont Blanc, ele provavelmente teria continuado a ser até o fim! Ele estremeceu ao pensar no exército de meninos pedintes napolitanos, monges betuminosos, profetas rodopiantes, Madonas lânguidas e *amorini*[13] rosados que poderiam estar viajando para casa com ele no porão do novo navio a vapor.

Seu entusiasmo tinha algo do êxtase do apóstolo. Ele iria não somente, em algumas horas, abraçar Treeshy e se reunir com seus honrados pais; também deveria ir adiante e lhes pregar a nova palavra reveladora que se encontrava na escuridão de Salvator Rosa e de Lo Spagnoletto...

A primeira coisa que impressionou Lewis foi a pequeneza da casa no Estreito e a enormidade do sr. Raycie.

---

13 Em italiano, cupidos, querubins. [N. T.]

Ele tinha esperado ter a impressão oposta. Em suas memórias, a *villa* toscana adornada havia conservado algo de sua fascinação, mesmo quando comparada com seus supostos originais. Talvez o próprio contraste entre as distâncias escorregadias e os pisos nus e os tapetes caros e lareiras luminosas de High Point exagerasse sua lembrança desta última; havia momentos em que a ideia da mesa farta certamente ampliava o efeito. Mas a imagem do sr. Raycie tinha, no entanto, minguado. Tudo nele, conforme seu filho olhava para trás, parecia estreito, juvenil, quase infantil. Sua fanfarronice em relação a Edgar Poe,[14] por exemplo, verdadeiro poeta ainda para Lewis, embora ele tivesse desde então ouvido notas mais ricas; a exigente tirania com suas mulheres; a total ignorância, apesar de inconsciente, em relação à maioria das coisas, livros, pessoas, ideias, que agora enchiam a mente de seu filho; acima de tudo, a arrogância e a incompetência de seus julgamentos artísticos. Para além de uma parca variedade de leituras, principalmente, Lewis suspeitava, reunida em trechos sonolentos de *Meia hora com os melhores autores*, de Knight[15] depois do jantar, o sr. Raycie não tinha a pretensão de aprender com os livros; deixava *isso*, como ele dizia com elegância, "para os professores". Mas em matéria de arte ele era dogmático e explícito, preparado para justificar suas opiniões citando autoridades eminentes e preços de mercado, e de forma bastante clara, como sua conversa de despedida com o filho havia mostrado, quais Antigos Mestres deveriam ser privilegiados para figurar na coleção Raycie.

O jovem não sentia impaciência nesses julgamentos. A América estava muito longe da Europa, e fazia muitos anos que o sr. Raycie tinha viajado. Ele dificilmente poderia ser culpado por não

---

14 O poeta, escritor, crítico literário e editor estadunidense Edgar Allan Poe (1809-1849), cujo nome de batismo era Edgar Poe, é uma das personalidades reais que a autora incorporou como personagem ficcionalizado nesta novela. Poe é, até hoje, mais conhecido por seus poemas e contos que narram histórias de mistério e de terror. [N. T.]

15 Charles Knight (1791-1873), editor e escritor inglês, reuniu nesse volume uma seleção de obras de 150 escritores, incluindo poesia, prosa, ensaios, artigos, textos críticos, entre outros. [N. T.]

saber que as coisas que ele admirava não eram mais admiráveis, ainda menos por não saber o porquê disso. Os quadros em frente aos quais Lewis se ajoelhara em espírito tinham sido praticamente desconhecidos, até mesmo por estudantes de arte e críticos, na juventude de seu pai. Como era um cavalheiro americano, cheio de sua própria vaidade e pagando ao mensageiro o maior salário para lhe mostrar as "obras-primas" acreditadas... como ele iria adivinhar que sempre que ficasse extasiado diante de um Sassoferrato ou de um Carlo Dolce, um desses tesouros desconhecidos o espreitaria de perto, sob poeira e teias de aranha?

Não; Lewis sentiu apenas tolerância e compreensão. Essa visão não pretendia magnificar a imagem paterna; mas quando o jovem entrou no escritório onde o sr. Raycie estava sentado, imobilizado pela gota, a perna enfaixada e esticada sobre o sofá parecia apenas mais um motivo para indulgência...

Talvez, Lewis pensou mais tarde, fosse a posição inclinada do pai, o modo como o corpo massudo ondulava sobre o sofá e a perna aleijada se posicionava como o cume de uma montanha, que o fez de repente parecer encher a sala; ou então o som de sua voz aumentando irritantemente através do corredor e dispersando a sra. Raycie e as meninas com um feroz:

– E agora, senhoras, se os abraços e os beijos acabaram, eu ficaria feliz em ter um momento com meu filho.

Mas foi estranho que, depois que mãe e filhas se retiraram com todas as suas crinolinas e babados, o escritório pareceu ficar ainda menor, e o próprio Lewis se sentiu mais como um David sem a pedra.

– Bem, meu filho – vociferou o pai, vermelho e ofegante –, aqui está você de novo em casa, com muitas aventuras para nos relatar, sem dúvida; e algumas obras-primas para me mostrar, conforme constato a partir dos saques feitos ao meu tesouro.

– Oh, quanto às obras-primas, senhor, certamente – Lewis sorriu com afetação, perguntando-se por que sua voz soava tão aflautada e por que seu sorriso era produzido com um esforço muscular tão consciente.

– Bom... bom – o sr. Raycie aprovou, acenando com uma mão violeta que parecia estar sendo amadurecida por um curativo. – Reedy cumpriu minhas ordens, eu suponho? Certificou-se de que as pinturas foram depositadas com a maior parte da sua bagagem na Canal Street?

– Oh, sim, senhor; o sr. Reedy estava na doca com instruções precisas. Você sabe que ele sempre cumpre suas ordens – Lewis se aventurou com uma leve ironia.

O sr. Raycie o encarou.

– O sr. Reedy – ele disse – faz o que eu peço, se é isso que você quis dizer; caso contrário, ele dificilmente teria continuado como meu funcionário por mais de trinta anos.

Lewis ficou calado, e o pai o examinou criticamente.

– Você parece estar mais cheio; sua saúde está satisfatória? Bem... bem... o sr. Robert Huzzard e suas filhas virão jantar aqui hoje à noite, a propósito, e sem dúvida esperam ver as últimas novidades francesas em meias e coletes. Malvina se transformou numa pessoa muito elegante, suas irmãs me disseram. – O sr. Raycie deu uma risadinha e Lewis pensou: "Eu *sabia* que era a filha mais velha dos Huzzard!", enquanto um leve calafrio desceu por sua espinha.

– Quanto aos quadros – prosseguiu o sr. Raycie com crescente animação –, estou abatido, como você vê, por essa maldita aflição e, até que os médicos me ponham em pé novamente, devo permanecer deitado aqui e tentar imaginar como seus tesouros ficarão na nova galeria. E enquanto isso, meu filho querido, nem preciso dizer que ninguém deve ser admitido para vê-los até que tenham sido inspecionados por mim e devidamente pendurados. Reedy deve começar a desempacotá-los imediatamente; e quando nos mudarmos para a cidade no mês que vem, a sra. Raycie, se Deus quiser, dará a festa mais bonita que Nova York já viu para mostrar a coleção do meu filho, e talvez... ahn, ora?... celebrar outro evento interessante na sua história.

Lewis respondeu com um gorgolejo fraco, mas respeitoso, e diante de seus olhos turvos ergueu-se o rosto melancólico de Treeshy Kent.

"Ah, bem, eu a verei amanhã", pensou ele, recuperando o ânimo assim que se afastou da presença do pai.

VI

O sr. Raycie ficou bastante tempo em silêncio depois de dar uma volta pelo cômodo da casa da Canal Street onde os quadros desempacotados tinham sido dispostos.

Ele tinha conduzido a carruagem até a cidade sozinho com Lewis, rejeitando inflexivelmente as insinuações tímidas das filhas e a ânsia muda, mas visível, da sra. Raycie por acompanhá-lo. Embora estivesse curado da gota, ele estava fraco e irritável, e a sra. Raycie, estremecida com a ideia de "importuná-lo", arrancou as meninas de sua frente ao primeiro franzir de testa.

As esperanças de Lewis aumentavam conforme ele seguia o progresso claudicante do pai. Os quadros, embora estivessem apoiados sobre cadeiras e mesas e dispostos desajeitadamente tortos para captarem a luz, resplandeciam em meio ao lusco-fusco da casa vazia com uma beleza nova e persuasiva. Ah, como ele estivera certo; como era inevitável que o pai reconhecesse seu esforço!

O sr. Raycie parou no meio da sala. Ele ainda estava em silêncio, e seu rosto, tão rápido em franzir a testa e lançar olhares fulminantes, exibia a aparência calma, quase inexpressiva, conhecida por Lewis como a máscara da perplexidade interior. "Oh, claro que vai demorar um pouco", pensou o filho, tremendo com a ansiedade da juventude.

Por fim, o sr. Raycie despertou os ecos ao limpar a garganta; mas a voz que ressoou dela era tão inexpressiva quanto seu rosto.

– É peculiar – ele disse – como mesmo as melhores cópias dos Antigos Mestres se assemelham pouco aos originais. Pois estes *são* originais? – ele questionou, e de repente passou a rodear Lewis.

– Oh, seguramente, senhor! Além disso... – o jovem estava prestes a acrescentar: "Ninguém jamais se daria ao trabalho de copiá-los", mas se conteve apressadamente.

– Além disso...?

– Quero dizer, obtive o aconselhamento mais competente possível.

– Assim eu suponho, uma vez que era a condição expressa sob a qual autorizei suas compras.

Lewis sentiu que encolhia à medida em que o pai se expandia; mas deu uma olhada ao longo da parede, e a beleza derramou seu feixe de luz reanimador sobre ele.

As sobrancelhas do sr. Raycie se projetaram de um jeito sinistro; mas seu rosto permaneceu sereno e dúbio. Mais uma vez ele dirigiu um olhar penetrante e vagaroso a Lewis.

– Vamos – ele falou de maneira agradável –, comecemos com o Rafael. – E era evidente que ele não sabia para que lado virar.

– Oh, senhor, um Rafael hoje em dia... eu avisei que estaria muito além do meu orçamento.

O rosto do sr. Raycie esmoreceu ligeiramente.

– Eu esperava, no entanto... por um exemplar inferior... – então, com um esforço: – O Sassoferrato, então.

Lewis sentiu-se mais à vontade; e até arriscou um sorriso respeitoso.

– Sassoferrato é *todo* inferior, não é? Fato é, ele não se destaca mais... como costumava...

O sr. Raycie ficou imóvel: seus olhos estavam sem expressão e fixos no quadro mais próximo.

– Sassoferrato... não mais...?

– Bem, senhor, *não*; não para uma coleção com essa qualidade.

Lewis viu que ele tinha finalmente atingido a nota certa. Algo grande e desconfortável parecia lutar na garganta do sr. Raycie; ele então deu uma tosse que, poderíamos dizer, teria condenado Sassoferrato ao ostracismo.

Houve outra pausa antes que ele apontasse com a bengala para uma pequena tela representando uma jovem de nariz esnobe com a testa alta e um penteado adornado de joias contra um fundo de columbinas delicadamente entrelaçadas.

– É *este* – ele questionou – o seu Carlo Dolce? O estilo é muito parecido, eu vejo; mas me parece faltar sua emoção característica.

– Oh, mas não é um Carlo Dolce: é um Piero della Francesca, senhor! – Lewis irrompeu em triunfo, trêmulo.

O pai o enfrentou com rispidez.

– É *uma cópia*, você quer dizer? Foi o que pensei!

– Não, não; não é uma cópia; é de um grande pintor... um muito maior...

O sr. Raycie enrubesceu repentinamente devido ao erro. Para esconder seu aborrecimento natural, ele assumiu um comportamento ainda mais delicado.

– Nesse caso – afirmou –, acho que gostaria de ver os pintores inferiores primeiro. Onde *está* o Carlo Dolce?

– Não há *nenhum* Carlo Dolce – respondeu Lewis, com os lábios descorados.

A próxima lembrança inteligível do jovem é a de que ele estava em pé, não sabia quanto tempo depois, em frente à poltrona na qual o pai tinha afundado, quase tão branco e abalado quanto ele próprio estava.

– Isso – gaguejou o sr. Raycie –, isso vai trazer minha gota de volta...

Mas quando Lewis suplicou:

– Oh, senhor, vamos voltar silenciosamente para o campo, e me dê a chance de me explicar depois... para expor meu caso... – o velho cavalheiro interrompeu a súplica com uma onda furiosa de sua bengala.

– Explicar depois? Expor seu caso depois? É exatamente o que insisto para que você faça aqui e agora! – E o sr. Raycie acrescentou com a voz rouca, como se estivesse em um verdadeiro estado de angústia física: – Eu soube que o jovem John Huzzard voltou de Roma na semana passada com um Rafael.

Depois disso, Lewis ouviu a si mesmo – como se exercitasse o desprendimento frio de um espectador – apresentar seus argumentos, defender a causa que ele esperava que seus quadros tivessem defendido por ele, destronar antigos Poderes e Principados e estabelecer esses novos nomes em seu lugar. Foram principalmente os nomes que ficaram presos na garganta do sr. Raycie: depois de passar uma vida decorando a pronúncia correta de palavras como Lo Spagnoletto e Giulio Romano, era ruim o suficiente, seus olhos irados pareciam dizer, ter de começar uma nova rotina de ginásticas verbais antes de ter a certeza de estar dizendo a um amigo com uma precisão descuidada: "E *este* é meu Giotto da Bondone".

Mas esse foi apenas o primeiro choque, logo esquecido na pressa de uma atribulação maior. Pois é possível aprender a pronunciar Giotto da Bondone e até mesmo gostar de fazê-lo, desde que o amigo em questão reconhecesse o nome e se curvasse à sua autoridade. Mas ver seu esforço recebido por um olhar vazio e o pedido brincalhão: "Você terá que repetir o que disse, por favor"; para saber que, ao dar a volta na galeria (a Galeria Raycie!), o mesmo olhar e o mesmo pedido provavelmente seriam refeitos diante de cada pintura; a amargura dessa situação era tão grande que o sr. Raycie, sem exagero, poderia ter comparado seu caso ao de Agag.[16]

– Deus! Deus! Deus! Carratio,[17] é esse o nome do outro sujeito? Guardou-o para o final porque ele é a joia da coleção, não é? Carratio... bem, seria melhor se ele tivesse ficado restrito ao seu negócio. Algo a ver com aqueles novos carros europeus a vapor, eu suponho, ahn? – O sr. Raycie estava tão exasperado que sua ironia estava menos sutil do que o costume. – E Angelico, você disse que ele fez aquele tipo de soldado na arca de Noé com uma armadura cor-de-rosa folheada a ouro? Bem, *aí* eu peguei você no pulo, meu filho. Não é Angeli*co*, é Angeli*ca*; Angelica Kauffman era uma senhora. E o maldito vigarista que impingiu a você aquele borrão barbárico como sendo um quadro dela merece ser torcido e esquartejado... e será, senhor, por Deus, se a lei puder alcançá-lo! Ele deve devolver cada centavo que arrancou de você ou meu nome não é Halston Raycie! Uma pechincha... você diz que a coisa toda foi *uma pechincha*? Ora, o preço de um selo postal novo seria caro demais para isso! Meu Deus... meu filho; você percebe que tinha um *dever* a cumprir?

– Sim, senhor, sim; e é justamente por isso...

---

16 Personagem bíblico secundário, Agag foi rei dos amalequitas. Apesar de ter sido poupado da morte pelo rei Saul, foi morto e esquartejado por ordem do profeta Samuel como punição por sua crueldade. [N. T.]

17 O personagem provavelmente está se referindo a Vittore Carpaccio (1465-1526), pintor renascentista veneziano. [N. T.]

– Você poderia ter escrito; poderia pelo menos ter exposto suas opiniões para mim...

Como Lewis poderia dizer: "Se eu tivesse feito isso, eu sabia que você teria se recusado a me deixar comprar os quadros"? Ele só conseguia gaguejar:

– Eu *fiz* uma alusão à revolução do gosto... aos novos nomes surgindo... você se lembra...

– Revolução! Novos nomes! Quem disse? Recebi uma carta na semana passada dos negociantes de Londres a quem o recomendei especialmente, me informando que um Guido Reni incontestável estava chegando ao mercado nesse verão.

– Ah, os negociantes! *Eles* não sabem de nada!

– Os negociantes... não?... Quem sabe... exceto você? – o sr. Raycie pronunciou com um sorriso branco de escárnio.

Lewis, tão branco quanto, ainda se mantinha firme.

– Eu escrevi, senhor, sobre meus amigos; da Itália e, mais tarde, da Inglaterra.

– Bem, maldição, eu nunca ouvi falar de um *desses* nomes antes, tampouco; nem nos nomes desses seus pintores que estão aqui. Eu lhe informei os nomes de todos os conselheiros de quem você precisava e também de todos os pintores; eu praticamente montei a coleção sozinho para você, antes de você começar... em suma, eu fui explícito o suficiente, não fui?

Lewis sorriu levemente.

– Era isso que eu esperava que os quadros fossem...

– O quê? Que fossem o quê? O que você quer dizer?

– Que fossem explícitos... falassem por si próprios... nos fizessem ver que seus pintores já estão superando alguns dos mais conhecidos...

O sr. Raycie deu uma risada horrível.

– Eles estão, não estão? Na opinião de quem? Dos seus amigos, eu suponho. Como é mesmo o nome daquele sujeito que você conheceu na Itália e que os escolheu para você?

– Ruskin... John Ruskin[18] – disse Lewis.

---

18 O jovem personagem foi baseado em John Ruskin (1819-1900), pensador romântico, aquarelista e desenhista inglês. Foi como crítico de arte

A risada do sr. Raycie, prolongada, trouxe consigo um jorro fresco de palavrões.

– Ruskin... Ruskin... só John Ruskin, ahn? E quem *é* esse grande John Ruskin, que aconselha Deus Todo-Poderoso nos seus julgamentos? Quem você disse agora mesmo que era o pai de John Ruskin?

– Um respeitado comerciante de vinhos em Londres, senhor.

O sr. Raycie parou de rir: olhou para o filho com uma expressão de nojo indizível.

– Varejo?

– Eu... acredito que sim...

– Credo! – exclamou o sr. Raycie.

– Não foi somente Ruskin, pai... eu lhe contei sobre aqueles outros amigos em Londres, que eu conheci no caminho para casa. Eles inspecionaram os quadros, e todos concordaram que... que, um dia, a coleção será muito valiosa.

– *Algum dia*... eles te deram uma data... o mês e o ano? Ah, aqueles outros amigos; sim. Você disse que havia um sr. Brown,[19] um sr. Hunt e um sr. Rossiter, certo? Bem, eu também nunca ouvi falar de nenhum desses nomes... exceto, talvez, num diretório de comércio.

– Não é Rossiter, pai: Dante Rossetti.[20]

---

que ele se destacou; seus ensaios sobre arte e arquitetura foram muito influentes ao longo do século XIX e repercutem amplamente ainda hoje. [N. T.]

19 Ford Madox Brown (1821-1893) foi um pintor inglês nascido na França que privilegiava a representação de temas morais e históricos em suas obras. Foi próximo do círculo dos artistas pré-rafaelitas. [N. T.]

20 Dante Gabriel Rossetti (1828-1882). Poeta, pintor e ilustrador inglês de origem italiana. Em 1848, na mesma década em que se passa esta novela, Rossetti se juntou aos pintores ingleses John Everett Millais (1829-1896) e William Holman Hunt (1827-1910), outro dos jovens personagens que Lewis conhece durante o *Grand Tour*, para fundar a Irmandade Pré-Rafaelita, grupo artístico que incorporou ideais românticos e retomou a estética dos pintores do Proto-Renascimento para se opor ao artificialismo da arte acadêmica. [N. T.]

— Me desculpe: Rossetti. E o que faz o pai do sr. Dante Rossetti? Vende macarrão, eu suponho?

Lewis ficou em silêncio, e o sr. Raycie prosseguiu, falando agora com uma firmeza mortal:

— Os amigos a quem o enviei eram juízes de arte, senhor; homens que sabem quanto vale uma tela; todos eles saberiam distinguir um Rafael genuíno. Você não conseguiu encontrá-los quando chegou à Inglaterra? Ou eles não tiveram tempo disponível para vê-lo? É melhor você não — acrescentou o sr. Raycie — me falar que foi *isso*, porque eu sei como eles teriam recebido o filho do seu pai.

— Oh, muito gentilmente... de fato, eles me receberam, senhor...

— Sim; mas isso não serviu para você. Você *não queria* ser aconselhado. Você queria se exibir diante de um monte de ignorantes como você. Você queria... como é que eu vou saber o que você queria? É como se eu nunca tivesse passado nenhuma instrução ou feito nenhuma cobrança! E o dinheiro... meu Deus! Para onde foi? Para comprar *isso*? Que absurdo... — o sr. Raycie se ergueu pesadamente em sua bengala e fixou os olhos furiosos no filho. — Assuma, Lewis; me fale que eles o ludibriaram no jogo. Jogadores profissionais, não tenho dúvidas; esse Ruskin e esse Morris e esse Rossiter. É todo um esquema para pegar jovens americanos novatos de primeira viagem na Europa, ouso dizer... não? Não é isso, você me diz? Então... mulheres?... meu Deus, Lewis — disse o sr. Raycie ofegante, cambaleando em direção ao filho com a bengala estendida —, não sou nenhum puritano pudico, senhor, e preferia que você me dissesse que gastou o dinheiro com uma mulher, cada centavo dele, a ter se deixado ser tosquiado como um simplório, comprando essas coisas que mais parecem recortes do livro de mártires de Foxe[21] do que Originais dos Antigos Mestres para a Galeria de um Cavalheiro... a Juventude dos jovens... por

---

21 *O livro dos mártires* (1559), de John Foxe (1517-1587), historiador e martirologista inglês, é um relato da biografia dos principais reformadores e mártires cristãos. [N. T.]

Deus, senhor, eu também fui jovem... um sujeito precisa passar pelos seus aprendizados... agora, assuma: mulheres?
– Oh, mulheres não...
– Nem mesmo mulheres! – o sr. Raycie lamentou. – Tudo nos quadros, então? Bem, não diga mais nada agora... eu vou para casa, vou para casa... – ele deu uma última olhada apoplética ao redor da sala. – A Galeria Raycie! Aquele monte de ossos e roupas finas!... Ora, sem falar no resto, não há uma mulher mais encorpada entre eles... você sabe com o que se parecem essas suas Madonas, meu filho? Ora, não há nem uma delas que não me remeta a uma má semelhança com a pobre Treeshy Kent... eu diria até que você contratou metade dos pintores de letreiros da Europa para pintar retratos dela para você... se você conseguisse perceber seu desejo... não, senhor! Eu não preciso do seu braço – rosnou o sr. Raycie, arrastando sua grande massa dolorosamente pelo salão. Ele intimidou Lewis com um último olhar da soleira da porta. – E foi para comprar *aquilo* que você raspou sua conta?... não, eu vou para casa sozinho.

VII

O sr. Raycie não morreu até cerca de um ano mais tarde; mas Nova York concordou que tinha sido o incidente dos quadros que o matara.

No dia seguinte à sua primeira e única visita a eles, mandou buscar o advogado e veio a público que ele tinha feito um novo testamento. Ele então caiu de cama devido a um retorno da gota e piorou tão rápido que foi considerado "apenas adequado" adiar a festa que a sra. Raycie deveria ter oferecido naquele outono para inaugurar a galeria. Isso permitiu que a família superasse em silêncio a questão das próprias obras de arte; mas fora da casa dos Raycie, onde nunca foram mencionadas, elas se tornaram, naquele inverno, um tema frequente e frutífero de discussão.

Sabia-se que apenas duas pessoas além do sr. Raycie as tinham visto. Um deles era o sr. Donaldson Kent, que deveu o privilégio ao fato de ter estado certa vez na Itália; o outro, o sr. Reedy, o agente, era quem tinha desempacotado as telas. O sr. Reedy, assediado por primos dos Raycie e amigos de longa data da família, respondera com humildade genuína:

– Ora, a verdade é que nunca fui treinado a ver qualquer diferença entre uma obra e outra, exceto no que diz respeito ao tamanho; e essas me pareceram pequenas... menores, eu diria...

Era sabido que o sr. Kent tinha aberto o coração para o sr. Raycie com considerável franqueza; ele foi tão longe, os rumores davam conta, que chegou a ponto de declarar nunca ter visto nenhum quadro na Itália como os que foram trazidos por Lewis, e que tinha motivos para duvidar se eles realmente tinham vindo de lá. Contudo, em público ele manteve uma atitude reservada que foi tomada como prudência, mas o fez apenas por falta de coragem; ninguém nunca conseguiu arrancar nada dele, a não ser a declaração cautelosa:

– Os temas são totalmente inofensivos.

Acreditava-se que o sr. Raycie não se atrevera a consultar os Huzzard. O jovem John Huzzard tinha acabado de trazer para casa um Rafael; teria sido difícil não evitar comparações que soariam muito irritantes. O sr. Raycie nunca mais fez qualquer alusão à Galeria Raycie, nem a eles nem a ninguém. Mas quando seu testamento foi aberto, descobriu-se que ele tinha deixado os quadros para o filho. O restante dos bens foi deixado em totalidade para as duas filhas. A maior parte do patrimônio era da sra. Raycie; mas sabia-se que a sra. Raycie tinha recebido instruções e entre elas, possivelmente, estava a ordem para desaparecer depois de completados seis meses de viuvez. Quando foi colocada para descansar ao lado do marido no cemitério da Trinity Church, descobriram que seu testamento (feito na mesma semana que o do sr. Raycie, e obviamente ditado por ele) concedia cinco mil dólares por ano para Lewis até o fim da vida; o restante da fortuna, que a avareza e a boa gestão do sr. Raycie haviam transformado em uma das maiores de Nova York, foi dividido entre as filhas. Dessas, uma prontamente se casou com um Kent e a outra com um Huzzard; e essa última, Sarah Anne (que nunca tinha sido a favorita de Lewis), tinha o costume de dizer, anos mais tarde:

– Oh, não, eu nunca guardei rancor do meu pobre irmão por causa daqueles quadros velhos e engraçados. Você sabe, nós temos um Rafael.

A casa ficava na esquina da Terceira Avenida com a Rua 10. Ela tinha sido destinada a Lewis Raycie recentemente como a parte que lhe coube dos bens de um primo distante, que tinha feito um "testamento nova-iorquino", de acordo com o qual todos os parentes se beneficiariam em proporção à consanguinidade. O bairro não era considerado elegante, e a casa estava em más condições; mas o sr. e a sra. Lewis Raycie, que desde o casamento viviam retirados em Tarrytown, mudaram-se imediatamente.

Sua chegada despertou pouca atenção. Um ano após a morte do pai, Lewis tinha se casado com Treeshy Kent. O enlace não fora encorajado pelo sr. e a sra. Kent, que chegou a ponto de dizer que a sobrinha poderia ter conseguido um partido melhor; mas como o filho que ainda era solteiro sempre mostrara uma simpatia vívida por Treeshy, cederam à ideia prudente de que, afinal de contas, esse casamento seria melhor do que vê-la enroscar-se a Bill.

Os Lewis Raycie estavam casados havia quatro anos, e durante esse tempo tinham desaparecido tão completamente da memória de Nova York como se o exílio tivesse durado meio século. Nenhum deles jamais havia sido objeto de grande consideração por lá. Treeshy não fora nada além da Cinderela dos Kent, e a importância efêmera de Lewis como herdeiro dos milhões dos Raycie tinha sido apagada pelo episódio doloroso que resultou na privação dessa fortuna.

Tão isolado era seu modo de viver, de forma que veio a se tornar um hábito, que quando Lewis anunciou ter herdado a casa do tio Ebenezer, a esposa mal desviou os olhos da mantinha de bebê que estava bordando.

– A casa do tio Ebenezer em Nova York?

Ele respirou fundo.

– Agora eu poderei expor os quadros.

– Oh, Lewis... – e deixou cair a manta. – Nós vamos morar lá?

– Com toda certeza. Mas a casa é tão grande que transformarei os dois cômodos que ficam nos cantos do térreo numa galeria. Eles têm uma luz muito apropriada. Foi lá que o primo Ebenezer foi preparado para o funeral.

– Oh, Lewis...

Se alguma coisa poderia ter feito Lewis Raycie acreditar em sua própria força de vontade, essa coisa era a atitude da esposa. Ao simplesmente ouvir aquele murmúrio inquestionável de submissão, sentiu algo da força tirana do pai surgir em si; mas com o desejo de usá-la de forma mais humana.

– Você vai gostar disso, Treeshy? Tem sido maçante para você aqui, eu sei.

Ela enrubesceu.

– Maçante? Com *você*, querido? Além disso, eu gosto do campo. Mas vou gostar da Rua 10 também. Só que... você disse que a casa precisava de reparos?

Ele assentiu com firmeza.

– Pedirei dinheiro emprestado para fazê-los. Se necessário – ele baixou a voz –, irei hipotecar os quadros.

Ele viu os olhos dela marejarem.

– Oh, mas não pode ser! Há ainda tantas outras formas pelas quais posso economizar.

Ele pousou a mão sobre a dela e virou o perfil em sua direção, pois sabia que era muito mais forte do que seu rosto inteiro. Não tinha certeza de que ela havia compreendido sua intenção com relação aos quadros; nem tinha certeza de que desejava que ela compreendesse. Ele ia para Nova York todas as semanas agora, ocupando-se misteriosa e especialmente com planos, especificações e outras transações comerciais com nomes longos; enquanto Treeshy, durante os meses quentes do verão, permanecia sentada em Tarrytown e esperava o bebê.

Uma menininha nasceu no final do verão e foi batizada como Louisa; e quando estava com algumas semanas de vida, os Lewis Raycie trocaram o campo por Nova York.

"*Agora*!", pensou Lewis, ao chacoalharam sobre os paralelepípedos da Rua 10 a caminho da casa do primo Ebenezer.

A carruagem parou, ele ajudou a esposa a descer, a babá os acompanhou com a bebê, e todos pararam e olharam para a fachada da casa.

– Oh, Lewis... – Treeshy engasgou; e até a pequena Louisa soltou um gemido de simpatia.

Acima da porta, acima da respeitável porta da frente conservadora e intensamente privativa do primo Ebenezer, pendia uma grande placa contendo em letras douradas sobre fundo preto a inscrição:

GALERIA DE ARTE CRISTÃ
Aberta de segunda a sexta-feira das 14h às 16h
Admissão 25 centavos. Crianças 10 centavos

Lewis viu a esposa empalidecer, e apertou o braço enlaçado ao seu.

– Acredite em mim, é o único jeito de tornar os quadros conhecidos. E eles *devem* ser conhecidos – ele disse com o entusiasmo de seu antigo fervor.

– Sim, querido, claro. Mas... por todos. Publicamente?

– Se os mostrássemos apenas aos nossos amigos, de que adiantaria? A opinião deles já está formada.

Ela suspirou em sinal de consentimento.

– Mas... a taxa de ingresso...

– Se depois tivermos recurso, o ingresso será livre. Mas, enquanto isso...

– Ah, Lewis, entendo perfeitamente! – e agarrada a ele, a bebê ainda protestando ao despertar, ela passou com um caminhar intrépido sob a placa horrível.

– Enfim verei os quadros devidamente iluminados! – ela exclamou, e se virou no saguão para atirar os braços em torno do marido.

– É tudo o que eles precisam... para ser apreciados – ele respondeu, entusiasmado com o encorajamento dela.

Desde sua retirada do mundo, fazia parte do sistema de Lewis nunca ler os jornais diários. A esposa se resignou avidamente ao seu exemplo, e eles viviam em um pequeno círculo de indiferença fechado a vácuo, como se o chalé em Tarrytown estivesse situado em um planeta diferente e mais feliz.

Lewis, não obstante, um dia depois da abertura da Galeria de Arte Cristã, julgou ser seu dever derrogar esse costume e saiu secretamente para comprar os principais periódicos. Quando entrou novamente em casa, foi direto para o quartinho da bebê, onde sabia que, àquela hora, Treeshy estaria dando banho na menina. Mas estava mais atrasado do que supôs. O rito havia terminado, a bebê dormia em seu modesto berço e a mãe estava agachada perto do fogo, o rosto escondido entre as mãos. Lewis imediatamente supôs que ela também tinha visto os jornais.

– Treeshy... você não deve... achar que isso terá alguma consequência... – ele gaguejou.

Ela ergueu o rosto manchado de lágrimas.

– Oh, meu querido! Achei que você nunca lia os jornais.

– Normalmente, não. Mas pensei que era meu dever...

– Sim, entendo. Mas, como você diz, que consequência terrena...?

– Nenhuma, não importa; devemos apenas ser pacientes e persistir.

Ela hesitou, e então, com os braços em torno dele, a cabeça sobre seu peito:

– Só que, querido, estive contando tudo de novo, com muito cuidado; e mesmo que desistamos de acender a lareira em todos os cômodos, menos no quarto da bebê, receio que os salários do porteiro e do guarda... especialmente se a galeria for aberta ao público todos os dias...

– Eu já pensei nisso também; e daqui em diante serei eu mesmo porteiro e guarda.

Ele manteve os olhos nos dela enquanto falava. "Esse é o teste", ele pensou. O rosto dela empalideceu sob o brilho castanho, e os olhos se dilataram com o esforço para conter as lágrimas. Então, ela disse alegremente:

– Isso vai ser... muito interessante, não vai, Lewis? Ouvir o que as pessoas dizem... Porque, à medida que começarem a conhecer melhor os quadros e a compreendê-los, não poderão deixar de dizer coisas muito interessantes... não é? – ela se virou e pegou Louisa, que estava adormecida. – Eles podem... oh, meu querido... querido?

Lewis também se virou. Nenhuma outra mulher em Nova York teria sido capaz de dizer isso. Ele podia ouvir esse novo escândalo ecoar pela cidade toda, Lewis trabalhando, ele mesmo, na exposição dos quadros; e ela, muito mais sensível ao ridículo, tão menos arrebatada pelo ardor apostólico, como aquele eco zombeteiro deve soar muito mais alto em seus ouvidos! Mas sua agonia era apenas momentânea. O único pensamento que o dominou por algum tempo foi o de se justificar tornando as pinturas conhecidas; ele não conseguia mais fixar sua atenção em assuntos menores. O escárnio de jornalistas iletrados não era motivo para se apavorar; uma vez que ele permitisse que as telas fossem vistas por pessoas educadas e inteligentes, elas falariam por si mesmas, especialmente se ele estivesse disponível para interpretá-las.

VIII

Durante uma ou duas semanas, um grande número de pessoas compareceu à galeria; mas, mesmo com Lewis como intérprete, os quadros não conseguiram se fazer ouvir. Durante os primeiros dias, de fato, devido à ideia sem precedentes de promover uma exposição paga em uma residência particular e à zombaria dos jornais, a Galeria de Arte Cristã ficou apinhada de curiosos barulhentos; em certa ocasião, a polícia metropolitana, atônita, teve de ser convidada para acalmar os comentários e controlar os movimentos dos curiosos. Mas o nome "Arte Cristã" logo esfriou essa categoria de visitante, e em pouco tempo eles foram substituídos por uma multidão muda e respeitável, que zanzava vagamente pelos cômodos e para fora deles, resmungando que aquilo não valia o dinheiro gasto. E então estes também diminuíram; e uma vez que a maré tinha virado, a baixa foi rápida. Todos os dias, das duas às quatro, Lewis ainda se sentava estremecendo entre seus tesouros ou media pacientemente o comprimento da galeria deserta: enquanto houvesse a possibilidade de qualquer pessoa vir, ele não admitiria ter sido derrotado. Pois o próximo visitante sempre poderia ser aquele que entenderia.

Em um dia de neve em fevereiro, ele tinha andado pelas salas numa solidão ininterrupta por mais de uma hora quando as rodas de uma carruagem pararam à porta. Ele correu para abri-la, e, em meio a um estrondo de sedas, sua irmã Sarah Anne Huzzard entrou.

Lewis se sentiu por um momento como ele costumava se sentir sob o olhar do pai. O casamento e os milhões tinham trazido ao rosto de lua cheia de Sarah algo do horror dos Raycie; mas o irmão olhou em seus olhos vazios, e os dele mantiveram seu próprio nível.

– Bem, Lewis – disse a sra. Huzzard com uma austeridade simpática, e recuperou o fôlego.

– Bem, Sarah Anne... estou feliz por você ter vindo dar uma olhada nos meus quadros.

– Eu vim para ver você e sua esposa. – Ela deu outro suspiro nervoso, sacudiu os babados do vestido e acrescentou com afobação: – E para perguntar por quanto tempo mais esse... esse espetáculo vai continuar...

– A exposição? – Lewis sorriu. Ela assentiu com um aceno de cabeça enrubescido.

– Bem, nos últimos dias houve uma queda considerável no número de visitantes...

– Graças aos céus! – ela o interrompeu.

– Mas enquanto eu sentir que algum visitante quer vê-la... estarei aqui... para abrir a porta, como você pode ver.

Ela dirigiu um olhar trêmulo à sua volta.

– Lewis... eu me pergunto se você percebe...?

– Oh, totalmente.

– Então *por que* você continua? Isso não é o bastante... você não está satisfeito?

– Com o efeito que produziram?

– Com o efeito *que você* produziu... na sua família e em toda Nova York. Com a difamação da memória do pobre papai.

— Papai me deixou os quadros, Sarah Anne.
— Sim. Mas não para que você se transformasse num palhaço por causa deles.

Lewis pensou no assunto com imparcialidade.

— Tem certeza? Talvez, ao contrário, ele o tenha feito por esse exato motivo.
— Oh, não despeje mais insultos sobre a memória do nosso pai! As coisas já estão ruins o suficiente sem isso. Como sua esposa pode permitir algo assim é que eu não entendo. Você já considerou a humilhação que isso causa a *ela*?

Lewis deu outro sorriso seco.

— Ela está acostumada a ser humilhada. Os Kent a acostumaram a isso.

Sarah Anne corou.

— Eu não sei por que eu deveria ficar aqui e ouvir esse tipo de coisa. Mas vim com a aprovação do meu marido.
— Você precisa dela para visitar seu irmão?
— Eu preciso dela para... para fazer a oferta que estou prestes a fazer; e que ele me autoriza a fazer.

Lewis olhou para ela com surpresa, e ela ficou arroxeada até os babados de renda no interior do chapeuzinho de seda.

— Você veio fazer uma oferta pela minha coleção? — ele perguntou, bem-humorado.
— Você parece sentir prazer em insinuar coisas absurdas. Mas qualquer coisa é melhor do que esse fracasso público no nosso nome. — Mais uma vez ela dirigiu um olhar estremecido para os quadros. — John e eu — ela anunciou — estamos preparados para dobrar a renda que nossa mãe deixou com a condição de que isso... isso acabe... para sempre. Que essa placa horrível seja retirada esta noite.

Lewis pareceu pesar a proposta com moderação.

— Muito obrigado, Sarah Anne — disse ele por fim. — Estou comovido... tocado e... e surpreso... que você e John tenham feito essa oferta. Mas talvez, antes de eu recusá-la, você aceite *a minha*: que eu simplesmente lhe mostre meus quadros. Quando você olhar para eles, acho que entenderá...

A sra. Huzzard recuou às pressas, com seu ar de majestade desmoronando.

– Ver os quadros? Oh, obrigada, mas eu consigo vê-los muito bem daqui. E, além disso, eu não tenho nenhuma pretensão de agir como juíza...

– Então suba e veja Treeshy e a bebê – disse Lewis calmamente.

Ela o encarou, envergonhada.

– Oh, obrigada – ela gaguejou de novo; e enquanto se preparava para segui-lo: – Então é *não*, é não mesmo, Lewis? Considere, meu querido! Você mesmo disse que quase ninguém aparece. Que mal pode haver em fechar o lugar?

– Que... e se amanhã chegar o homem que os compreenderá?

A sra. Huzzard jogou as plumas desesperadamente e o seguiu em silêncio.

– O quê... Mary Adeline? – ela exclamou, parando abruptamente na entrada do quarto da bebê. Treeshy, como de costume, estava sentada perto da lareira com a bebê nos braços; e de uma cadeira baixa em frente a ela surgiu uma senhora tão ricamente vestida em peles e penas quanto a sra. Huzzard, mas com muito menos arrogância ao ostentar os ornamentos vistosos. A sra. Kent correu na direção de Lewis e encostou seu rosto cheio no dele, enquanto Treeshy cumprimentava Sarah Anne.

– Eu não tinha ideia de que você estava aqui, Mary Adeline – a sra. Huzzard murmurou. Estava claro que ela não tinha compartilhado seu projeto filantrópico com a irmã e ficou perturbada com a ideia de que Lewis poderia estar prestes a fazê-lo. – Eu só estou dando uma passadinha – ela continuou – para ver essa menininha, essa pequenina anjinha tão graciosa – e ela envolveu a bebê assustada em seus amplos farfalhos e excitações.

– Estou muito contente de vê-la aqui, Sarah Anne – Mary Adeline respondeu com simplicidade.

– Ah, não é por falta de vontade que não apareci antes! Treeshy sabe disso, espero. Mas os cuidados de uma casa como a minha...

– Sim, e tem sido tão difícil se deslocar com o mau tempo – sugeriu Treeshy com simpatia.

A sra. Huzzard levantou as sobrancelhas típicas dos Raycie.

– Tem mesmo? Com dois pares de cavalos, dificilmente se nota o tempo... oh, que linda, linda, *linda* bebê!... Mary Adeline – continuou Sarah Anne, voltando-se seriamente para a irmã: – Ficarei feliz em lhe oferecer um lugar na minha carruagem se você estiver pensando em ir embora.

Mas Mary Adeline também era uma mulher casada. Ela levantou a cabeça delicada e seu olhar cruzou o de sua irmã com serenidade.

– Minha própria carruagem está na porta, obrigada pela gentileza, Sarah Anne – ela disse; e a perplexa Sarah Anne retirou-se segurando o braço de Lewis. Mas, um pouco depois, o velho hábito da subordinação se reafirmou. O semblante gentil de Mary Adeline foi ficando tão atemorizado quanto o de uma criança, e ela pegou sua capa às pressas.

– Talvez eu tenha sido muito rápida... tenho certeza de que ela disse isso por gentileza – ela exclamou, ultrapassando Lewis enquanto ele se virava para subir a escadaria; e com um sorriso ele ficou assistindo às duas irmãs saírem juntas na carruagem dos Huzzard.

Ele voltou ao quarto da bebê, onde Treeshy ainda cantava para a filha.

– Bem, minha querida – ele disse –, o que você acha que Sarah Anne veio fazer aqui? – E, em resposta a seu olhar questionador: – Veio me oferecer dinheiro para que eu pare de mostrar os quadros!

A indignação da esposa se manifestou exatamente da forma que ele havia desejado. Ela simplesmente desatou a rir uma risada abundante de arrulhos e deu um abraço ainda mais apertado na bebê. Mas Lewis sentiu o desejo perverso de pôr um peso ainda maior em sua lealdade.

– Ela se ofereceu para dobrar minha renda, ela e John, se ao menos eu retirar a placa!

– Ninguém tocará na placa! – Treeshy se inflamou.

– Não até que eu o faça – disse o marido de forma sombria.

Ela se virou e o examinou com olhos ansiosos.

– Lewis... *você*?

– Ah, minha querida... eles estão certos... isso não pode durar para sempre... – ele se aproximou e as envolveu com o braço, ela e a criança. – Você tem sido mais corajosa do que um exército de heróis; mas isso não é o suficiente. As despesas estão bem maiores do que fui levado a acreditar que seriam. E eu... eu não posso levantar uma hipoteca com os quadros. Ninguém irá tocar neles.

Ela concordou com a ideia rapidamente.

– Não; eu sei. Foi para isso que Mary Adeline veio aqui.

O sangue correu ferozmente para as têmporas de Lewis.

– Mary Adeline... como diabos *ela* ouviu falar disso?

– Por intermédio do sr. Reedy, eu suponho. Mas você não deve ficar bravo. Ela foi a gentileza em pessoa: ela não quer que você feche a galeria, Lewis... isto é, não enquanto você realmente continuar a acreditar nisso... ela e Donald Kent nos emprestarão o suficiente para continuarmos por mais um ano. Foi isso que ela veio nos dizer.

Pela primeira vez desde que as dificuldades tinham começado, Lewis Raycie ficou engasgado com lágrimas. Sua fiel Mary Adeline! Ele teve uma visão repentina da irmã saindo furtivamente da casa em High Point antes do amanhecer para levar uma cesta de sobras para a pobre sra. Edgar Poe, que estava morrendo aos poucos no fim da estrada... ele riu alto de alegria.

– Minha velha e querida Mary Adeline! Que magnífico da parte dela! O suficiente para me manter por mais um ano inteiro... – ele pressionou a bochecha molhada contra a da esposa durante um longo silêncio. – Bem, querida – disse ele ao final –, cabe a você dizer... nós aceitamos?

Ele a segurou, de forma questionadora, com os braços estendidos, e o sorrisinho pálido dela encontrou o dele e eles se misturaram.

– Claro que aceitamos!

IX

Da família Raycie, que triunfara com tanto poder na Nova York dos anos 1840, apenas um do mesmo nome estava vivo durante minha infância, meio século depois. Como tantos outros descendentes da pequena e orgulhosa sociedade colonial, os Raycie haviam desaparecido completamente, esquecidos por todos, exceto por algumas senhorinhas, um ou dois genealogistas e o sacristão da Trinity Church, que mantinha o registro dos túmulos da família.

O sangue dos Raycie, claro, ainda podia ser rastreado em várias famílias aliadas: os Kent, os Huzzard, os Cosby e muitos outros, orgulhosos de reivindicar o parentesco de um "Signatário", mas já indiferentes ou desinteressados quanto ao destino de seus descendentes. Esses velhos nova-iorquinos, que viviam tão bem e gastavam seu dinheiro com liberalidade, desapareceram como um grão de poeira quando sumiram dos bancos das igrejas e das mesas de jantar.

Se por acaso tenho familiaridade com o nome desde minha juventude, é principalmente porque sua única sobrevivente era uma prima distante de minha mãe, a quem ela às vezes me levava para visitar nos dias em que achava que eu provavelmente me comportaria bem devido à promessa de ganhar uma gostosura no dia seguinte.

A velha srta. Alethea Raycie vivia em uma casa à qual eu sempre tinha ouvido se referirem como "a casa do primo Ebenezer". Evidentemente, em sua época, fora um exemplar admirado da arquitetura doméstica; mas agora era considerada a relíquia hedionda, embora venerável, de uma época passada. A srta. Raycie, incapacitada por causa do reumatismo, sentava-se no andar de cima em uma grande sala fria, escassamente mobiliada com mesas de contas, estantes de jacarandá e retratos de pessoas pálidas e tristes em roupas estranhas. Ela mesma era grande e taciturna, usando um chapéu de renda preta e abas largas, e tão surda que parecia uma sobrevivente de dias esquecidos, uma Pedra de Roseta para a qual a chave estava perdida. Mesmo para minha mãe, criada naquela tradição desaparecida, e sabendo instintivamente a quem a srta. Raycie aludia quando falava de Mary Adeline, Sarah Anne ou do tio doutor, a conversa com ela era difícil e maçante, e minhas interrupções juvenis eram na maioria das vezes mais encorajadas do que reprovadas.

No decorrer de uma dessas visitas, meus olhos, vagando indiferentes, destacaram entre os retratos pálidos um desenho, feito na técnica *trois crayons*,[22] de uma garotinha com uma testa ampla e olhos escuros, usando um vestido xadrez e *pantalettes*[23] bordadas, sentada sobre uma encosta gramada. Puxei a manga de minha mãe para perguntar quem era ela, e minha mãe respondeu:

– Ah, essa era a coitadinha da Louisa Raycie, que foi consumida por uma doença. Quantos anos tinha a pequena Louisa quando morreu, prima Alethea?

Para o cérebro da prima Alethea, lutar com essa simples pergunta foi tarefa para dez laboriosos minutos; e quando o trabalho estava terminado, e a srta. Raycie, com um ar de insatisfação misteriosa, deixara escapar um profundo "onze", minha mãe estava esgotada demais para continuar. Ela então se virou para mim e acrescentou, com um dos sorrisos privados que guardávamos um para o outro:

– Ela era a coitadinha que viria a herdar a Galeria Raycie. – Mas para um menininho de minha idade essa informação não chamava a atenção, e eu também não compreendi o deleite sub-reptício de minha mãe.

Essa cena distante voltou a mim subitamente no ano passado, quando, em uma das minhas raras visitas a Nova York, fui jantar com meu velho amigo, o banqueiro John Selwyn, e parei espantado diante da lareira de sua nova biblioteca.

– O-*lá*! – eu disse, olhando para o retrato pendurado acima da chaminé.

Meu anfitrião acertou os ombros, enfiou as mãos nos bolsos e fingiu um ar de modéstia que as pessoas acham apropriado assumir quando suas posses são admiradas.

---

22 Técnica de desenho em que são utilizadas apenas três cores de giz (vermelho, preto e branco) sobre papel escuro. [N. T.]
23 *Pantalettes* eram calças curtas que as meninas vestiam embaixo das saias; as barras, adornadas com rendas ou bordados, ficavam à mostra. [N. T.]

— O Macrino d'Alba? S-sim... foi a única coisa que consegui abocanhar da coleção Raycie.

— A única coisa? Bem...

— Ah, mas você deveria ter visto o Mantegna; *e* o Giotto; *e* o Piero della Francesca... imagine só, um dos mais belos Piero della Francesca do mundo... uma menina de perfil, com o cabelo adornado por uma rede de pérolas, contra um fundo de colombinas; *esse* voltou para a Europa, para a National Gallery, acredito. E o Carpaccio, o mais requintado e pequenino São Jorge... que foi para a Califórnia... *por Deus!* – Sentou-se com o suspiro de um homem faminto que fora afastado de uma mesa farta. – Bem, quase fali ao comprar *este* aí! – ele murmurou, como se pelo menos esse fato servisse de algum consolo.

Eu estava revirando minhas lembranças de infância em busca de uma pista relacionada ao que ele chamou de coleção Raycie, em um tom que implicava que ele estava aludindo a objetos conhecidos por todos os amantes da arte.

De repente:

— Seriam essas as telas da coitadinha da Louisa, por acaso? – perguntei, lembrando-me do sorriso enigmático de minha mãe.

Selwyn olhou para mim perplexo.

— Quem raios é a coitadinha da Louisa? – e sem esperar pela minha resposta, ele continuou: – Eram daquela tola da Netta Cosby até um ano atrás, e ela nem sabia disso.

Nós nos entreolhamos de forma questionadora, meu amigo perplexo com minha ignorância, e eu então tomado pela tentativa de repassar a genealogia de Netta Cosby. Finalmente consegui.

— Netta Cosby... você não quis dizer Netta Kent, a que se casou com Jim Cosby?

— Ela mesma. Eles eram primos dos Raycie, e ela herdou as telas.

Continuei a refletir.

— Eu queria muito me casar com ela no ano em que saí de Harvard – disse de supetão, mais para mim mesmo do que para meu ouvinte.

— Bem, se você tivesse se casado com ela, teria adquirido uma tola premiada; *e* uma das mais belas coleções de Primitivos Italianos do mundo.

— Do mundo?
— Bem, espere até vê-los; se é que você ainda não os viu. E me parece que você ainda não os viu... não é possível que não os tenha visto. Quanto tempo você ficou no Japão? Quatro anos? Foi o que pensei. Bom, foi somente no inverno passado que Netta descobriu.
— Descobriu o quê?
— O que havia no sótão da velha Alethea Raycie. Você deve se lembrar da velha srta. Raycie que morava naquela casa horrível da Rua 10 quando éramos crianças. Ela era prima da sua mãe, não era? Bem, aquela velha tola viveu lá por quase meio século com telas que valiam 5 milhões trancadas no sótão acima da cabeça dela. Parece que elas estavam lá desde a morte de um pobre e jovem Raycie que as compilara na Itália muitos anos atrás. Não sei de muitos detalhes dessa história; nunca fui bom em genealogia, e os Raycie sempre foram bastante indefiníveis para mim. Eles eram primos de todo mundo, claro; mas até onde se consegue chegar, essa parece ter sido sua principal função, se não a única. Ah... e eu suponho que o Edifício Raycie tenha recebido esse nome em homenagem a eles; só que *eles* não o construíram! Mas houve esse jovem rapaz... eu gostaria de descobrir mais sobre ele. Tudo o que Netta parece saber (ou se importa em saber, nesse caso) é que quando ele era muito jovem, mal tinha saído da faculdade, foi enviado para a Itália pelo pai para adquirir obras dos Antigos Mestres... nos anos 40, deve ter sido; e voltou com essa coleção extraordinária, tão inacreditável... um menino dessa idade!... e foi deserdado pelo velho cavalheiro por trazer para casa esse lixo. O jovem e a esposa morreram há muitos anos, os dois. Parece que ele foi tão ridicularizado por comprar esses quadros que eles se mudaram para longe e viveram como eremitas nas profundezas do interior. Havia uns retratos espectrais e engraçados deles que a velha Alethea tinha pendurado no quarto de dormir. Netta me mostrou um deles da última vez que fui visitá-la: um desenho patético da única filha, uma garotinha anêmica com uma testa grande. Meu Deus, mas ela devia ser sua pequena Louisa!

Eu assenti com a cabeça.

— Usando um vestido xadrez e *pantalettes* bordadas?

— Sim, algo do tipo. Bem, quando Louisa e seus pais morreram, suponho que os quadros tenham ido para a velha srta. Raycie. De qualquer forma, em algum momento, e isso deve ter acontecido há mais tempo do que você ou eu conseguimos nos lembrar, a velha senhora os herdou junto com a casa da Rua 10; e quando *ela* morreu, três ou quatro anos atrás, os familiares descobriram que ela nunca tinha subido para vê-los.

— E...?

— Bem, ela morreu sem deixar testamento, e Netta Kent, Netta Cosby, acabou sendo a parente mais próxima. Não havia muito a ser aproveitado da propriedade (ou assim eles pensavam), e como os Cosby estão sempre duros, a casa da Rua 10 teve que ser vendida, e as telas quase foram enviadas para o salão de leilão junto com o resto das coisas. Mas ninguém imaginou que elas valiam muita coisa, e o leiloeiro disse que quando se tenta vender quadros juntamente com tapetes e roupas de cama e móveis de cozinha, eles sempre depreciam tudo; e assim, como os Cosby tinham algumas paredes nuas para cobrir, mandaram buscar o lote inteiro... eram cerca de trinta, e decidiram mandar limpá-los e pendurá-los. "Afinal de contas", Netta disse, "assim que eu conseguir me livrar das teias de aranha, alguns deles vão ficar parecidos com cópias bastante alegres de coisas italianas antigas." Mas, como ela estava com pouco dinheiro, decidiu limpá-los em casa em vez de enviá-los a um especialista; e um dia, enquanto estava trabalhando neste que está aí diante de você, com as mangas arregaçadas, o homem apareceu, aquele que sempre *aparece* nessas ocasiões; o homem que sabe das coisas. Nesse caso em questão, era um sujeito calado ligado ao Louvre, que lhe trouxera uma carta de Paris, e a quem ela havia convidado para um dos seus jantares idiotas. Ele foi anunciado, e ela achou que seria uma piada deixá-lo ver o que ela estava fazendo; ela tem braços bonitos, você deve se lembrar. Ele foi então convidado para ir à sala de jantar, onde a encontrou com um balde de água quente e espuma de sabão, e *isto* disposto sobre a mesa; e a primeira coisa que ele fez foi agarrar seu lindo braço com tanta força que ele ficou preto e azul, enquanto gritava: "Meu Deus do céu! Água *quente* não!"

Meu amigo se recostou com um suspiro que misturava ressentimento e satisfação, e ficamos sentados em silêncio olhando para a encantadora *Adoração* acima da lareira.

– Foi assim que consegui comprá-lo um pouco mais barato; a maior parte do verniz antigo tinha desaparecido para sempre. Mas, felizmente para ela, foi a primeira tela que Netta tinha atacado; e quanto às outras... você precisa vê-las, é tudo o que lhe digo... espere; eu tenho o catálogo em algum lugar por aqui...

Ele começou a procurar, e eu perguntei, lembrando-me de como quase me casara com Netta Kent:

– Você quer dizer que ela não ficou com nenhum quadro?

– Ah, sim... na forma de pérolas e Rolls-Royces. E você já viu a casa nova deles na Quinta Avenida? – e terminou com um sorriso irônico: – O mais engraçado é que Jim estava pensando em se divorciar dela quando as telas foram descobertas.

– Coitadinha da Louisa! – eu suspirei.

… (OS ANOS 1850)

A SOLTEIRONA
(OS ANOS 1850)

PARTE I

I

NA VELHA NOVA YORK dos anos 1850, algumas poucas famílias dominavam com simplicidade e afluência. Entre elas estavam os Ralston.

Os ingleses robustos e os holandeses rubicundos e corpulentos haviam se misturado para produzir uma sociedade próspera, prudente, mas ainda assim extravagante. "Fazer as coisas com elegância" sempre tinha sido um princípio fundamental nesse mundo cauteloso, alicerçado sobre as fortunas de banqueiros, mercadores das Índias, construtores e fabricantes de navios. Aquelas pessoas bem alimentadas e lentas, que pareciam irritáveis e dispépticas aos olhos europeus apenas porque os caprichos do clima os tinham despojado da carne supérflua e lhes apertara os nervos com um pouco mais de força, viviam em uma monotonia refinada cuja superfície nunca fora perturbada pelos dramas emudecidos que eram ocasionalmente encenados no subsolo. Naquela época, as almas sensíveis eram como pianos mudos, nos quais o Destino tocava sem produzir uma nota sequer.

Nessa sociedade compacta, construída com blocos solidamente amalgamados, uma das maiores áreas era preenchida pelos Ralston e suas ramificações. Os Ralston descendiam da classe média inglesa. Eles não tinham vindo para as colônias com a finalidade de morrer por um credo, mas para viver por uma conta bancária. O resultado alcançado tinha extrapolado as esperanças, e sua religião foi marcada pelo sucesso. Uma Igreja da Inglaterra edulcorada, que sob o nome conciliatório de "Igreja Episcopal dos Estados Unidos da América" omitiu as alusões mais grosseiras contidas no Serviço Matrimonial, deslizava sobre as passagens cominatórias do Credo de Atanásio e acreditava ser mais respeitoso dizer "Pai Nosso *que*" em vez de "*o qual*" na Oração do Senhor, era exatamente apropriada ao espírito de conciliação sobre o qual os Ralston tinham se erigido. Havia em toda a tribo o mesmo recuo instintivo em relação às novas religiões e a pessoas desconhecidas. Institucionais ao máximo, eles representavam o elemento conservador que mantém as novas sociedades unidas, assim como as plantas marinhas amarram o litoral.

Comparados aos Ralston, famílias tradicionalistas como os Lovell, os Halsey ou os Vandergrave pareciam descuidadas, indiferentes ao dinheiro, quase imprudentes com seus impulsos e indecisões. O velho John Frederick Ralston, o robusto fundador da raça, tinha percebido a diferença e a enfatizava para o filho, Frederick John, em quem havia sentido uma leve inclinação para o experimental e o inútil.

– Deixe que os Lanning, os Dagonet e os Spender assumam riscos e se aventurem. É o sangue de famílias proprietárias de terra que corre nas veias deles: não temos nada a ver com isso. Veja como já estão desvanecendo... os homens, quero dizer. Deixe que seus meninos se casem com as meninas dessas famílias se você quiser (elas são saudáveis e bonitas); embora eu preferisse ver meus netos enlaçando uma Lovell ou uma Vandergrave ou qualquer uma da nossa própria espécie. Mas não deixe que seus filhos sonhem acordados por aí como os jovens companheiros deles, correndo a cavalo e disparando para o Sul atrás daqueles m...s do Spring e apostando dinheiro em Nova Orleans e todo o resto. É assim que você vai estabelecer a família e sobreviver às tempestades. Da forma como sempre fizemos.

Frederick John ouviu, obedeceu, casou-se com uma Halsey e passivamente seguiu os passos do pai. Pertenceu à geração cautelosa de cavalheiros nova-iorquinos que reverenciavam Hamilton e serviam a Jefferson, que ansiavam por planejar Nova York como Washington e que em vez disso a organizaram como uma grade para que não fossem considerados "antidemocráticos" pelas pessoas que eles secretamente desdenhavam. Comerciantes até a medula, expunham nas vitrines as mercadorias mais procuradas, guardando suas opiniões pessoais para os bastidores, onde, por falta de uso, iam pouco a pouco perdendo substância e cor.

Na quarta geração dos Ralston, não restou nada em termos de convicção, com exceção de um senso agudo de honra em relação a questões privadas e comerciais; no tocante à vida da comunidade e do Estado, eles tiravam suas visões diárias dos jornais, e de jornais que já abominavam. Os Ralston pouco fizeram para moldar o destino do país, exceto financiar a Causa quando se tornara seguro fazê-lo. Tinham relações com muitos dos grandes homens que haviam construído a República; mas nenhum Ralston até então se comprometera a ser grande. Como o velho John Frederick disse, era mais seguro estar satisfeito com 3%:[1] eles consideravam o heroísmo uma forma de jogo de azar. Ainda assim, somente por serem tão numerosos e muito semelhantes entre si, eles passaram a ter um peso na comunidade. As pessoas diziam: "Os Ralston" quando queriam invocar um precedente. Essa atribuição de autoridade tinha, pouco a pouco, convencido a terceira geração de sua importância coletiva, e a quarta, à qual o marido de Delia Ralston pertencia, tinha a tranquilidade e a simplicidade de uma classe dominante.

Dentro dos limites de sua cautela universal, os Ralston cumpriam suas obrigações como cidadãos ricos e respeitados. Eles

---

[1] O número faz referência à falsa afirmação de que, durante a Revolução dos Estados Unidos, apenas cerca de 3% da população civil da então colônia lutou ao lado dos revolucionários pela independência. Historiadores estimam que esse número tenha, na verdade, ficado em torno de 15% a 25%. [N. T.]

figuravam nos conselhos de todas as instituições de caridade já estabelecidas, doavam generosamente a instituições prósperas, tinham os melhores cozinheiros de Nova York e, quando viajavam para o exterior, encomendavam em Roma estátuas de escultores americanos cuja reputação já estava instituída. O primeiro Ralston a trazer para casa uma estátua tinha sido considerado um sujeito selvagem; mas quando se soube que o escultor tinha produzido várias encomendas para a aristocracia britânica, a família sentiu que esse também era um investimento adequado aos 3%.

Dois casamentos com os holandeses Vandergrave tinham consolidado essas qualidades de vida parcimoniosa e elegante, e o caráter Ralston cuidadosamente construído era agora tão congênito que Delia Ralston às vezes se perguntava se, caso ela soltasse seu próprio garotinho em uma selva, ele não criaria lá uma pequena Nova York e seria membro de todos os seus conselhos de diretores.

Delia Lovell tinha se casado com James Ralston aos 20 anos. A união, que ocorrera no mês de setembro de 1840, tinha sido celebrada, como era então o costume, na sala de estar da casa de campo da noiva, no que atualmente é a esquina da Avenida A com a Rua 91, com vista para o Estreito. De lá, seu marido a conduzira (na carruagem amarelo-canário da vovó Lovell, com o banco do cocheiro adornado por um tecido de franjas) por entre subúrbios em expansão e ruas desordenadas e sombreadas por olmos até uma das novas casas em Gramercy Park, que os pioneiros do estrato mais jovem estavam apenas começando a alterar; e lá, aos 25 anos, ela foi estabelecida como a mãe de dois filhos, a proprietária de uma generosa mesada para pequenas despesas e, por consentimento comum, uma das "jovens matronas" (como eram chamadas) mais bonitas e populares de sua época.

Ela estava pensando placidamente e com gratidão nessas coisas ao se sentar uma tarde em seu belo quarto de dormir em Gramercy Park. Estava próxima demais dos primitivos Ralston para ter uma visão muito clara deles, como, por exemplo, o filho em questão poderia, um dia, apontar: ela vivia sob o modo de vida da família de maneira tão impensada quanto alguém vive sob as leis de seu país. Contudo, aquele tremor das teclas mudas, aquele questionamento secreto que às vezes batia nela como asas, ocasionalmente a separava deles por um momento fugaz em que ela conseguia examiná-los em sua relação com outras coisas. O momento era sempre fugaz; ela voltava dele bem rápido, sem fôlego e um pouco pálida, para os filhos, os serviços domésticos, os vestidos novos e seu amável Jim.

Pensou nele hoje com um sorriso de ternura, lembrando de como ele lhe dissera para não poupar nenhum centavo com seu chapéu novo. Embora ela estivesse com 25 anos e tivesse sido mãe duas vezes, sua imagem ainda era surpreendentemente jovial. A corpulência, que era então considerada conveniente em uma jovem esposa, esticava a seda cinza sobre os seios e fazia que a corrente do relógio de ouro pesado (depois de deixar a ancoragem do broche de São Pedro feito em mosaico que prendia seu colarinho Cluny decotado) balançasse perigosamente no vazio acima de uma cintura minúscula afivelada dentro de um cinto de veludo. Mas os ombros que ficavam acima se inclinavam de forma jovial sob o cachecol de caxemira, e cada movimento era tão rápido quanto o de uma menina.

A sra. Jim Ralston examinou com aprovação o conjunto oval de bochechas rosadas entre os babados de renda do chapéu com o qual, em conformidade com as instruções do marido, ela não poupara nem um centavo. Era um capote de veludo branco amarrado com fitas largas de cetim e emplumado com um marabu salpicado de cristais; um chapéu de casamento encomendado para a cerimônia de sua prima, Charlotte Lovell, que deveria acontecer naquela semana na Igreja de São Marcos em Bouwerie. Charlotte estava constituindo uma união exatamente como a da própria Delia: casando-se com um Ralston, do ramo de Waverly Place, e nada poderia ser mais seguro, sólido ou mais... bem, comum. Delia não sabia por que a palavra lhe ocorrera, pois dificilmente poderia ser postulado, mesmo em relação às jovens mulheres de seu próprio clã mais próximo, que elas "geralmente" se casavam com um Ralston; mas a solidez, a segurança e a adequação do acordo o tornaram típico do modelo de aliança que uma garota agradável do estrato mais agradável poderia prever, serena e modestamente, para si mesma.

Sim, e depois?

Bem... o quê? E o que essa nova pergunta significava? Depois: bem, é claro, havia a rendição confusa e assustada às exigências incompreensíveis do jovem a quem se concedera, no máximo, uma bochecha rosada em troca de um anel de noivado; havia a larga cama de casal; o terror de vê-lo se barbear calmamente na manhã seguinte, em mangas de camisa, através da porta do quarto de vestir; as evasões, as insinuações, os sorrisos resignados e os textos bíblicos da mamãe de alguém; o lembrete do verbo "obedecer" no borrão reluzente da cerimônia de casamento; uma semana ou um mês de angústia ruborizada, confusão, prazer envergonhado; em seguida, a instalação do hábito, o acalanto insidioso do que é lógico e natural, o sono duplo sem sonhos na grande cama branca, as discussões e consultas matinais através daquela porta do quarto de vestir que antes parecia se abrir para um poço de lava que queimava a testa da inocência.

E então, os bebês; os bebês que supostamente deveriam "compensar tudo" e não o fizeram, embora fossem tão queridos, e ninguém tinha a noção definitiva do que era mesmo que havia sido perdido e o que eles deveriam compensar.

Sim: o destino de Charlotte seria exatamente como o dela. Joe Ralston era tão parecido com o primo de segundo grau Jim (o James de Delia) que Delia não conseguia ver nenhuma razão pela qual a vida na casa baixa de tijolos em Waverly Place não deveria se assemelhar exatamente à vida na casa alta de pedras marrons em Gramercy Park. Apenas o quarto de dormir de Charlotte certamente não seria tão bonito quanto o dela.

Delia olhou de relance e com complacência para o papel de parede francês que reproduzia uma seda lavada com uma moldura "sanefada" e borlas entre os laços. A estrutura de mogno da cama, coberta com uma colcha branca bordada, estava refletida simetricamente no espelho de um guarda-roupa do mesmo conjunto. Litografias coloridas das *Quatro estações*, de Leopold Robert, suplantavam grupos de daguerreótipos familiares em molduras douradas profundamente rebaixadas. O relógio de bronze ormolu representava uma pastora sentada sobre um tronco caído com uma cesta de flores a seus pés. Um pastor, esgueirando-se, a surpreendia com um beijo, enquanto seu cachorrinho latia para ele de um arbusto de rosas. Era possível saber a profissão dos amantes por causa de seus cajados e o formato dos chapéus. Esse relógio frívolo tinha sido um presente de casamento da tia de Delia, a sra. Manson Mingott, uma viúva arrojada que vivia em Paris e era recebida nas Tulherias. Ele fora confiado pela sra. Mingott ao jovem Clement Spender, que tinha voltado da Itália para umas férias curtas logo depois do casamento de Delia; o casamento que poderia nunca ter acontecido se Clem Spender tivesse meios para sustentar uma esposa ou se ele tivesse aceitado abrir mão da pintura e de Roma por Nova York e o Direito. O jovem (que na época já parecia tão diferente, estrangeiro e sarcástico) tinha assegurado à noiva com uma risada que o presente da tia era "a última moda no Palais Royal"; e a família, que admirava o gosto da sra. Manson Mingott, embora tivesse desaprovado sua "estrangeirice", criticara o fato de Delia manter o relógio no quarto em vez de exibi-lo sobre a lareira da sala de estar. Mas ela gostava, quando acordava pela manhã, de ver o pastor ousado roubando um beijo.

Charlotte certamente não teria um relógio tão bonito no quarto de dormir, mas ela não tinha sido acostumada a coisas bonitas. Seu pai, que morrera aos 30 anos de febre pulmonar, era um dos "Lovell pobres". Sua viúva, sobrecarregada com uma família jovem e vivendo o ano todo "acima do rio", não pôde fazer muito pela filha mais velha; e Charlotte tinha sido apresentada à sociedade em um vestido reformado da mãe, e com sandálias de cetim herdadas de uma tia defunta que "abrira um baile" com o general Washington. A mobília antiquada dos Ralston, que Delia já se via rejeitando, pareceria suntuosa para Chatty; ela muito provavelmente acharia o alegre relógio francês de Delia um pouco frívolo, ou mesmo não "muito bom". A pobre Charlotte se tornara tão séria, tão puritana quase, desde que havia desistido dos bailes e começado a visitar os pobres! Delia se lembrou, com uma admiração sempre recorrente, da mudança abrupta em Charlotte:

o momento preciso em que tinha sido confidencialmente acordado na família que, afinal, Charlotte Lovell seria uma solteirona.

Eles não tinham pensado dessa forma quando ela debutou. Embora sua mãe não pudesse se dar ao luxo de oferecer a ela mais do que um vestido novo de tarlatana, e embora quase tudo em sua aparência fosse lamentável, do vermelho brilhante dos cabelos até o castanho claro demais dos olhos, para não mencionar os círculos rosados feito tijolos nas maçãs do rosto, que quase (pensamento absurdo!) pareciam ter sido pintados por ela; mas esses defeitos eram redimidos por uma cintura fina, um pé leve e uma risada alegre; e quando seu cabelo estava bem untado com óleo e escovado para uma festa à noite, de modo que parecia quase castanho e caía suavemente ao longo de suas bochechas delicadas sob uma coroa de camélias vermelhas e brancas, sabia-se que vários jovens elegíveis (Joe Ralston entre eles) diziam que ela era bonita.

E então veio a doença. Ela pegou friagem em uma festa de trenó à luz da lua, os círculos rosados como tijolos se aprofundaram e ela começou a tossir. Houve um relato de que estava "indo como o pai", e ela foi levada às pressas para um vilarejo remoto na Geórgia, onde viveu sozinha por um ano com uma antiga governanta da família. Quando voltou, todos sentiram de imediato que algo havia mudado nela. Ela estava pálida e mais magra do que nunca, mas com bochechas requintadamente transparentes, olhos mais escuros e cabelos mais ruivos; e a estranheza de sua aparência foi intensificada por vestidos simples no estilo dos quacres. Ela tinha abandonado os penduricalhos e as correntes de relógio, usava sempre o mesmo manto cinza e um chapeuzinho justo, e exibia um zelo repentino por visitar os indigentes. A família explicou que, durante o ano que passou no Sul, ela ficara chocada com a degradação desesperada dos "brancos pobres" e seus filhos, e que essa revelação da miséria tornara impossível para ela voltar à vida leve de seus jovens amigos. Todos concordaram, com olhares expressivos, que esse estado de espírito nada natural "passaria com o tempo"; e enquanto isso a velha sra. Lovell, avó de Chatty, que talvez a entendesse melhor do que os outros, deu a ela um pouco de dinheiro para os desvalidos e emprestou um cômodo nos estábulos dos Lovell (nos fundos da casa da velha senhora na Mercer Street), onde Chatty reuniu em torno de si, no que depois teria sido chamado de "creche diurna", algumas das crianças carentes do bairro. Havia até, entre eles, a bebê cuja origem tinha despertado uma curiosidade intensa dois ou três anos antes, quando uma senhora portando um véu e um bonito manto a trouxera para o casebre de Cyrus Washington, o negro faz-tudo cuja esposa, Jessamine, trabalhava como lavadeira para o dr. Lanskell. Este, o médico-chefe na época, era supostamente versado na história secreta de cada família da Battery até a Union Square; mas, embora cercado por pacientes curiosos, ele invariavelmente se declarou incapaz de identificar a "senhora sob o véu" de Jessamine ou arriscar um palpite quanto à origem da nota de 100 dólares presa ao babador da bebê.

Os 100 dólares nunca foram renovados, a senhora nunca reapareceu, mas a bebê viveu de forma saudável e feliz com os filhinhos de Jessamine, e, assim que conseguiu dar os primeiros passos, foi levada para a creche diurna de Chatty Lovell, onde apareceu (como seus amiguinhos pobres) vestindo roupinhas feitas dos vestidos velhos de Charlotte e meias tricotadas por suas mãos incansáveis. Delia, absorta em seus próprios bebês, tinha, no entanto, aparecido uma ou duas vezes na creche e partira desejando que o instinto materno de Chatty pudesse encontrar seu destino normal no casamento. A prima casada sentia, com certa confusão, que sua própria afeição pelos lindos filhos era um sentimento leve e medido em comparação à paixão feroz de Chatty pelas crianças abandonadas no estábulo da vovó Lovell.

E então, para surpresa geral, Charlotte Lovell ficou noiva de Joe Ralston. Sabia-se que Joe a "admirara" no ano em que ela debutou. Era uma dançarina graciosa, e Joe, que era alto e ágil, tinha dançado muitas vezes com ela o sapateado irlandês e a polca alemã. No final do inverno, todos os casamenteiros estavam prevendo que algo resultaria disso; mas quando Delia sondou a prima, a resposta evasiva da garota e a testa ardente pareciam implicar que seu pretendente tinha mudado de ideia, e nenhuma outra pergunta pôde ser feita. Agora estava claro que houvera, de fato, um antigo romance entre eles, provavelmente seguido por aquele incidente emocionante, um "mal-entendido"; mas finalmente tudo estava bem, e os sinos da igreja de São Marcos estavam se preparando para anunciar dias mais felizes para Charlotte. "Ah, quando ela tiver o primeiro bebê", as mães da família Ralston entoaram em coro...

– Chatty! – Delia exclamou, empurrando a cadeira para trás assim que viu a imagem da prima refletida no espelho sobre seu ombro.

Charlotte Lovell estava parada à porta.

– Me disseram que você estava aqui, então eu corri.

– Claro, querida. Como você fica bonita no seu vestido de popeline! Eu sempre disse que você precisava de materiais requintados. Estou muito agradecida por vê-la longe da caxemira cinzenta. – Delia, levantando as mãos, removeu o chapéu branco da cabeça lustrada e escura e o agitou delicadamente para fazer que os cristais resplandecessem.

– Espero que você goste. É para o seu casamento – ela riu.

Charlotte Lovell ficou parada. Usando o antigo vestido de popeline colorido de sua mãe, recentemente costurado com fileiras estreitas de fita de veludo carmim, uma estola de arminho cruzada sobre os seios e um chapéu de castor novo com uma pena caída, ela já tinha algo da segurança e da majestade de uma mulher casada.

– E você sabe que seu cabelo certamente *está* mais escuro, querida – Delia acrescentou, ainda a examinando com esperança.

– Mais escuro? Ele está grisalho – Charlotte de repente exprimiu com sua voz profunda. Jogou para trás uma das mechas com brilhantina que emolduravam o rosto e mostrou uma faixa branca em sua têmpora. – Você não precisa guardar o chapéu; eu não vou me casar – ela acrescentou, com um sorriso que mostrou seus pequenos dentes brancos em um brilho fugaz.

Delia teve presença de espírito suficiente para pousar o chapéu com o marabu para cima antes de se atirar sobre a prima.

– Não vai se casar? Charlotte, você está completamente louca?

– Por que é loucura fazer o que acho certo?

– Mas as pessoas disseram que você se casaria com ele no ano em que você debutou. E ninguém entendeu o que aconteceu naquela época. E agora... como é possível que isso esteja certo? Você simplesmente *não pode*! – Delia gritou de forma desarticulada.

– Oh... as pessoas! – disse Charlotte Lovell, entediada.

A prima casada olhou para ela em choque. Havia algo emocionado em sua voz, algo que Delia nunca antes ouvira nela ou em nenhuma outra voz humana. Seu eco pareceu estremecer o mundo familiar das duas, e o tapete de Axminster chegou a levantar sob os sapatos encolhidos de Delia.

Charlotte Lovell ficou olhando fixo à sua frente com pálpebras tensas. No castanho pálido de seus olhos, Delia observou as manchas verdes que neles flutuavam quando ela estava irritada ou animada.

– Charlotte, onde é que você esteve? – ela questionou, atraindo a garota para o sofá.

– Onde eu estive?

– Sim. Parece que você viu um fantasma, um exército de fantasmas.

O mesmo sorriso cínico apareceu nos lábios de Charlotte.

– Eu me encontrei com Joe – ela disse.

– Então? Oh, Chatty – exclamou Delia, subitamente iluminada –, isso não quer dizer que você vai deixar qualquer coisinha do passado de Joe...? Não que eu já tenha ouvido a menor insinuação; nunca. Mas, ainda que tivesse... – ela respirou fundo e partiu com bravura para o extremo. – Mesmo que você tenha ouvido que ele... que ele teve um filho; é claro que ele teria providenciado o sustento dele antes...

A garota balançou a cabeça.

– Eu sei: você não precisa continuar. "Homens sendo homens"; mas não é isso.

– Me diga o que é.

Charlotte Lovell olhou para o cômodo próspero e ensolarado como se ele fosse a imagem do mundo de Delia e como se esse mundo fosse uma prisão da qual ela deveria escapar. Ela abaixou a cabeça. – Eu quero... fugir – ela falou, ofegante.

– Fugir? De Joe?
– Das ideias dele: as ideias dos Ralston.

Delia refreou; afinal de contas, ela era uma Ralston!

– As ideias dos Ralston? Eu não achei que elas fossem... tão insuportavelmente desagradáveis de se conviver – Delia deu um sorriso um pouco azedo.

– Não. Mas foi diferente com você: não lhe pediram para que abrisse mão das suas coisas.

– Que coisas?

O que diabos será (Delia se perguntou) que a pobre Charlotte tinha, e que faria alguém querer que ela abrisse mão disso? Ela sempre havia estado na posição de conquistar em vez de ter que se render.

– Você não pode me explicar, querida? – Delia insistiu.

– Minhas pobres criancinhas... ele diz que devo desistir delas – a garota se queixou com um sussurro arrasado.

– Desistir delas? Desistir de ajudá-las?

– De vê-las, de cuidar delas. Abrir mão delas completamente. Ele pediu para que a mãe dele me explicasse. Depois; depois que tivermos filhos... ele teme... teme que nossos filhos possam pegar coisas... ele vai me dar dinheiro, é claro, para pagar alguém... para contratar uma pessoa para cuidar deles. Ele achou que isso seria elegante – Charlotte irrompeu com um soluço. Ela arremessou o chapéu e sufocou o choro prostrado nas almofadas.

Delia se sentou perplexa. De todas as complicações imprevistas, essa com certeza era a menos imaginável. E com toda a parte adquirida dos Ralston que havia nela, Delia não podia evitar ver a força da objeção de Joe; ela conseguia quase se ver concordando com ele. Ninguém em Nova York se esquecera da morte do único filho do pobre Henry van der Luyden, que tinha pegado varíola no circo para o qual uma babá sem princípios o levara sub-repticiamente. Depois de uma advertência como essa, os pais se sentiram justificados a tomar todas as precauções contra o contágio. E as pessoas pobres eram tão ignorantes e descuidadas, e seus filhos, é claro, tão perpetuamente expostos a tudo o que se pegava. Não, sem dúvida Joe Ralston estava certo e Charlotte estava quase loucamente irracional. Mas seria inútil lhe falar sobre isso agora. Instintivamente, Delia temporizou.

– Afinal de contas – ela sussurrou ao ouvido propenso – se é só depois que vocês tiverem filhos, você pode não ter nenhum... por algum tempo.

– Oh, sim, eu vou! – ressoou com angústia das almofadas.

Delia sorriu com uma superioridade matronal.

– Realmente, Chatty, não vejo muito bem como você pode saber disso. Você não compreende.

Charlotte Lovell se levantou. Sua gola de renda de Bruxelas tinha se soltado e estava pendurada em um fiapo em seu corpete amarrotado, e com o desalinho do cabelo, a mecha branca cintilou de forma abatida. Em seus olhos castanhos pálidos, as pequenas manchas verdes flutuavam como folhas em um tanque de trutas.

"Pobre garota", Delia pensou. "Como ela está velha e feia! Mais do que nunca como uma solteirona; e ela não parece perceber, nem de longe, que nunca vai ter outra chance."

– Você deve tentar ser sensata, Chatty querida. Afinal, nossos próprios bebês têm prioridade.

– É exatamente isso. – A garota a agarrou ferozmente pelos pulsos. – Como posso desistir do meu próprio bebê?

– Seu... seu...? – O mundo de Delia novamente começou a trepidar sob ela. – Qual das pobres criancinhas abandonadas, querida, você chama de seu próprio bebê? – ela questionou, paciente.

Charlotte olhou diretamente em seus olhos.

– Eu chamo meu próprio bebê de meu próprio bebê.

– Seu próprio...? Tenha cuidado, você está machucando meus pulsos, Chatty! – Delia se libertou, forçando um sorriso. – Seu próprio...?

– Minha própria filhinha. Essa que Jessamine e Cyrus...

– Oh – Delia Ralston engasgou.

As duas primas se sentaram em silêncio, uma de frente para a outra, mas Delia desviou o olhar. Com um arrepio de repugnância, apossou-se dela a ideia de que tais coisas, mesmo que tivessem de ser ditas, não deveriam ter sido ditas em seu quarto de dormir, tão próximo do quartinho impecável que ficava do outro lado do corredor. Mecanicamente, ela alisou as dobras da saia de seda, que se pareciam com um órgão, e que o abraço da prima havia amassado. Então, ela olhou de novo para os olhos de Charlotte, e seus próprios olhos derreteram.

– Oh, pobre Chatty, minha pobre Chatty! – Ela estendeu os braços para a prima.

II

O pastor continuava a roubar o beijo da pastora, e o relógio no tronco caído continuava a marcar os minutos que se passavam.

Delia, petrificada, sentou-se inconsciente de sua passagem, a prima agarrada a ela. Ela estava muda com o horror e o espanto de saber que seu próprio sangue corria nas veias da enjeitada anônima, a "bebê de 100 dólares" de quem Nova York tinha caçoado e sobre quem havia conjecturado furtivamente por tanto tempo. Esse era seu primeiro contato com o lado inferior da harmônica superfície social, e ela ficou nauseada com a ideia de que tais coisas existiam e de que ela, Delia Ralston, deveria ouvi-las em sua própria casa e dos lábios da vítima! Porque Chatty certamente era uma vítima, mas de quem? Não tinha mencionado nenhum nome, e Delia não podia fazer nenhuma pergunta: o horror da situação selou seus lábios. Sua mente correra de imediato pelo passado de Chatty; mas ela não viu nenhuma figura masculina nele além de Joe Ralston. E relacionar Joe com o episódio era obviamente impensável. Alguém no Sul, então...? Mas não: Charlotte tinha ficado doente quando partiu; e em um piscar de olhos, Delia entendeu a verdadeira natureza dessa doença e do desaparecimento da garota. Mas a partir de tais especulações sua mente também recuou, e ela instintivamente se agarrou a algo que ainda poderia entender: a atitude de Joe Ralston em relação aos desvalidos de Chatty. É claro que Joe não podia deixar a esposa correr o risco de trazer doenças para sua casa, que era um terreno seguro para se habitar. Seu próprio Jim teria se sentido da mesma forma; e ela certamente teria concordado com ele.

Seus olhos viajaram de volta ao relógio. Ela sempre pensava em Clem Spender quando olhava para o relógio e de repente se perguntou: se as coisas tivessem sido diferentes, o que *ele* teria dito se ela tivesse apelado a ele como Charlotte tinha feito com Joe? A coisa era difícil de imaginar; no entanto, em um momento de reajuste mental, Delia se viu enquanto esposa de Clem, viu seus filhos como sendo dele, imaginou-se pedindo a ele para deixá-la continuar cuidando das pobres crianças abandonadas no estábulo da Mercer Street e ela claramente ouviu sua risada e sua resposta leve: "Por que diabos você me pediu, minha patinha? Você me toma por um fariseu?"

Sim, isso era a cara de Clem Spender: tolerante, imprudente, indiferente às consequências, sempre fazendo a coisa gentil no momento certo e com muita frequência deixando os outros pagarem a conta. "Clem me parece meio vulgar", Jim dissera uma vez com seu jeito indelicado. Delia Ralston despertou e trouxe a prima para mais perto de si.

– Chatty, me conte – ela sussurrou.

– Não há mais nada.

– Quero dizer, sobre você... essa coisa... isso... – a voz de Clem Spender ainda estava em seus ouvidos. – Você já amou alguém – ela respirou.

– Sim. Está acabado. Agora é só a criança... e eu poderia amar Joe... de outra forma. – Chatty Lovell aprumou-se, lívida e taciturna. – Eu preciso do dinheiro, preciso dele para a minha bebê. Ou vão enviá-la para uma instituição. – Ela parou. – Mas isso não é tudo. Eu quero me casar; ser uma esposa, como todas vocês. Eu amaria os filhos de Joe, nossos filhos. A vida não para...

– Não; suponho que não. Mas você fala como se... como se... a pessoa que tirou vantagem de você...

– Ninguém tirou vantagem de mim. Eu estava só e infeliz. Encontrei alguém que estava só e infeliz. Nem todo mundo tem sua sorte. Nós dois éramos muito pobres para nos casarmos... e minha mãe jamais consentiria. E assim, um dia... um dia antes de ele dizer adeus...

– Ele disse adeus?

– Sim. Estava saindo do país.
– Ele deixou o país... sabendo?
– Como ele ia saber? Ele não vive aqui. Ele tinha acabado de voltar... voltou para ver a família por algumas semanas... – ela irrompeu, os lábios finos pressionados sobre o segredo.

Houve um silêncio. Cegamente, Delia encarava o pastor ousado.

– Tinha voltado de onde? – ela por fim perguntou, com um tom baixo.

– Ora, o que importa? Você não entenderia – Charlotte concluiu, com as mesmas palavras que a prima casada tinha usado, compassivamente, para falar de sua virgindade.

Um rubor lento surgiu nas bochechas de Delia: sentiu-se estranhamente humilhada pela repreensão transmitida naquela réplica desdenhosa. Ela pareceu para si mesma tímida, ineficaz, tão incapaz quanto uma garota ignorante de lidar com as abominações que Charlotte estava empurrando sobre ela. Mas, de repente, um tipo de intuição feminina feroz lutou e despertou em Delia. Ela forçou os olhos sobre a prima.

– Você não vai me dizer quem foi?
– Para quê? Eu não disse a ninguém.
– Então, por que você veio até mim?

O rosto petrificado de Charlotte explodiu em choro.

– Por causa da minha bebê... minha bebê...

Delia não deu atenção a ela.

– Como posso ajudá-la se não sei? – ela insistiu com uma voz seca e dura: seus batimentos cardíacos eram tão violentos que pareciam enviar mãos estranguladoras até sua garganta.

Charlotte não respondeu.

– Tinha voltado de onde? – Delia repetiu, obstinada; e nisso, com um longo lamento, a garota jogou as mãos para cima, protegendo os olhos.

– Ele sempre pensou que você o esperaria – ela soluçou –, e então, quando ele descobriu que você não o esperou... e que você estava se casando com Jim... ele soube enquanto estava velejando... ele não soube até que a sra. Mingott pediu que ele trouxesse o relógio para o seu casamento...

– Pare, pare – Delia gritou, levantando-se de um salto. Ela tinha provocado a confissão, e agora que ela acontecera, Delia sentiu que ela havia sido jogada sobre si de forma gratuita e indecente. Era essa Nova York, *sua* Nova York, sua Nova York segura e hipócrita, era essa a casa de James Ralston, e essa era sua esposa ouvindo tais revelações de desonra?

Charlotte Lovell se levantou, por sua vez.

– Eu sabia, eu sabia! Agora você pensa o pior da minha bebê, em vez do melhor... oh, por que você me fez contar? Eu sabia que você nunca entenderia. Eu sempre gostei dele, desde que debutei; foi por isso que não quis me casar com mais ninguém. Mas eu sabia que não havia esperança para mim... ele nunca olhou para ninguém além de você. E então, quando ele voltou há quatro anos e não existia mais *você* para ele, ele começou a me notar, a ser gentil, a falar comigo sobre a vida e a pintura dele... – ela respirou fundo e sua voz saiu limpa. – Acabou: está tudo acabado. É como se eu não conseguisse odiá-lo ou amá-lo. Só existe a criança agora, minha filha. Ele nem sabe disso; por que deveria? Não é da conta dele. Não é da conta de ninguém além da minha. Mas você certamente entende que não posso desistir da minha bebê.

Delia Ralston ficou sem palavras, olhando para a direção oposta à prima com um horror crescente. Ela tinha perdido toda a noção de realidade, toda a sensação de segurança e autoconfiança. Seu impulso foi tampar os ouvidos para o apelo da outra do mesmo jeito que uma criança cobre a cabeça para se proteger dos terrores da meia-noite. Finalmente, ela se recompôs e falou com os lábios secos.

– Mas o que você pretende fazer? Por que você me procurou? Por que me contou tudo isso?

– Porque ele a amou! – Charlotte Lovell gaguejou; e as duas mulheres se levantaram e se encararam.

Lentamente, as lágrimas brotaram dos olhos de Delia e rolaram pelas bochechas, umedecendo seus lábios ressecados. Através das lágrimas, ela viu o semblante abatido da prima vacilar e cair como um rosto que se afoga debaixo d'água. Coisas das quais desconfiava, sentidas de forma obscura, surgiram nela de profundezas insuspeitadas. Era quase como se, por um momento, essa outra mulher estivesse contando a ela sobre seu próprio passado secreto, colocando em palavras rudes todos os silêncios trêmulos de seu próprio coração.

O pior de tudo foi, como Charlotte disse, que elas precisavam agir agora; não havia um dia a perder. Chatty estava certa: era impossível se casar com Joe se isso significasse desistir da criança. Mas, de qualquer forma, como ela poderia se casar com ele sem contar a verdade? E era concebível que, depois de ouvi-la, ele não deveria repudiá-la? Todas essas perguntas giravam de forma agonizante na cabeça de Delia e através delas cintilava a visão persistente da criança, a filha de Clem Spender, dependendo de caridade enquanto crescia em uma cabana de negros ou sendo pastoreada em uma daquelas casas de peste que eles chamavam de orfanatos. Não: a criança vinha em primeiro lugar; isso ela sentia em cada célula de seu corpo. Mas o que ela deveria fazer, de quem aceitar sugestões, como aconselhar a criatura miserável que viera até ela em nome de Clement? Delia olhou de relance ao seu redor desesperadamente, e então se voltou para a prima.

– Você precisa me dar um tempo. Eu preciso pensar. Você não deve se casar com ele... e, ainda assim, todos os arranjos estão feitos; e os presentes de casamento... haveria um escândalo... isso mataria a vovó Lovell...

Charlotte respondeu com uma voz baixa:

– Não *há* tempo. Devo decidir agora.

Delia pressionou as mãos contra o peito.

– Estou lhe dizendo, preciso pensar. Eu gostaria que você fosse para casa. Ou, não... fique aqui: sua mãe não deve ver seus olhos. Jim não vai voltar para casa até tarde; você pode esperar nesta sala até que eu volte. – Ela tinha aberto o guarda-roupa e estava pegando um chapéu simples e um véu pesado.

– Ficar aqui? Mas aonde é que você vai?

– Não sei. Eu quero andar... para pegar um ar. Acho que quero ficar sozinha. – Freneticamente, Delia desdobrou o xale Paisley, amarrou o chapéu e o véu, enfiou as mãos enluvadas em seu regalo. Charlotte, sem se mover, olhou para ela em silêncio do sofá.

– Você vai esperar – insistiu Delia à soleira da porta.
– Sim: eu vou esperar.

Delia fechou a porta e correu escada abaixo.

III

Ela tinha falado a verdade ao dizer que não sabia para onde estava indo. Queria simplesmente fugir do rosto insuportável de Charlotte e da atmosfera imediata de sua tragédia. Lá fora, ao ar livre, talvez fosse mais fácil pensar.

Ao contornar os corrimãos do parque, viu os filhos, corados, brincando sob os olhos da babá com a progênie mimada de outros moradores da praça. A menininha usava um gorro novo de veludo xadrez e uma estola branca, e o menino, uma boina escocesa e um *spencer* de linho. Como pareciam felizes e alegres! A babá a viu, mas ela balançou a cabeça, acenou para o grupo e continuou apressada.

Andou e andou pelas ruas familiares enfeitadas com o sol forte de inverno. Era o início da tarde, uma hora em que os cavalheiros acabavam de voltar aos seus escritórios e havia poucos pedestres em Irving Place e na Union Square. Delia cruzou a Union Square até a Broadway.

A casa dos Lovell na Mercer Street era uma residência de tijolos à moda antiga. Um grande estábulo adjacente a ela se abria para um beco que Delia, em sua viagem de lua de mel na Inglaterra, ouviu ser chamado de "cavalariça". Ela virou no beco, entrou no pátio do estábulo e abriu uma porta, empurrando-a. Em um quarto caiado de branco, uma dúzia de crianças reunidas em torno de um fogão se entretinha com brinquedos quebrados. A irlandesa que estava encarregada deles cortava pequenas peças de roupa sobre uma mesa de pínus com as pernas quebradas. Levantou um rosto amigável, reconhecendo Delia como a senhora que tinha visitado as crianças uma ou duas vezes com a srta. Charlotte.

Delia parou, envergonhada.

– Eu... eu vim perguntar se você precisa de algum brinquedo novo – ela gaguejou.

– Disso nós precisamos, senhora. E muitas outras coisas também, apesar de que a srta. Charlotte me diz que eu não devo pedir nada às senhoras que vêm aqui ver nossas pobrezinhas.

– Oh, você pode pedir para mim, Bridget – a sra. Ralston respondeu, sorrindo. – Deixe-me ver seus bebês; faz muito tempo que não venho aqui.

As crianças pararam de brincar e, encolhidas contra a babá, olharam boquiabertas para a senhora rica e farfalhante. Uma menininha com olhos castanhos claros e bochechas escarlate usava um vestido xadrez de alpaca enfeitado com imitações de botões de coral dos quais Delia se lembrava. Esses botões tinham estado no "melhor vestido" de Charlotte no ano em que ela debutou. Delia parou e pegou a criança no colo. Seus cabelos cacheados eram castanhos, da cor exata dos olhos, graças a Deus! Mas os olhos tinham as mesmas pequenas lantejoulas verdes flutuando em sua transparência. Delia se sentou e a garotinha, apoiada sobre seu joelho, tocou solenemente a corrente do relógio.

– Oh, senhora, olha que os sapatos dela vão sujar sua saia. O chão daqui não é lá muito limpo.

Delia balançou a cabeça e apertou a criança contra si. Tinha se esquecido dos outros bebês que observavam e de sua carcereira. A criaturinha que estava sobre o joelho dela era feita de um material diferente: não precisava da alpaca xadrez e dos botões de coral para destacá-la. Seus cachos castanhos cresciam em pontos em sua testa alta, exatamente como os de Clement Spender. Delia pôs uma bochecha quente contra a testa dela.

– A bebezinha quer minha adorável corrente amarela?

A bebê queria.

Delia soltou a corrente de ouro e a pendurou no pescoço da criança. Os outros bebês aplaudiram e gritaram, mas a garotinha, com covinhas profundas, continuou a mexer nos elos em silêncio.

– Oh, senhora, você não pode deixar essa corrente chique com a pequena Teeny. Quando ela tiver que voltar para aqueles negros...

– Como ela se chama?

– Teena é como chamam ela, eu acho. Não parece um nome cristão, não, praticamente.

Delia ficou em silêncio.

– O que acontece é que as bochechas dela estão muito vermelhas. E ela tosse muito fácil. Sempre um resfriado ou outro. Vem cá, Teeny, larga a senhora.

Delia se levantou, afrouxando os braços tenros.

– Ela não quer largar você, senhora. A srta. Chatty não veio aqui hoje, e a pequenina fica mais sozinha ainda sem ela. Ela não brinca como as outras crianças, tem alguma coisa aí... Teeny, olha para aquela corrente linda que você ganhou... isso... calma...

– Adeus, Clementina – Delia sussurrou por baixo da respiração. Ela beijou os olhos castanhos claros, a coroa encaracolada e deixou cair o véu sobre as lágrimas que escorriam. No pátio do estábulo, ela as enxugou com um grande lenço bordado e parou, hesitante. Então, com um passo decidido, se dirigiu para casa.

A casa estava como ela a deixara, exceto que os filhos tinham chegado; ela os ouviu brincando no quarto das crianças enquanto percorria o corredor até seu quarto. Charlotte Lovell estava sentada no sofá, ereta e rígida, como Delia a deixara.

– Chatty, Chatty, eu tive uma ideia. Ouça. Aconteça o que acontecer, a bebê não ficará com aquelas pessoas. Eu pretendo ficar com ela.

Charlotte se levantou, alta e branca. Os olhos em seu rosto magro tinham ficado tão escuros que pareciam cavidades espectrais em um crânio. Abriu os lábios para falar, e, então, agarrando o lenço, pressionou-o contra a boca e afundou-se novamente. Um fio vermelho gotejou através do lenço em sua saia de popeline.

– Charlotte, Charlotte – Delia gritou de joelhos ao lado da prima. A cabeça de Charlotte deslizou para trás, indo de encontro às almofadas, e o gotejamento cessou. Ela fechou os olhos, e Delia, pegando uma *vinaigrette*[2] da penteadeira, levou-a até as

---

2 Frasco ornamental contendo vinagre aromático, que era utilizado para acordar mulheres desmaiadas e disfarçar odores desagradáveis. No

narinas comprimidas de Charlotte. O cômodo foi preenchido por um odor aromático acre.

As pálpebras de Charlotte se levantaram.

– Não se assuste. Eu ainda cuspo sangue às vezes, não com frequência. Meu pulmão está quase curado. Mas é o horror...

– Não, não: não haverá mais horror nenhum. Posso afirmar que pensei em tudo. Jim vai me deixar ficar com a bebê.

A garota se ergueu, abatida.

– Jim? Você contou a ele? É lá que você esteve?

– Não, querida. Eu só fui visitar a bebê.

– Oh – Charlotte gemeu, recostando-se novamente. Delia pegou seu próprio lenço e enxugou as lágrimas que escorriam feito chuva pelo rosto da prima.

– Você não pode chorar, Chatty; você precisa ser corajosa. Sua menininha e dele... como você poderia imaginar? Mas você precisa me dar um tempo: devo administrar a questão do meu jeito... apenas confie em mim...

Os lábios de Charlotte tremeram levemente.

– As lágrimas... não as seque, Delia... gosto de senti-las...

As duas primas continuaram se apoiando uma na outra sem dizer nada. O relógio de bronze ormolu marcava a medida de sua comunhão muda em minutos, quartos, meia hora e depois uma hora: o dia declinou e escureceu, as sombras se alongaram nas guirlandas da Axminster e no amplo leito branco. Houve uma batida na porta.

– As crianças estão esperando para dar as graças antes do jantar, senhora.

– Sim, Eliza. Deixe-os dá-las a você. Eu irei mais tarde. – Conforme os passos da babá recuaram, Charlotte Lovell se desenlaçou do abraço de Delia.

– Agora posso ir – ela disse.

---

século XIX, os desmaios eram comuns entre as mulheres devido ao uso de espartilhos apertados, que restringiam a respiração e o consumo de alimentos. [N. T.]

– Você não está muito fraca, querida? Posso mandar uma carruagem levá-la em casa.

– Não, não; minha mãe ficaria assustada. E eu vou apreciar a caminhada agora, na escuridão. Às vezes, o mundo costumava parecer um único brilho intenso e terrível para mim. Havia dias em que eu achava que o sol nunca se poria. E, então, a lua aparecia à noite. – Ela pousou as mãos sobre os ombros da prima. – Agora é diferente. Pouco a pouco, na cidade, não odiarei a claridade.

As duas mulheres se beijaram e Delia sussurrou:

– Amanhã.

IV

Os Ralston abriam mão de velhos costumes com relutância, mas depois que adotavam um novo, achavam impossível entender por que todos os outros não faziam o mesmo imediatamente.

Quando Delia, que veio dos descuidados Lovell e era naturalmente inclinada à novidade, propôs pela primeira vez ao marido fazer a segunda refeição às seis e não às duas, o rosto jovem e maleável de Jim se tornou tão implacável quanto o do velho Ralston original em seu triste retrato colonial. Mas depois de uma resistência de dois dias, ele concordou com a visão da esposa e agora sorria com desprezo da obstinação daqueles que se apegavam a uma refeição pesada ao meio-dia e ao chá da tarde.

– Não há nada que eu odeie tanto quanto a estreiteza de pensamento. Deixe as pessoas comerem quando quiserem, que me importa: é a estreiteza de pensamento que eu não suporto.

Delia pensava nisso enquanto permanecia sentada na sala de estar (sua mãe a teria chamado de salão) esperando a volta do marido. Ela mal teve tempo de escovar as tranças lustrosas e pôr o vestido de moiré listrado em preto e branco com detalhes de cereja, que era o vestido favorito de Jim. A sala de estar, com cortinas de renda de Nottingham enroladas sob cornijas floridas e douradas, a mesa de centro de mármore sobre pés de jacarandá esculpidos e as antiquadas poltronas de mogno forradas com um dos novos damascos de seda francesa em um tom ácido de maçã-verde, era motivo de orgulho para qualquer jovem esposa. As estantes de jacarandá ao lado das portas camarão que levavam para a sala de jantar eram adornadas com conchas tropicais, vasos de feldspato, um modelo da Torre de Pisa em alabastro, um par de obeliscos feitos de lascas de pórfiro e serpentina recolhidos pelo jovem casal no Fórum Romano, um busto de Clítia feito de porcelana biscuit de Sèvres, branca como giz, e quatro estatuetas antiquadas das estações em louça de Chelsea, que tiveram de ser deixadas entre os enfeites mais novos porque tinham pertencido à bisavó Ralston. Nas paredes, viam-se grandes gravuras de aço escuro da *Viagem da vida* de Cole, e entre as janelas ficava a estátua em tamanho real de *Uma donzela em cativeiro*, executada para o pai de Jim Ralston pela célebre Harriet Hosmer, imortalizada no romance de Hawthorne *O fauno de mármore*. Sobre a mesa, descansavam cópias lindamente trabalhadas de *Os rios da França* de Turner, de *O culpado Fay* de Drake, dos contos de Crabbe e do *Livro da beleza*, que continha retratos de nobres britânicas que haviam participado do torneio do conde de Eglinton.

Enquanto Delia permanecia sentada diante do fogo de carvão antracito queimando na abertura arqueada de mármore preto, com a escrivaninha de tuia ao seu lado e uma das novas luminárias francesas derramando uma luz agradável sobre a mesa de centro através de uma sombra de franjas de cristal, ela se perguntou como poderia ter ultrapassado tão completamente, em tão curto espaço de tempo, seu círculo habitual de impressões e convicções, muito mais longe do que nunca do horizonte dos Ralston. Aqui estava ele, aproximando-se dela de novo, como se os ornamentos de gesso do teto, as formas dos móveis e o corte de seu vestido tivessem sido feitos a partir de preconceitos dos Ralston, e tornados inflexíveis pelo toque das mãos dos Ralston.

Ela deveria estar louca, pensou, ao ter se comprometido tanto com Charlotte; no entanto, apesar de se virar como podia na circunferência do problema que se fechava cada vez mais, ela ainda não conseguia encontrar nenhuma outra conclusão. De alguma forma, era tarefa dela salvar a filha de Clem Spender.

Ela ouviu o som da chave (seu coração nunca tinha batido tão forte por esse motivo) e uma cartola sendo colocada no console do salão... ou duas cartolas, era isso? A porta da sala de estar se abriu e dois jovens de alta classe e casacos amplos avançaram: dois Jim Ralston, por assim dizer. Delia nunca tinha notado como o marido e o primo Joe eram parecidos, e isso a fez se sentir justificada por sempre pensar nos Ralston de forma coletiva.

Ela não teria sido jovem e afetuosa, nem uma esposa feliz, se não achasse Joe uma cópia indiferente de seu Jim; no entanto, permitindo defeitos na reprodução, perdurava ali uma semelhança marcante entre as duas figuras atléticas e altas, os rostos sanguíneos e curtos com narizes retos, bigodes retos, sobrancelhas retas, olhos azuis sinceros e sorrisos egoístas e doces. Só que, naquele momento, Joe se parecia com Jim com dor de dente.

– Veja, minha querida: aqui está um jovem que pediu para tentar a sorte com nosso jantar – Jim sorriu com a confiança de um marido bem alimentado, que sabe que sempre pode trazer um amigo para casa.

– Quanta gentileza da sua parte, Joe! Você acha que é possível que ele se contente com uma sopa de ostras e um ganso recheado? – Delia sorriu para o marido.

– Eu sabia! Eu te disse, meu caro amigo! Ele disse que você não ia gostar... que ficaria preocupada com o jantar. Espere até você se casar, Joseph Ralston... – Jim deu uma patada cordial na dragona verde-garrafa do primo, e Joe fez uma careta como se um dente o tivesse esfaqueado.

– É excessivamente gentil da sua parte, prima Delia, me receber esta noite. O fato é...

– Primeiro jantamos, meu caro, se você não se importar! Uma garrafa de Borgonha vai espantar a tristeza. Ofereça seu braço para a sua prima, por favor; vou somente garantir que o vinho seja servido.

Sopa de ostras, robalo grelhado, ganso recheado, bolinhos de maçã fritos e pimentões verdes, seguidos por um dos famosos pudins de caramelo da vovó Ralston: em toda a sua angústia mental, Delia estava levemente ciente de um orgulho secreto de sua realização. Ele certamente serviria para confirmar o boato de que Jim Ralston sempre podia trazer um amigo para casa para jantar sem aviso prévio. Os vinhos dos Ralston e dos Lovell completaram o efeito, e até mesmo o rosto desenhado de Joe tinha se suavizado quando o Madeira dos Lovell começou a se expandir para o oeste. Delia marcou a mudança quando os dois jovens se reuniram a ela na sala de estar.

– E agora, meu caro companheiro, é melhor você contar a ela a história inteira – Jim aconselhou, empurrando uma poltrona na direção do primo.

A jovem, encurvada sobre o trabalho com a lã, escutou com as pálpebras abaixadas e as bochechas ruborizadas. Como mulher casada, como mãe, Joe esperava que ela acharia justificável que ele lhe falasse com franqueza: ele tinha a autoridade do marido para fazê-lo.

– Ah, vá em frente, vá em frente – irritou-se Jim, exuberante após o jantar, sobre o tapete da lareira.

Delia ouviu, ponderou, deixou o noivo se debater em meio à exposição envergonhada. A agulha de Delia pairou como a espada de Dâmocles[3] acima da tela; ela logo viu que Joe dependia dela para tentar convencer Charlotte de sua forma de pensar. Mas ele estava muito apaixonado: com uma palavra de Delia, ela entendeu que ele cederia, e Charlotte ganharia o argumento, salvaria a criança e se casaria com ele...

Como era fácil, afinal de contas! Uma recepção amigável, um bom jantar, um vinho maduro e a lembrança dos olhos de Charlotte, tão mais expressivos devido a tudo o que haviam contemplado. Uma inveja secreta esfaqueou a esposa a quem faltava essa última iluminação.

---

3 A anedota de Dâmocles foi registrada por Timeu de Tauromênio (356 a.C.-260 a.C.), historiador grego. Desejoso de substituir Dionísio de Siracusa no poder, Dâmocles experimenta um dia na vida do tirano, mas o faz com uma espada pendurada acima de seu pescoço, sustentada por um único fio de rabo de cavalo. O episódio alude à ameaça constante da perda repentina de poder por aqueles que o concentram. [N. T.]

Como era fácil; e, ainda assim, não deveria ser! Não importava o que tivesse acontecido, ela não podia deixar Charlotte Lovell se casar com Joe Ralston. Todas as tradições de honra e probidade nas quais ela tinha sido criada a proibiam de ser conivente com esse plano. Ela poderia aceitar, já havia aceitado, medidas arrogantes, desafios de precedente rápidos e habilidosos, revoltas sutis contra a crueldade da rotina social. Mas ela jamais poderia ser conivente com uma mentira. A ideia de Charlotte se casar com Joe Ralston, o primo de seu próprio Jim, sem revelar seu passado para ele parecia tão desonrosa quanto teria parecido para qualquer Ralston. E falar a verdade para ele seria pôr um fim de uma vez ao casamento; disso, mesmo Chatty estava ciente. A tolerância social não era medida da mesma forma para homens e mulheres, e nem Delia nem Charlotte jamais se perguntaram por quê: como todas as jovens de sua classe, elas simplesmente se curvavam ao inevitável.

Não; não havia escapatória ao dilema. Tão claro quanto era dever de Delia salvar a filha de Clem Spender, era também claro que ela parecia estar destinada a sacrificar sua amante. Conforme a ideia a pressionava, ela se recordou do grito melancólico de Charlotte: "Eu quero me casar, como todas vocês" – e o coração dela apertou. Mas isso ainda não podia acontecer.

– Eu faço todas as concessões – (Joe estava falando monotonamente) – pela ignorância e a inexperiência da minha doce garota; pela sua adorável pureza. Como poderia um homem desejar que sua futura esposa fosse... fosse diferente disso? Você concorda comigo, Jim? E Delia? Eu disse a ela, você entende, que ela sempre terá uma quantia especial separada para as crianças pobres... além da mesada; com isso ela pode contar totalmente. Meu Deus! Estou disposto a redigir um testamento, um acordo, perante um advogado, se ela quiser que seja assim. Eu admiro, aprecio sua generosidade. Mas eu pergunto a você, Delia, como mãe; veja bem, agora, quero sua opinião honesta. Se você acha que eu posso ceder um pouco, posso deixá-la continuar a oferecer seus cuidados pessoais a essas crianças até... até... – um rubor de orgulho inundou a testa do pai em potencial... – até que deveres mais familiares a reivindiquem, ora, eu estou mais do que pronto... se você disser isso a ela. Eu me comprometo – proclamou Joe, vibrando de repente com a lembrança de seu último copo – a acertar as coisas com minha mãe, cujos preconceitos, é claro, embora eu os respeite, nunca permitirei que... que se interponham entre mim e minhas próprias convicções. – Ele se pôs de pé de um salto e sorriu para seu duplo destemido no espelho da chaminé. – Minhas convicções – ele devolveu para o reflexo.

– Ouça, ouça! – bradou Jim com emoção.

A agulha de Delia espetou a tela com uma picada afiada, e ela deixou o trabalho de lado.

– Acho que entendo vocês dois, Joe. Certamente, no lugar de Charlotte, eu nunca conseguiria abrir mão daquelas crianças.

– Veja só, meu caro amigo! – Jim triunfou, tão orgulhoso dessa coragem vicária quanto da perfeição do jantar.

– Nunca – disse Delia. – Especialmente, quero dizer, os enjeitados; há dois, eu acho. Essas crianças sempre morrem quando são mandadas para orfanatos. É isso que está assombrando Chatty.

– Pobres inocentes! Como eu a amo por amá-los! Que injusto que existam tantos canalhas impunes nesta terra... Delia, diga a ela que farei o que for.

– Calma, meu velho, vá com calma – Jim o advertiu com um lampejo da cautela dos Ralston.

– Bem, isso quer dizer, seja lá o que for... de razoável...

Delia levantou uma mão desaprovadora.

– Eu direi a ela, Joe: ela ficará grata. Mas de nada adianta...

– De nada adianta? O que mais...?

– Nada mais: exceto isso. Charlotte foi acometida pela antiga doença. Ela tossiu sangue hoje. Você não deve se casar com ela.

Pronto: estava resolvido. Ela se levantou com todos os ossos tremendo e sentindo os lábios empalidecidos. Tinha agido certo? Tinha feito mal? E será que um dia saberia?

O pobre Joe se voltou para ela com um rosto tão pálido quanto o dela: agarrou-se às costas da poltrona, a cabeça inclinada para a frente como a de um velho. Seus lábios se moveram, mas não emitiram nenhum som.

— Meu Deus! — Jim gaguejou. — Mas você sabe que precisa de coragem, meu velho.

— Eu... eu sinto muito por você, Joe. Ela mesma o dirá amanhã — Delia vacilou, enquanto o marido continuava a oferecer consolos profundos.

— Aceite como um homem, meu velho amigo. Pense em você, no seu futuro. Não pode ser, você sabe. Delia está certa; ela *sempre* está. É melhor acabar com isso; melhor encarar a realidade agora do que depois.

— Melhor agora do que depois — Joe ecoou com um sorriso torturado; e ocorreu a Delia que nunca antes, no decorrer de sua vida fácil e agradável, ele teve, não mais do que seu Jim, que desistir de qualquer coisa que já estivesse certa em seu coração. Mesmo o vocabulário da renúncia e seus gestos convencionais não eram familiares para ele.

— Mas eu não entendo. Não posso desistir dela — ele declarou, derramando uma lágrima de menino.

— Pense nos filhos, meu caro amigo; é seu dever — insistiu Jim, dedicando um rápido olhar de orgulho para a beleza saudável de Delia.

Na longa conversa que se seguiu entre os primos (argumento, contra-argumento, conselho prudente e protesto sem esperança), Delia interpretou um papel ocasional. Ela sabia muito bem qual seria o final. O noivo, que temera que a noiva pudesse trazer para casa doenças contagiosas de suas visitas aos pobres, não implantaria uma doença conscientemente em sua raça. Isso não era tudo. Muitos casos tristes de mães desvanecendo prematuramente e deixando os maridos sozinhos com um jovem rebanho para criar deviam estar pressionando a memória de Joe. Os Ralston, os Lovell, os Lanning, os Archer, os Van der Luyden... qual deles não tinha uma sepultura para cuidar em um cemitério distante: sepulturas de parentes jovens "consumidas por uma doença", enviadas ao exterior para serem curadas pela amena Itália? Os túmulos protestantes de Roma e Pisa estavam cheios de nomes de Nova York; a visão dessa peregrinação familiar com uma esposa moribunda era motivo para esfriar o mais ardente dos Ralston. E o tempo todo, enquanto ouvia com a cabeça inclinada, Delia continuava repetindo para si mesma: "Isso é fácil; mas como é que eu vou contar a Charlotte?"

Quando o pobre Joe, no final da noite, torceu a mão dela com uma despedida gaguejada, ela abruptamente o chamou de volta à soleira da porta.

– Você deve me deixar vê-la primeiro, por favor; você deve esperar até que ela pergunte por você – e ela estremeceu um pouco com o regozijo de seu aceite. Mas nem mesmo um sem-número de reforços retóricos conseguiria ajudar um jovem a enfrentar o que aguardava Joe; e o último olhar que Delia dedicou aos olhos dele foi de compaixão...

A porta da frente se fechou atrás de Joe, e ela foi despertada pelo toque do marido em seu ombro.

– Eu nunca a admirei tanto, querida. Minha sábia Delia!

Sua cabeça se inclinou para trás; ela aceitou o beijo dele e depois se afastou. O brilho nos olhos do marido, ela entendeu, eram tanto um convite ao seu desabrochar quanto um tributo à sua sagacidade.

Segurou-o à distância dos braços.

– O que você teria feito, Jim, se eu tivesse que lhe falar sobre mim o que acabei de falar a Joe sobre Chatty?

Um leve franzir de sobrancelhas mostrou que ele achou a pergunta insignificante, e dificilmente do feitio de Delia.

– Venha – seu braço forte a implorou.

Ela continuou a se distanciar dele com olhos sérios.

– Pobre Chatty! Não sobrou nada agora...

Os olhos dele ficaram sérios em simpatia imediata. Em tais momentos, ele ainda era o menino sentimental a quem ela podia controlar.

– Ah, pobre Chatty, de fato! – Ele procurou pela panaceia mais facilmente disponível. – Que sorte, agora, apesar de tudo, ela ter aqueles pobres, não é mesmo? Suponho que uma mulher *deve* ter filhos para amar; os de outro alguém se não os dela. – Era evidente que a ideia da reparação já tinha aliviado a dor dele.

— Sim — Delia concordou —, não vejo outro conforto para ela. Tenho certeza de que Joe se sentirá assim também. Entre nós, querido — e agora ela o deixou segurar suas mãos —, cá entre nós, você e eu devemos ajudá-la a ficar com seus bebês.

— Seus bebês? — Ele sorriu devido ao pronome possessivo. — Claro, pobre garota! A menos que ela realmente seja enviada para a Itália?

— Oh, ela não vai... de onde sairá o dinheiro? E, além disso, ela nunca deixaria a tia Lovell. Mas eu pensei, querido, se eu pudesse contar a ela amanhã... você sabe, eu não estou exatamente ansiosa para ter essa conversa com Chatty. Se eu puder dizer a ela que você me deixaria cuidar da bebê com a qual ela mais se preocupa, a coitadinha da menininha enjeitada que não tem nome nem lar; se eu puder dispor de uma soma fixa da minha mesada...

Suas mãos se encontraram, ela levantou o rosto ruborizado em direção ao dele. Lágrimas viris surgiram em seus olhos; ah, como ele triunfava na saúde, na sabedoria, na generosidade dela!

— Nem um centavo da sua mesada, nunca!

Ela fingiu desaprovação e admiração.

— Pense, querido: se eu tivesse que abrir mão de você!

— Nem um centavo do seu dinheiro, eu disse; mas tanto a mais quanto você precisar para ajudar os pobrezinhos da pobre Chatty. Pronto: isso vai deixar você contente?

— Meu querido! Quando penso nos nossos próprios filhos no andar de cima! — Eles se abraçaram, admirados por essa evocação.

V

Charlotte Lovell, ao ouvir o som dos passos da prima, levantou um rosto febril do travesseiro.

O quarto de dormir, escuro e fechado, cheirava a *eau de Cologne* e lençóis novos. Delia, piscando por causa do sol brilhante de inverno, teve de tatear o caminho através de um crepúsculo obstruído pelo mogno escuro.

— Quero ver seu rosto, Chatty; a menos que sua cabeça esteja doendo demais...

Charlotte sinalizou "não", e Delia afastou as cortinas pesadas da janela e deixou um raio de luz entrar. Nele, viu a cabeça da garota, lívida contra as roupas de cama, os círculos rosados feito tijolos novamente visíveis sob as pálpebras sombreadas. Era exatamente essa, recordou-se, a aparência do pobre primo fulano-de-tal na semana anterior à partida de Delia para a Itália!

– Delia! – Charlotte respirou.

Delia se aproximou da cama e ficou olhando para baixo na direção da prima com olhos novos. Sim: tinha sido bastante fácil, na noite anterior, descartar o futuro de Chatty como se fosse o seu próprio. Mas, e agora?

– Querida...

– Oh, comece, por favor – a garota interrompeu –, ou eu saberei que o que está por vir é terrível demais!

– Chatty, querida, se eu prometi demais...

– O Jim não vai deixá-la ficar com minha filha? Eu sabia! Devo viver para sempre sonhando com coisas que nunca vão acontecer?

Delia, as lágrimas transbordando, ajoelhou-se ao lado da cama e apertou com uma mão fresca a mão da outra, que ardia.

– Não pense nisso, querida: pense apenas no que você mais gostaria...

– Mais gostaria? – A garota se sentou bruscamente, apoiando-se nos travesseiros, viva até as pontas dos dedos quentes.

– Você não pode se casar com Joe, querida... pode? E ficar com a pequena Tina? – Delia continuou.

– Não, mantê-la comigo, não: mas em algum lugar onde eu pudesse escapar para vê-la. Oh, eu tinha esperança em tais loucuras!

– Desista das loucuras, Charlotte. Mantê-la onde? Visitar sua própria filha em segredo? Sempre com o temor da desonra? De fazer mal aos seus outros filhos? Você já pensou nisso?

– Ah, minha pobre cabeça não quer pensar! Você está tentando me dizer que devo desistir dela?

– Não, querida; mas que você não deve se casar com Joe.

Charlotte se afundou no travesseiro, os olhos semicerrados.

– Estou lhe dizendo que devo dar um lar à minha filha. Delia, você é muito abençoada para entender!

– Pense em si mesma como abençoada também, Chatty. Você não deve desistir da sua bebê. Ela viverá com você: você cuidará dela... por mim.
– Por você?
– Eu prometi que ficaria com ela, não foi? Mas não que você iria se casar com Joe. Somente assim eu daria um lar para a sua bebê. Bem, está resolvido; vocês duas ficarão juntas para sempre.

Charlotte se agarrou a ela e soluçou.
– Mas Joe... não posso contar a ele, não posso! – Ela afastou Delia de repente. – Você não contou a ele sobre meu... minha bebê? Eu não aguentaria machucá-lo tanto assim.
– Disse a ele que você tossiu sangue ontem. Ele a verá em breve: está tremendamente infeliz. Ele foi levado a entender que, dada sua saúde frágil, o noivado está desfeito por vontade sua e ele aceita sua decisão; mas se ele ceder, ou se você ceder, não posso fazer nada por você ou pela pequena Tina. Pelo amor de Deus, lembre-se disso!

Delia a soltou, e Charlotte inclinou para trás em silêncio com os olhos fechados e os lábios apertados. Permaneceu ali quase como um cadáver. Em uma cadeira perto da cama, pendurou o vestido de popelina com fitas de veludo vermelho que tinha sido feito em homenagem ao noivado. Um par de sapatos novos de pelica cor de bronze espreitavam debaixo dele. Pobre Chatty! Mal tinha tido tempo de ser bonita...

Delia se sentou perto da cama, imóvel, os olhos no semblante fechado da prima. Eles seguiram o curso de uma lágrima que abriu caminho de maneira forçada entre as pálpebras apertadas de Charlotte, pendurou-se nos cílios, resplandeceu lentamente bochecha abaixo. Quando a lágrima alcançou os lábios estreitados, eles falaram.

– Devo viver com ela em outro lugar, você quer dizer? Só ela e eu, juntas?
– Só você e ela.
– Em uma casinha pequenina?
– Em uma casinha pequenina...
– Você tem certeza, Delia?

– Claro, minha querida.

Charlotte mais uma vez se apoiou no cotovelo e com uma das mãos tateou sob o travesseiro. Tirou uma fita estreita da qual pendia um anel de diamantes.

– Eu já o tinha tirado – disse simplesmente, e o entregou a Delia.

PARTE II

VI

SEMPRE TINHA SIDO EVIDENTE, todos concordaram mais tarde, que Charlotte Lovell estava destinada a ser uma solteirona. Mesmo antes de a doença se manifestar: havia algo de recatado nela, apesar dos cabelos de fogo. Para sua sorte, coitadinha, considerando a saúde lamentável em sua juventude: os contemporâneos da sra. James Ralston, por exemplo, se lembravam de Charlotte como um mero fantasma, tossindo os pulmões para fora; o que, é claro, tinha sido a razão de ela romper o noivado com Joe Ralston.

Verdade, ela se recuperara muito rápido, apesar do tratamento peculiar que lhe fora dado. Os Lovell, como todos sabiam, não podiam se dar ao luxo de enviá-la para a Itália; o experimento anterior na Geórgia tinha sido malsucedido; e assim ela foi despachada para uma fazenda no Hudson, um lugarzinho na propriedade de James Ralston onde viveu por cinco ou seis anos com uma empregada irlandesa e uma bebê enjeitada. A história da enjeitadinha era outro episódio estranho no histórico de Charlotte. Desde a época de sua primeira doença, quando tinha apenas 22 ou 23 anos, ela desenvolvera uma ternura quase mórbida por crianças, especialmente pelos filhos dos pobres. Diziam (ouviram o dr. Lanskell dizer) que o instinto perplexo da maternidade era peculiarmente intenso nos casos em que a doença pulmonar impedia o casamento. E assim, quando ficou decidido que Chatty deveria romper o noivado com Joe Ralston e ir morar no campo, o médico disse à família que a única esperança de salvá-la estava em não separá-la inteiramente de suas crianças pobres, mas deixá-la escolher uma delas, a mais nova e em condição mais lamentável, e dedicar-se aos seus cuidados. Então a família de James Ralston emprestou a ela a pequena casa da fazenda, e a sra. Jim, com seu dom extraordinário para entender as coisas num piscar de olhos, arranjara tudo de uma vez, e até se comprometeu a cuidar da bebê se Charlotte morresse.

Charlotte não morreu. Ela viveu até ficar robusta e de meia-idade, enérgica e até tirânica. E à medida que a transformação de seu caráter se instalava, ela se tornava cada vez mais parecida com a típica solteirona: precisa, metódica, absorta em ninharias e atribuindo uma importância exagerada às menores observâncias sociais e domésticas. Tal era sua reputação de dona de casa vigilante que, quando o coitado do Jim Ralston foi morto por uma queda de cavalo e deixou Delia, ainda jovem, com um menino e uma menina para criar, pareceu perfeitamente natural que a viúva de coração partido devia levar a prima para viver com ela e compartilhar de sua incumbência. Mas Delia Ralston nunca fazia as coisas exatamente como as outras pessoas. Quando ela recebeu Charlotte, recebeu a enjeitada de Charlotte também: uma criança de cabelos escuros com olhos castanhos pálidos e o jeito estranho e incisivo das crianças que conviviam excessivamente entre os mais velhos. A menininha se chamava Tina Lovell: supôs-se vagamente que Charlotte a adotara. Ela cresceu em termos de igualdade afetuosa com seus jovens primos Ralston e quase tanto quanto, poder-se-ia dizer, com as duas mulheres que a criaram como mães. Mas, impelida por um instinto de imitação que ninguém se deu ao trabalho de corrigir, ela sempre chamava Delia Ralston de "mamãe" e Charlotte Lovell de "tia Chatty". Era uma criatura brilhante e envolvente, e as pessoas se maravilhavam com a sorte da pobre Chatty ao escolher um espécime tão interessante entre seus enjeitados (pois, àquela altura, ela supostamente tinha um orfanato cheio de onde poderia escolher qualquer criança).

O simpático senhor solteiro Sillerton Jackson, ao voltar de uma estada prolongada em Paris (onde se acreditava que havia sido muito elogiado pelos personagens mais importantes), ficou imensamente impressionado com os encantos de Tina quando a viu no baile de debutantes, e pediu a permissão de Delia para visitá-los alguma noite e jantar a sós com ela e seus familiares jovens. Ele elogiou a viúva pela beleza corada de sua própria jovem Delia; mas o olhar afiado da mãe percebeu que o tempo todo ele prestou atenção em Tina. E, após o jantar, ele confiou às senhoras mais velhas que havia algo "muito francês" na maneira como a menina penteava os cabelos, e que na capital de todas as Elegâncias, ela teria sido declarada extremamente estilosa.

– Oh... – Delia censurou, radiante, enquanto Charlotte Lovell se sentava curvada sobre seu trabalho com os lábios apertados; mas Tina, que estava rindo com os primos do outro lado da sala, veio ficar à volta dos mais velhos em um estalar de dedos.

– Eu ouvi o que o sr. Sillerton disse! Sim, eu ouvi, mamãe: ele diz que penteio meu cabelo com estilo. Não é o que eu sempre falei? Eu *sei* que é mais atraente deixá-lo cachear naturalmente e não engessá-lo com bandolina como a tia...

– Tina, Tina, você sempre acha que as pessoas estão admirando você! – a srta. Lovell protestou.

– Por que eu não deveria, se elas me admiram? – a menina desafiou, rindo; e, voltando os olhos zombeteiros para Sillerton Jackson: – Diga à tia Charlotte para não se comportar tanto como uma solteirona!

Delia viu o sangue subir ao rosto de Charlotte Lovell. Ela já não pintava dois círculos rosados como tijolos em suas bochechas magras, mas difundia um rubor forte sobre todo o seu semblante, desde o colarinho preso à moda antiga com um broche de granada até os cabelos grisalhos (sem nenhum traço de ruivo) achatados sobre as têmporas ocas.

Naquela noite, quando subiram para dormir, Delia chamou Tina para o quarto dela.

– Você não deve falar com a tia Charlotte como fez esta noite, querida. É desrespeitoso; você deve entender que isso a magoa.

A menina transbordou de compunção.

– Ah, eu sinto muito! Porque eu disse que ela era solteirona? Mas ela *é*, não é, mamãe? No íntimo da alma, quero dizer. Não acredito que ela já tenha sido jovem, que alguma vez tenha pensado em diversão ou admiração ou em se apaixonar... você acha? É por isso que ela nunca me entende, e você sempre me entende, minha querida mamãe. – Com um de seus movimentos leves, Tina estava nos braços da viúva.

– Filha, filha – Delia a repreendeu com suavidade, beijando os cachos escuros plantados em cinco pontas na testa da menina.

Houve um leve barulho de passos no corredor, e Charlotte Lovell parou à porta. Delia, sem se mover, lançou um olhar de boas-vindas sobre o ombro de Tina.

– Entre, Charlotte. Estou repreendendo Tina por se comportar como um bebê mimado na frente de Sillerton Jackson. O que ele vai pensar dela?

– Exatamente o que ela merece, provavelmente – Charlotte devolveu com um sorriso frio. Tina foi em sua direção, e os lábios finos de Chatty tocaram a testa oferecida pela menina justamente onde o beijo quente de Delia havia descansado. – Boa noite, querida –, disse ela com seu tom seco de dispensa.

A porta se fechou para as duas mulheres, e Delia sinalizou para que Charlotte se sentasse na poltrona oposta à dela.

– Não tão perto do fogo – a srta. Lovell respondeu. Ela escolheu um assento de encosto ereto e sentou-se com as mãos postas. Os olhos de Delia pousaram distraidamente nos dedos finos sem anéis: ela se perguntou por que Charlotte nunca usava as joias da mãe.

– Eu ouvi o que você estava dizendo para Tina, Delia. Você a estava repreendendo porque ela me chamou de solteirona.

Foi a vez de Delia corar.

– Eu a repreendi por ser desrespeitosa, querida; se você ouviu o que eu disse, não pode achar que fui muito severa.

— Não muito severa: não. Nunca pensei que você fosse muito severa com Tina; pelo contrário.
— Você acha que eu a mimo?
— Às vezes.
Delia sentiu um ressentimento irracional.
— Do que eu disse, ao que você se opõe?
Charlotte devolveu seu olhar com firmeza.
— Eu preferia que ela achasse que sou uma velha solteirona a...
— Oh... — Delia murmurou. Com um de seus rápidos saltos de intuição, ela entrou na alma da outra e mais uma vez mediu sua trêmula solidão.
— O que mais — Charlotte buscou inexoravelmente — ela *pode* pensar de mim... pelo resto da vida?
— Entendo... entendo... — a viúva vacilou.
— Uma solteirona ridícula e de mente estreita, nada mais — Charlotte Lovell insistiu, pondo-se de pé —, ou nunca me sentirei segura com ela.
— Boa noite, minha querida — Delia disse com compaixão. Havia momentos em que ela quase odiava Charlotte por ser a mãe de Tina, e outros, como este, em que seu coração se apertava com o espetáculo trágico daquele vínculo não confessado.
Charlotte parecia ter adivinhado seu pensamento.
— Oh, mas não tenha pena de mim! Ela é minha — ela murmurou, saindo.

VII

Delia Ralston às vezes sentia que os eventos reais de sua vida não começaram até que os dois filhos contraíram, de maneira muito segura e adequada, suas irrepreensíveis uniões nova-iorquinas. O menino tinha se casado primeiro, escolhendo uma Vandergrave cujo pai era proprietário de um banco em Albany no qual ele teria uma sociedade júnior imediata; e a jovem Delia (como sua mãe previra que ela faria) tinha elegido John Junius, o mais seguro e sólido dos muitos jovens da família Halsey, e o seguiu até a casa de seus pais um ano após o casamento do irmão.

Depois que a jovem Delia deixou a casa em Gramercy Park, era inevitável que Tina ocupasse o centro de seu estreito palco. Tina tinha chegado à idade de se casar, era admirada e procurada; mas que esperança havia de encontrar um marido? As duas mulheres vigilantes não apresentavam essa questão uma à outra; mas Delia Ralston, cismando com o assunto dia após dia e levando-o consigo quando subia para o quarto de dormir à noite, sabia que Charlotte Lovell, na mesma hora, carregava o mesmo problema com ela para o andar de cima.

As duas primas, durante os oito anos de vida compartilhada, poucas vezes tinham discordado abertamente. Na verdade, quase seria possível dizer que não havia nada aberto em sua relação. Delia teria dito o contrário: depois de terem olhado tão profundamente no interior das almas uma da outra, parecia antinatural que um véu caísse entre elas. Mas ela entendia que a ignorância de Tina sobre sua origem deveria ser preservada a todo custo, e que Charlotte Lovell, abrupta, apaixonada e inarticulada, não conhecia nenhum outro tipo de segurança a não ser se cercar em silêncio perpétuo.

Tanto ela tinha carregado essa reticência autoimposta que a sra. Ralston ficou surpresa com o pedido repentino da srta. Lovell, logo após o casamento da jovem Delia, que buscava sua permissão para se mudar para o pequeno quarto ao lado do quarto de dormir de Tina, que ficara vazio com a partida da noiva.

– Mas você ficará muito menos confortável lá, Chatty. Você já pensou nisso? Ou é por conta das escadas?

– Não, não é por causa das escadas – respondeu Charlotte com sua franqueza habitual. Como ela poderia se aproveitar do pretexto que Delia lhe ofereceu quando Delia sabia que ela ainda corria para cima e para baixo dos três lances da escada como uma menina? – É porque eu devo ficar perto de Tina – disse ela, com uma voz baixa que rangeu como uma corda desafinada.

– Oh... muito bem. Faça como quiser. – A sra. Ralston não soube dizer por que se sentiu subitamente irritada com o pedido, a não ser que ela já se divertira com a ideia de transformar o quarto vazio em uma sala de estar para Tina. Ela tinha a intenção de decorá-lo em rosa e verde pálido, como uma flor em seu desabrochar.

– Naturalmente, se houver algum motivo – sugeriu Charlotte, como se estivesse lendo o pensamento de Delia.

– Motivo nenhum; a não ser que... bem, eu queria surpreender a Tina transformando o quarto numa espécie de pequeno *boudoir* onde ela poderia manter seus livros e coisas e receber as amigas.

– Você é muito gentil, Delia; mas Tina não deve ter *boudoirs* – a srta. Lovell respondeu ironicamente, as manchas verdes aparecendo em seus olhos.

– Muito bem: como você preferir – repetiu Delia com o mesmo tom irritado. – Pedirei para descerem com suas coisas amanhã.

Charlotte parou à porta.

– Você tem certeza de que não há nenhum outro motivo?

– Outro motivo? Por que deveria haver? – As duas mulheres se olharam quase com hostilidade, e Charlotte se virou para sair.

Uma vez acabada a conversa, Delia ficou irritada consigo mesma por ter cedido ao desejo de Charlotte. Por que deveria ser sempre ela quem cedia; ela que, afinal, era a senhora da casa e a quem tanto Charlotte quanto Tina, quase era possível dizer, deviam sua própria existência ou pelo menos tudo o que fazia valer a pena vivê-la? Entretanto, sempre que alguma questão surgia em relação à garota, era invariavelmente Charlotte quem fazia valer seu argumento e Delia quem cedia: parecia que Charlotte, com seu jeito obstinado e calado, estava determinada a tirar todas as vantagens da dependência que tornava impossível para uma mulher da natureza de Delia se opor a ela.

Na verdade, Delia tinha ansiado mais do que pensava às conversas tranquilas que teria com Tina e para as quais o pequeno *boudoir* se prestaria. Durante o período em que a própria filha ocupou o quarto, a sra. Ralston tinha o hábito de passar uma hora no cômodo todas as noites, batendo papo com as duas meninas enquanto elas se trocavam e escutando seus comentários acerca dos incidentes do dia. Ela sempre sabia de antemão exatamente o que a própria filha diria; mas o ponto de vista e as opiniões de Tina eram para ela um choque delicioso e perpétuo. Não que fossem estranhos ou desconhecidos; houve momentos em que eles pareciam saídos diretamente das profundezas do próprio passado de Delia. Só que eles expressavam sentimentos que ela nunca havia verbalizado, ideias que ela mal confessara a si mesma: Tina às vezes dizia coisas que Delia Ralston, em autocomunhões distantes, tinha se imaginado dizendo a Clement Spender.

E agora haveria um fim para essas conversas noturnas: se Charlotte tivesse pedido para ser alojada ao lado da filha, não poderia ser, concebivelmente, porque ela queria que cessassem? Nunca antes ocorrera a Delia que sua influência sobre Tina poderia ser ressentida, mas agora a descoberta lançou uma luz no fundo do abismo que sempre dividira as duas mulheres. Mas, um momento depois, Delia se repreendeu por atribuir sentimentos de ciúmes à prima. Ao invés disso, não era para si mesma que ela deveria tê-los atribuído? Charlotte, como mãe de Tina, tinha todo o direito de querer estar perto dela, perto dela em todos os sentidos da palavra; que alegação teria Delia para se opor a esse privilégio natural? Na manhã seguinte, ela deu a ordem para que as coisas de Charlotte fossem levadas para o cômodo ao lado do quarto de Tina.

Naquela noite, quando chegou a hora de dormir, Charlotte e Tina subiram juntas; mas Delia permaneceu na sala, sob o pretexto de ter cartas para escrever. Na verdade, ela temia passar pela porta onde, noite após noite, o riso fresco das duas garotas costumava emboscá-la enquanto Charlotte Lovell já dormia seu sono de solteirona no andar de cima. Delia sentiu uma pontada de dor ao pensar que dali em diante ela seria impedida de manter seu domínio sobre Tina por esses meios.

Uma hora mais tarde, quando por sua vez ela subiu as escadas, Delia estava culposamente consciente de se mover da forma mais silenciosa possível ao longo do pesado tapete do corredor e de parar mais do que o necessário para fechar o queimador de gás do patamar. Enquanto se demorava, ela esticava os ouvidos para o som de vozes que vinham das portas adjacentes atrás das quais

Charlotte e Tina dormiam; ela teria sido secretamente ferida ao ouvir as conversas e risos vindos de dentro. Mas nenhum deles veio, nem havia luz debaixo das portas. Era evidente que Charlotte, com seu jeito metódico e duro, tinha desejado boa noite à filha e ido direto para a cama, como de costume. Talvez ela nunca tivesse aprovado as vigílias de Tina, as longas trocas de roupa pontuadas por alegria e confidências; ela pode ter solicitado o quarto ao lado do quarto de dormir da filha simplesmente porque não queria que a menina perdesse o "sono da beleza".

Sempre que Delia tentava explorar o segredo das ações da prima, ela voltava da aventura humilhada e envergonhada pelos motivos básicos que se percebia atribuindo a Charlotte. Como era que ela, Delia Ralston, cuja felicidade tinha sido aberta e confessada ao mundo, se encontrava assim tantas vezes invejando o segredo da maternidade precária da pobre Charlotte? Ela se odiava por esse movimento de inveja sempre que o detectava, e tentava expiá-lo com modos suavizados e uma consideração mais ansiosa pelos sentimentos de Charlotte; mas a tentativa nem sempre era bem-sucedida, e Delia às vezes se perguntava se Charlotte não se ressentia de qualquer demonstração de simpatia como um olhar indireto para seu infortúnio. A pior consequência de um sofrimento como o dela era que ele abria uma ferida ao toque mais gentil...

Delia, despindo-se lentamente diante do mesmo espelho de toalete envolto em renda que tinha refletido sua imagem nupcial, estava revirando esses pensamentos quando ouviu uma batida leve na porta. Ela abriu a porta e lá estava Tina, vestindo um robe, seus cachos escuros caindo sobre os ombros.

Com uma batida feliz no coração, Delia estendeu os braços.

– Eu tinha que dizer boa noite, mamãe – a garota sussurrou.

– É claro, querida. – Delia deu um longo beijo em sua testa erguida. – Agora vá, ou você vai incomodar sua tia. Você sabe que ela dorme mal e você deve ficar quieta como um rato agora que ela está ao seu lado.

– Sim, eu sei – Tina aquiesceu, com um olhar sério que era quase de cumplicidade.

Ela não fez mais perguntas, não se demorou: erguendo a mão de Delia, segurou-a por um momento contra a bochecha e então saiu tão silenciosamente quanto tinha chegado.

VIII

– Mas você precisa ver – insistiu Charlotte Lovell, deixando de lado o *Evening Post* – que a Tina mudou. Você consegue ver isso?

As duas mulheres estavam sentadas sozinhas perto da lareira da sala de visitas em Gramercy Park. Tina tinha ido jantar com a prima, a jovem sra. John Junius Halsey, e seria levada depois disso a um baile na residência dos Vandergrave, de onde os John Junius haviam prometido deixá-la em casa. A sra. Ralston e Charlotte, tendo terminado o jantar antecipado, tinham a longa noite para si mesmas. O costume, nessas ocasiões, era que Charlotte lesse as notícias em voz alta para a prima enquanto esta bordava; mas nessa noite, durante todo o progresso conscioncioso de Charlotte de coluna em coluna, sem um deslize ou omissão, Delia tinha sentido que ela, por algum motivo especial, estava alerta para tirar partido da ausência da filha.

Para ganhar tempo antes de responder, a sra. Ralston se inclinou sobre um ponto em seu delicado bordado branco.

– A Tina mudou? Desde quando? – perguntou.

A resposta apareceu no mesmo instante.

– Desde que Lanning Halsey tem vindo tanto aqui.

– Lanning? Eu costumava achar que ele vinha por causa da Delia – ponderou a sra. Ralston, falando aleatoriamente para ganhar ainda mais tempo.

– É natural que você suponha que todos viessem atrás da Delia – Charlotte respondeu secamente –, mas como Lanning continua a buscar qualquer chance de estar com a Tina...

A sra. Ralston levantou a cabeça e lançou um olhar rápido para a prima. Ela tinha, de fato, notado que Tina havia mudado, como uma flor muda no momento misterioso em que as pétalas fechadas enrubescem a partir de seu interior. A garota tinha ficado mais bonita, mais tímida, mais silenciosa, por vezes mais alegre sem motivo. Mas Delia não associara essas variações de humor à presença de Lanning Halsey, um dos vários jovens que assombravam a casa antes do casamento da jovem Delia. Houve, de fato, um momento em que os olhos da sra. Ralston se fixaram, com certa apreensão, no belo Lanning. Entre todos os robustos e impassíveis primos Halsey, ele era o único a quem uma mãe prudente hesitaria em confiar a filha; teria sido difícil dizer por quê, exceto que ele era mais bonito e mais conversável do que o resto, cronicamente impontual e totalmente imperturbável por esse fato. Clem Spender era assim; e se a jovem Delia...?

Mas a mãe da jovem Delia foi rapidamente tranquilizada. A garota, ela mesma talentosa e estimulante, não se interessava pelas graças correspondentes exceto quando sustentadas por qualidades mais sólidas. Uma Ralston até o âmago, ela exigia as virtudes dos Ralston e escolheu o Halsey mais digno de uma noiva Ralston.

A sra. Ralston sentiu que Charlotte estava esperando que ela falasse.

– Vai ser difícil se acostumar com a ideia do casamento da Tina – ela disse gentilmente. – Eu não sei o que nós, duas velhas, faremos sozinhas nesta casa vazia... porque ela será, então, uma casa vazia. Mas suponho que devemos encarar a ideia.

– Eu *encaro* a ideia – disse Charlotte Lovell seriamente.

– E você não gosta de Lanning? Quero dizer, como marido para Tina?

A srta. Lovell dobrou o jornal noturno e esticou uma mão fina até o tricô. Ela olhou através da escrivaninha de tuia para a prima.

– Tina não deve ser muito difícil – ela começou.

– Oh... – Delia protestou, corando.

– Vamos chamar as coisas pelos nomes – a outra prosseguiu calmamente. – Esse é meu jeito, e isso quando eu digo alguma coisa. Normalmente, como você sabe, eu não digo nada.

A viúva assentiu com a cabeça, e Charlotte continuou:

– É melhor assim. Mas eu sempre soube que chegaria o momento em que teríamos que falar sobre isso.

– Falar sobre isso? Você e eu? Sobre o quê?

— O futuro de Tina.

Houve um silêncio. Delia Ralston, que sempre respondia instantaneamente ao menor apelo à sua sinceridade, deu um profundo suspiro de alívio. Finalmente o gelo no peito de Charlotte estava se quebrando!

— Minha querida — Delia murmurou —, você sabe o quanto a felicidade de Tina me preocupa. Se você desaprova Lanning Halsey como marido, você tem algum outro candidato em mente?

A srta. Lovell sorriu um de seus sorrisos duros e fracos.

— Não estou ciente de que haja uma fila à porta. Nem desaprovo Lanning Halsey como marido. Pessoalmente, eu o acho muito agradável; entendo sua atração por parte de Tina.

— Ah... Tina *está* atraída?

— Sim.

A sra. Ralston deixou de lado o trabalho manual e contemplou pensativamente o rosto bem marcado da prima. Nunca Charlotte Lovell tinha apresentado a imagem típica da solteirona de maneira mais completa do que quando estava sentada ali, ereta em sua cadeira de espaldar reto, com os cotovelos estreitos e as agulhas estalando, e discutindo de maneira imperturbável o casamento da filha.

— Eu não entendo, Chatty. Quaisquer que sejam os defeitos de Lanning, e eu não acredito que eles sejam graves, compartilho de seu gosto por ele. Afinal de contas... — a sra. Ralston fez uma pausa —, o que as pessoas acham tão repreensível nele? Principalmente, pelo que ouço por aí, que ele não consegue se decidir sobre a escolha de uma profissão. A visão de Nova York em relação a isso é bastante estreita, como sabemos. Os rapazes podem ter outros gostos... artísticos... literários... eles podem até ter dificuldade para decidir...

As duas mulheres coraram ligeiramente, e Delia adivinhou que a mesma reminiscência que fez tremer seu próprio peito também latejava sob o corpete estreito de Charlotte.

Charlotte falou.

— Sim: eu entendo. Mas a hesitação sobre uma profissão pode causar hesitações sobre... outras decisões...

– O que você quer dizer? Certamente não esse Lanning...?
– Lanning não pediu Tina em casamento.
– E você acha que ele está hesitando?

Charlotte fez uma pausa. O clique constante de suas agulhas pontuava o silêncio como uma vez, anos antes, ele tinha sido pontuado pelo tique-taque do relógio parisiense sobre a lareira de Delia. Conforme a memória de Delia voltou à cena, ela sentiu sua tensão misteriosa no ar.

Charlotte falou.

– Lanning não está mais hesitando: ele decidiu *não* se casar com Tina. Mas ele também decidiu não desistir de vê-la.

Delia corou repentinamente; ela estava irritada e perplexa com as frases oraculares de Charlotte, distribuídas por entre lábios parcimoniosos.

– Você não quer dizer que ele se ofereceu e depois recuou? Não acho que ele seja capaz de tal insulto a Tina.

– Ele não insultou Tina. Ele simplesmente disse a ela que não tem recursos para se casar. Até que ele escolha uma profissão, o pai lhe reservará apenas algumas centenas de dólares por ano; e isso pode ser suprimido se... se ele se casar contra a vontade dos pais.

Foi a vez de Delia ficar em silêncio. O passado foi ressuscitado de forma avassaladora nas palavras de Charlotte. Clement Spender estava diante dela, irresoluto, impecunioso, persuasivo. Ah, se ao menos ela tivesse se deixado persuadir!

– Lamento muito que isso tenha acontecido com Tina. Mas como Lanning parece ter se comportado com honra e se retirado sem criar falsas expectativas, devemos ter esperança... devemos ter esperança... – Delia parou, sem saber o que elas deviam esperar.

Charlotte Lovell largou o tricô.

– Você sabe tão bem quanto eu, Delia, que todo jovem que está inclinado a se apaixonar por Tina encontrará boas razões para não se casar com ela.

– Então você acha que as desculpas de Lanning são um pretexto?

– Claro. As primeiras de muitas que serão encontradas pelos seus sucessores, pois é claro que ele terá sucessores. Tina... é atraente.

– Ah – Delia murmurou.

Aqui elas finalmente estavam cara a cara com o problema que, através de todos os anos de silêncio e evasão, estivera tão perto da superfície quanto um cadáver enterrado às pressas! Delia deu outro suspiro fundo, o que, novamente, foi quase um suspiro de alívio. Ela sempre soube que seria difícil, quase impossível, encontrar um marido para Tina; e por mais que desejasse a felicidade de Tina, um egoísmo íntimo sussurrava como o fim de sua própria vida seria muito menos solitário e sem propósito se a menina fosse forçada a dividi-lo. Mas como dizer isso à mãe de Tina?

– Espero que você esteja exagerando, Charlotte. Deve haver alguns sujeitos desinteressados... mas, de qualquer forma, Tina certamente não precisa ser infeliz aqui, conosco, que a amamos tanto.

– Tina, uma solteirona? Nunca! – Charlotte Lovell levantou-se abruptamente, a mão fechada golpeando a elegante escrivaninha. – Minha filha terá uma vida... sua própria vida... custe o que custar...

A simpatia imediata de Delia se intensificou.

– Eu entendo seu sentimento. Eu também deveria querer... por mais difícil que seja deixá-la ir. Mas com certeza não há pressa... nenhuma razão para olhar tão adiante. A menina não tem nem vinte anos. Espere.

Charlotte estava diante dela, imóvel, perpendicular. Nesses momentos, ela levava Delia a pensar em lava lutando contra o granito: parecia não haver nenhum problema para os incêndios internos.

– Esperar? Mas e se *ela* não esperar?

– Mas se ele se retirou... o que você quer dizer?

– Ele desistiu de se casar com ela, mas não de encontrá-la.

Delia saltou por sua vez, enrubescida e tremendo.

– Charlotte! Você sabe o que está insinuando?

– Sim: eu sei.

– Mas isso é muito ultrajante. Nenhuma menina decente...

As palavras morreram nos lábios de Delia. Charlotte Lovell manteve o olhar inexoravelmente.

— As meninas nem sempre são o que você chama de decentes – ela declarou.

A sra. Ralston se voltou lentamente para sua cadeira. O bastidor tinha caído no chão; ela se inclinou pesadamente para pegá-lo. A figura magra de Charlotte pairou sobre ela, implacável como a ruína.

— Eu não consigo imaginar, Charlotte, o que se ganha ao dizer tais coisas... nem mesmo ao sugeri-las. Você certamente confia na sua própria filha.

Charlotte riu.

— Minha mãe confiou em mim – ela disse.

— Como você ousa... como ousa? – Delia começou; mas seus olhos baixaram, e ela sentiu um tremor de fraqueza na garganta.

— Oh, eu ouso dizer qualquer coisa por Tina, mesmo julgá-la por quem ela é – a mãe de Tina murmurou.

— Como ela é? Ela é perfeita!

— Vamos dizer então que ela deve pagar pelas minhas imperfeições. Tudo o que eu quero é que ela não pague um preço alto demais.

A sra. Ralston ficou sentada em silêncio. Pareceu a ela que Charlotte falava com a voz de todos os destinos sombrios emaranhados sob a superfície segura da vida; e que para tal voz não havia resposta a não ser uma aquiescência reverente.

— Pobre Tina! – ela respirou.

— Oh, eu não suponho que ela vá sofrer! Não foi para isso que eu esperei... esperei. Só que eu cometi erros: erros que eu compreendo agora e que devo remediar. Você foi muito boa conosco, e nós devemos partir.

— Partir? – Delia engasgou.

— Sim. Não pense que sou mal-agradecida. Você salvou minha filha uma vez; você acha que me esquecerei disso? Mas agora é minha vez; sou eu quem devo salvá-la. E é somente levando-a para longe de tudo que existe aqui, de tudo que ela conheceu até agora, que posso salvá-la. Ela viveu por muito tempo entre irrealidades: e ela é como eu. Elas não a satisfarão.

— Irrealidades? – Delia ecoou vagamente.

– Irrealidades para ela. Jovens rapazes que fazem amor, mas não podem se casar com ela. Lares felizes onde ela é bem-vinda até que se torne suspeita de planos relacionados a um irmão ou um marido... ou que seja exposta aos seus insultos. Como é que poderíamos ter imaginado, a qualquer momento, qualquer uma de nós duas, que essa menina poderia escapar de um desastre? Eu pensei apenas na felicidade presente dela; de todas as vantagens, para nós duas, de estarmos com você. Mas esse caso com o jovem Halsey abriu meus olhos. Tenho que levar Tina embora daqui. Devemos partir e viver em algum lugar onde não nos conheçam, onde estaremos entre pessoas simples, levando vidas simples. Em algum lugar onde ela possa encontrar um marido e construir um lar.

Charlotte parou. Tinha falado em um tom monótono e rápido, como se o fizesse mecanicamente; mas agora sua voz falhou e ela repetiu, lamentosa:

– Eu não sou ingrata.

– Ah, não vamos falar de gratidão! Que lugar tem a gratidão entre você e eu?

Delia tinha se levantado e começado a mover-se inquieta pelo cômodo. Desejava implorar a Charlotte, implorar para que ela não tivesse pressa, para imaginar a crueldade de excluir Tina de todos os seus hábitos e associações, de levá-la inexplicavelmente para longe para viver "uma vida simples entre pessoas simples". Quais eram as chances, de fato, de uma criatura tão radiante se submeter domesticamente a tal destino, ou encontrar um marido aceitável em tais circunstâncias? A mudança só iria precipitar uma tragédia. A experiência de Delia era muito limitada para que ela imaginasse exatamente o que poderia acontecer a uma menina como Tina, tirada de repente de toda aquela vida açucarada para ela; mas visões vagas de revolta e fuga, de uma "queda" mais profunda e mais irrecuperável do que a de Charlotte, despontavam em sua imaginação agonizada.

– É muito cruel, é cruel demais – ela gritou, falando para si mesma em vez de falar a Charlotte.

Charlotte, em vez de responder, olhou bruscamente de relance para o relógio.

– Você sabe que horas são? Passou da meia-noite. Eu não devo mantê-la acordada por causa da minha filha tola.

O coração de Delia se contraiu. Ela viu que Charlotte desejava interromper a conversa, e fazê-lo ao lembrá-la de que somente a mãe de Tina tinha o direito de decidir qual deveria ser o futuro de Tina. Naquele momento, embora Delia tivesse acabado de protestar ao dizer que não poderia haver nenhuma questão relacionada a gratidão entre elas, Charlotte Lovell parecia um monstro de ingratidão, e um desabafo estava na ponta da língua: "Então todos esses anos não me deram nenhum direito sobre Tina?" Mas no mesmo instante ela se pôs mais uma vez no lugar de Charlotte e estava sentindo os horrores ferozes que a mãe sentia pela filha. Era bastante natural que Charlotte se ressentisse da menor tentativa de usurparem, de forma privada, a autoridade que ela nunca poderia afirmar em público. Com uma pontada de compaixão, Delia percebeu que ela mesma era literalmente o único ser na terra diante de quem Charlotte poderia representar a mãe. "Coitadinha... ah, deixe-a!", ela murmurou internamente.

– Mas por que você deveria ficar acordada esperando por Tina? Ela tem a chave, e Delia irá trazê-la para casa.

Charlotte Lovell não respondeu imediatamente. Ela enrolou o tricô, olhou com gravidade para um dos candelabros no consolo da lareira e cruzou o cômodo para endireitá-lo. Então, ela pegou a bolsa de trabalho.

– Sim, como você diz: por que alguém deveria esperar acordado por ela? – Ela se moveu pela sala, apagando as luminárias, apagando o fogo, assegurando-se de que as janelas estavam trancadas, enquanto Delia a observava passivamente. Em seguida, as duas primas acenderam as velas dos quartos de dormir e subiram as escadas na casa escurecida. Charlotte parecia determinada a não fazer mais nenhuma alusão ao assunto da conversa. No patamar, ela fez uma pausa, inclinando a cabeça em direção ao beijo noturno de Delia.

– Espero que eles tenham mantido sua lareira acesa –, disse ela, com um ar de arrumadeira capaz; e após a confirmação apressada de Delia, as duas murmuraram um "boa noite" simultâneo e Charlotte entrou no corredor que dava para seu quarto.

IX

A lareira de Delia tinha sido mantida acesa, e sua camisola estava sendo aquecida sobre uma poltrona perto do fogo. Mas ela não se despiu e também não se sentou. Sua conversa com Charlotte lhe enchera de uma profunda inquietação.

Por algum tempo, ficou em pé no meio do cômodo, olhando lentamente para o entorno. Nada nunca tinha sido mudado no quarto, que, mesmo quando era noiva, ela havia planejado modernizar. Todos os seus sonhos de renovação tinham se desvanecido muito tempo atrás. Uma profunda indiferença central fez que ela pouco a pouco se considerasse uma terceira pessoa, vivendo a vida destinada a outra mulher, uma mulher totalmente sem relação com a vívida Delia Lovell que tinha entrado naquela casa tão cheia de planos e visões. A culpa, ela sabia, não era do marido. Com um pouco de manejo e um pouco de bajulação, ela teria ganhado todos os pontos com a mesma facilidade com que ganhara o principal: tomar a bebê enjeitada sob sua proteção. A dificuldade foi que, depois daquela vitória, nada parecia valer o esforço da tentativa. A primeira visão da pequena Tina tinha de alguma forma descentralizado toda a vida de Delia Ralston, tornando-a indiferente a todo o resto, exceto, de fato, o bem-estar de seu próprio marido e filhos. À sua frente ela via apenas um futuro cheio de deveres, e estes ela tinha cumprido com alegria e fidelidade. Mas sua própria vida acabara: sentia-se tão deslocada quanto uma freira enclausurada.

A mudança nela foi profunda demais para não ser visível. Os Ralston se regozijaram abertamente na conformidade da querida Delia. Cada aquiescência passava por uma concessão, e a doutrina familiar era fortificada por essas novas provas de durabilidade. Agora, quando Delia olhava de relance em seu entorno para as litografias de Leopold Robert, os daguerreótipos da família, o jacarandá e o mogno, ela entendia que estava olhando para as paredes de sua própria sepultura.

A mudança tinha chegado no dia em que Charlotte Lovell, encolhida naquele mesmo salão, fizera sua terrível confissão.

Então, pela primeira vez, Delia, com uma espécie de exaltação temerosa, tinha ouvido as forças cegas da vida tateando e clamando sob seus pés. Mas naquele dia também ela se descobriu excluída delas, condenada a habitar entre sombras. A vida tinha passado por ela e a deixado com os Ralston.

Muito bem, então! Ela faria o melhor de si mesma e dos Ralston. O voto foi imediato e inflexível; e por quase vinte anos ela tinha continuado a obedecê-lo. Se apenas uma vez ela tivesse sido não uma Ralston, mas ela mesma; uma vez apenas teria parecido valer a pena. E agora talvez o mesmo desafio tivesse ressoado novamente; de novo, por um momento, poderia valer a pena viver. Não pelo bem de Clement Spender, o pobre Clement, que se casara anos atrás com uma prima simples e determinada, que o caçara em Roma e, ao cercá-lo de uma domesticidade implacável, constrangera toda a Nova York que estava no Grand Tour a comprar os quadros do marido com uma careta resignada. Não, não por Clement Spender, dificilmente por Charlotte ou mesmo por Tina; mas para seu próprio bem, dela, de Delia Ralston, pelo bem de sua visão perdida, de sua realidade confiscada, ela iria mais uma vez quebrar as barreiras dos Ralston e alcançar o mundo.

Um som fraco ressoou através da casa silenciosa e perturbou sua meditação. Escutando, ela ouviu a porta de Charlotte Lovell abrir e suas anáguas duras farfalharem em direção à escadaria. Uma luz brilhou de relance sob a porta e desapareceu; Charlotte tinha passado pela porta de Delia a caminho do térreo.

Sem se mover, Delia continuou a escutar. Talvez a cuidadosa Charlotte tivesse descido para se certificar de que a porta da frente não estava trancada ou de que ela realmente tinha apagado o fogo. Se esse fosse seu objetivo, seus passos seriam ouvidos agora retornando. Mas nenhum passo soou; e gradualmente ficou evidente que Charlotte tinha descido para esperar pela filha. Por quê?

O quarto de Delia ficava na parte dianteira da casa. Ela se moveu em segredo pelo tapete pesado, afastou as cortinas e abriu as trancas internas com cuidado. Abaixo dela estava a praça vazia, branca com o luar, os troncos das árvores padronizados pela neve recém-polvilhada. As casas do outro lado dormiam na escuridão;

nem um passo perturbava a superfície branca, nenhum rastro de rodas de carruagem corrompia a rua brilhante. No alto, um paraíso repleto de estrelas nadava no luar.

Das famílias que moravam em torno do Gramercy Park, Delia soube que somente duas outras tinham ido ao baile: os Petrus Vandergrave e seus primos, os jovens Parmly Ralston. Os Lucius Lanning tinham acabado de entrar nos três anos de luto pela mãe, a sra. Lucius (isso foi difícil para a filha Kate, de apenas 18 anos, que não ia poder debutar "em público" até que completasse 21); a jovem sra. Marcy Mingott "esperava seu terceiro", e, consequentemente, estava retirada do olhar público por quase um ano; e os outros habitantes da praça pertenciam aos indiferenciados e indesejáveis.

Delia pressionou sua testa contra a vidraça. Em pouco tempo, longas carruagens dobrariam a esquina, a praça adormecida ressoaria com o bater de cascos, risadas estimulantes e jovens despedidas se amplificariam a partir dos degraus das entradas das casas. Mas por que Charlotte esperava sua filha no andar de baixo, na escuridão?

O relógio parisiense bateu uma hora. Delia voltou para o quarto, juntou as cinzas da lareira, pegou um xale e, enrolada nele, retomou a vigília. Ah, quantos anos ela deve ter envelhecido para que sentisse frio em um momento como aquele! Isso a fez se lembrar do que o futuro reservava para ela: neuralgia, reumatismo, rigidez, enfermidades acumuladas. E nunca antes ela tinha mantido uma vigília ao luar com os braços de um amante para aquecê-la...

A praça ainda estava em silêncio. Contudo, o baile certamente devia estar terminando: os bailes mais alegres não passavam muito da uma da manhã, e o caminho da University Place até Gramercy Park era curto. Delia se apoiou na seteira e escutou.

Batidas de cascos, abafadas pela neve, soaram na Irving Place, e a carruagem da família de Petrus Vandergrave parou diante da casa em frente. As meninas Vandergrave e seu irmão saltaram e subiram os degraus; então, a carruagem parou novamente algumas portas adiante, e os Parmly Ralston, trazidos para casa pelos primos, desceram em frente à sua própria porta. A próxima carruagem que dobrou a esquina deveria, portanto, ser a dos John Junius, trazendo Tina.

O relógio dourado bateu uma e meia. Delia ponderou, sabendo que a jovem Delia, em consideração ao horário de trabalho de John Junius, nunca ficava até tarde nas festas noturnas. Sem dúvida Tina a atrasara; a sra. Ralston ficou um pouco irritada com a falta de consideração de Tina ao manter o primo acordado. Mas o sentimento foi varrido por uma onda imediata de simpatia. "Devemos partir para longe e levar uma vida simples entre pessoas simples." Se Charlotte cumprisse com sua ameaça, e Delia sabia que ela dificilmente teria dito algo a não ser que sua decisão tivesse sido tomada, podia ser que naquele exato momento a pobre Tina estivesse dançando sua última valsa.

Outro quarto de hora se passou; então, quando o frio já estava encontrando um jeito de ultrapassar o xale de Delia, ela viu duas pessoas virarem na praça deserta da Irving Place. Uma delas era um jovem vestindo uma claque e uma capa ampla. Em seu braço se agarrava uma figura tão envolvida e abafada que, até que a luz da esquina caísse sobre ela, Delia hesitou. Depois disso, ela se perguntou por que não reconheceu imediatamente os passos dançantes de Tina e sua maneira de inclinar um pouco a cabeça para o lado a fim de olhar para a pessoa com quem estava falando.

Tina... Tina e Lanning Halsey, caminhando sozinhos para casa de madrugada ao voltar do baile dos Vandergrave! O primeiro pensamento de Delia foi o de um acidente: a carruagem poderia ter quebrado ou então sua filha adoeceu e foi obrigada a voltar para casa. Mas não; em último caso, ela teria enviado a carruagem com Tina. E se tivesse ocorrido um acidente de qualquer tipo, os jovens teriam se apressado para avisar a sra. Ralston; em vez disso, durante a noite brilhante e amarga, eles vagavam como amantes em uma clareira no meio do verão, e era como se os sapatos finos de Tina estivessem pisando sobre margaridas em vez de neve.

Delia começou a tremer como uma menina. Em um piscar de olhos, teve a resposta para uma pergunta que há muito era o assunto de suas conjecturas secretas. Como é que amantes como

Charlotte e Clement Spender conseguiam se encontrar? Que solidão latmiana[4] escondia suas alegrias clandestinas? Na pequena sociedade compacta e exposta à qual todos eles pertenciam, como era possível, literalmente, que tais encontros ocorressem? Delia nunca teria se atrevido a fazer essa pergunta a Charlotte; houve momentos em que ela quase preferiu não saber, nem mesmo arriscar um palpite. Mas agora, com uma olhada, ela entendeu. Quantas vezes Charlotte Lovell, estando sozinha na cidade com a avó enferma, deve ter caminhado para casa ao sair de festas noturnas com Clement Spender; quantas vezes ela e ele entraram na casa escura na Mercer Street, onde não havia ninguém para espionar sua chegada, a não ser uma velha surda e seus empregados idosos, todos dormindo em segurança no andar de cima! Delia, em pensamento, viu a sala de estar sombria que tinha sido sua floresta iluminada pela lua, a sala de visitas para a qual a velha sra. Lovell não descia mais, com seu lustre enfaixado e sofás império duros, e as cariátides de mármore, sem olhos, da lareira; ela imaginou o feixe de luar caindo sobre os cisnes e guirlandas do tapete desbotado, e, naquela luz gelada, duas figuras jovens nos braços um do outro.

Sim: deve ter sido alguma lembrança como essa que despertou as suspeitas de Charlotte, animou seus medos, mandou-a para a escuridão para confrontar os culpados. Delia estremeceu com a ironia do confronto. Se Tina soubesse! Mas, para Tina, naturalmente, Charlotte ainda era o que ela tinha resolvido ser havia muito tempo: a imagem da solteirona puritana. E Delia podia imaginar como a cena do andar de baixo seria encenada logo mais em silêncio e com decência: sem espanto, sem reprovações, sem insinuações, mas com uma desconsideração por desculpas sorridente e resoluta.

---

4 O adjetivo faz referência ao mito grego do belo Endimião, um dos filhos de Zeus. Em uma das versões do mito, Endimião escolhe dormir para sempre para, dessa forma, permanecer eternamente jovem e imortal, retirando-se para o monte Latmo. [N. T.]

"O quê, Tina? Você caminhou para casa com Lanning? Sua criança imprudente... nessa neve molhada! Ah, entendi: Delia estava preocupada com o bebê, e saiu com pressa, mais cedo, prometendo mandar a carruagem de volta... e ela nunca veio? Bem, minha querida, eu a parabenizo por encontrar Lanning para trazê-la em casa... sim, fiquei acordada porque não conseguia de jeito nenhum me lembrar se você tinha levado a chave; será que já existiu uma tia velha mais caprichosa? Mas não conte à sua mãe, querida, ou ela me repreenderia por ser tão esquecida, e por ficar aqui embaixo no frio... tem certeza de que tem a chave? Ah, Lanning está com ela? Obrigada, Lanning; quanta gentileza! Boa noite; ou, na verdade, devíamos dizer bom dia."

Quando Delia chegou a esse ponto de sua representação muda do monólogo de Charlotte, a porta da frente bateu no andar de baixo, e o jovem Lanning Halsey atravessou a praça lentamente. Delia o viu parar na calçada oposta, olhar para a fachada da casa e então se virar lentamente. Sua despedida levara exatamente o tempo que Delia tinha calculado que levaria. Um minuto depois, ela viu uma luz passando embaixo de sua porta, ouviu o farfalhar engomado das anáguas de Charlotte e soube que mãe e filha tinham chegado a seus quartos.

Lentamente, com movimentos duros, começou a se despir, assoprou as velas e ajoelhou-se ao lado da cama, o rosto escondido.

X

Tendo permanecido acordada até de manhã, Delia reviveu cada detalhe do fatídico dia em que ela assumiu os cuidados da filha de Charlotte. Na época, ela mesma não era mais do que uma criança e não havia ninguém a quem pudesse recorrer, ninguém para fortalecer sua resolução ou para aconselhá-la sobre como colocá-la em prática. Desde então, as experiências acumuladas durante vinte anos devem tê-la preparado para emergências e a ensinaram a aconselhar os outros em vez de buscar a orientação deles. Mas esses anos de experiência pesavam sobre ela como correntes que a prendiam ao seu estreito lote de vida; a ação independente pareceu-lhe mais perigosa, menos concebível, do que quando ela tinha se aventurado pela primeira vez nela. Parecia haver muito mais pessoas para se "considerar" agora ("considerar" era a palavra dos Ralston): seus filhos, os filhos deles, as famílias com as quais se casaram. O que os Halsey diriam, e o que diriam os Ralston? Ela tinha então se transformado completamente em uma Ralston?

Algumas horas depois, sentou-se na biblioteca do velho dr. Lanskell, os olhos no tapete Esmirna. Há alguns anos o dr. Lanskell não praticava mais a medicina: no máximo, continuava a visitar alguns pacientes antigos e a fazer consultas em casos "difíceis". Mas ele permaneceu como uma potência em seu antigo reino, uma espécie de papa leigo ou médico ancião a quem os pacientes que ele já havia curado de males físicos muitas vezes voltavam em busca da cura moral. As pessoas concordavam que o julgamento do dr. Lanskell era sólido, mas o que secretamente os atraía a ele era o fato de que, na comunidade mais dominada por totens que existia, ele era conhecido por não ter medo de nada.

Agora, enquanto Delia se sentava e observava sua enorme figura de cabeça prateada movendo-se pesadamente pela sala, entre fileiras de livros médicos encadernados em couro e os Gladiadores Moribundos[5] e Jovens Augustos[6] de pacientes agradecidos, ela já sentia a segurança oferecida por sua mera presença corporal.

---

5 *O gaulês moribundo*, uma escultura romana feita em mármore, é a cópia de uma escultura helenística perdida que representa a vitória de Átalo I de Pérgamo sobre um povo de origem celta ou gaulesa, os gálatas, que invadiram a Anatólia entre 230 e 220 a.C. Até a metade do século XIX, acreditava-se que a escultura representava um gladiador ferido; por esse motivo, até o início do século XX ela foi conhecida como *O gladiador moribundo*. [N. T.]

6 Augusto (63 a.C.-14 d.C.) liderou a transformação da República Romana em Império Romano e foi seu primeiro imperador. Seu reinado iniciou o período de paz e prosperidade que durou cerca de duzentos anos e ficou conhecido como *Pax Romana*. [N. T.]

— Veja, quando acolhi Tina pela primeira vez eu talvez não tenha considerado o suficiente...

O médico parou atrás da mesa e levou o punho para baixo sobre ela com um baque cordial.

— Graças a Deus você não o fez! Há consideradores o suficiente nesta cidade sem você, Delia Lovell.

Ela olhou para cima rapidamente.

— Por que você me chama de Delia Lovell?

— Bem, porque hoje eu prefiro suspeitar que você *seja* — ele retomou com astúcia; e ela recebeu a afirmação com uma risada saudosa.

— Talvez, se eu não tivesse sido, antes disso... quero dizer, se eu sempre tivesse sido uma Ralston prudente e deliberada, teria sido mais gentil com Tina, no final.

O dr. Lanskell afundou seu volume artrítico na poltrona atrás da mesa e sorriu para ela através de óculos irônicos.

— Eu odeio as bondades "do final": elas são tão nutritivas quanto o terceiro dia comendo carne fria de carneiro.

Ela ponderou.

— É claro que eu percebo que se eu adotar Tina...

— Sim?

— Bem, as pessoas vão falar... — um rubor profundo subiu para a garganta, cobriu as bochechas e a testa, e correu como fogo sob o cabelo decentemente dividido de Delia.

Ele assentiu:

— Sim.

— Ou então — o rubor aumentou — o que ela é do Jim...

Outra vez o dr. Lanskell assentiu.

— Que é o que eles provavelmente irão pensar; e que dano causarão se o fizerem? Eu conheço Jim: ele não perguntou nada quando você pegou a criança, mas ele sabia de quem ela era.

Ela levantou os olhos espantados.

— Ele sabia...?

— Sim: ele veio até mim. E, bem, ao pensar no interesse da bebê, violei o sigilo profissional. Foi assim que Tina conseguiu um lar. Você não vai me denunciar, vai?

– Oh, dr. Lanskell... – Seus olhos se encheram de lágrimas dolorosas. – Jim sabia? E não me disse?

– Não. As pessoas não contavam muitas coisas umas às outras naquela época, não é? Mas ele admirava você enormemente pelo que fez. E se você supõe, como eu acredito que você faça, que ele está agora num mundo de mais completa iluminação, por que não tomar como certo que ele vai admirá-la ainda mais pelo que você está prestes a fazer? Supostamente – concluiu o doutor com sarcasmo – as pessoas percebem no paraíso que é um espetáculo diabólico mais difícil, aqui na terra, fazer uma coisa corajosa aos 45 do que aos 25 anos.

– Ah, isso é o que eu estava pensando hoje de manhã – ela confessou.

– Pois bem. Você vai provar o contrário hoje à tarde. – Ele olhou para o relógio, levantou-se e pousou uma mão paterna em seu ombro. – Deixe que as pessoas pensem o que quiserem; e mande a jovem Delia me procurar se ela lhe causar algum problema. Seu menino não vai, você sabe, nem John Junius; deve ter sido uma mulher que inventou essa ideia de terceira e quarta geração...

Uma empregada idosa olhou para dentro da sala e Delia se levantou; mas na soleira da porta ela hesitou.

– Eu tenho uma ideia; é Charlotte quem devo mandar procurá-lo.

– Charlotte?

– Ela vai detestar o que eu vou fazer, você sabe.

O dr. Lanskell levantou as sobrancelhas prateadas.

– Sim: pobre Charlotte! Suponho que ela esteja com ciúmes? É aí que entra a verdade do negócio da terceira e quarta geração, afinal. Alguém sempre tem que pagar a conta.

– Ah, se ao menos Tina não pagá-la!

– Bem... é exatamente isso que Charlotte virá a reconhecer com o tempo. Então seu caminho está livre.

Ele a guiou pela sala de jantar, onde algumas pessoas pobres e um ou dois velhos pacientes já estavam esperando.

O caminho de Delia, na verdade, parecia claro o suficiente até que, naquela tarde, ela convocou Charlotte sozinha para seu quarto. Tina estava deitada com dor de cabeça: naquela época, esse era o estado autorizado às moças que se encontravam em dilemas sentimentais, e simplificava bastante a comunhão de seus anciãos.

Delia e Charlotte tinham trocado apenas frases convencionais durante a refeição do meio-dia; mas Delia ainda tinha a sensação de que a decisão da prima era definitiva. Os eventos da noite anterior confirmaram, sem dúvida, a opinião de Charlotte de que tinha chegado a hora de tomar aquela decisão.

A srta. Lovell, fechando a porta do quarto com sua deliberação seca, avançou em direção ao divã de chita entre as janelas.

– Você queria me ver, Delia?

– Sim. Oh, não se sente aí – exclamou a sra. Ralston incontrolavelmente.

Charlotte olhou fixo: era possível que não se lembrasse dos soluços de angústia que ela já havia sufocado naquelas mesmas almofadas?

– Não...?

– Não; fique mais perto de mim. Às vezes, acho que sou um pouco surda – explicou Delia com nervosismo, empurrando uma cadeira para perto da sua.

– Ah. – Charlotte se sentou. – Eu não tinha percebido. Mas, se você for, pode ter sido poupada de ouvir a que hora da manhã Tina voltou dos Vandergrave na noite passada. Ela nunca se perdoaria, precipitada como é, se achasse que tinha acordado você.

– Ela não me acordou – respondeu Delia. No íntimo, ela pensou: "A cabeça de Charlotte está feita; não serei capaz de mudá-la".

– Suponho que Tina tenha se divertido bastante no baile? – ela continuou.

– Bem, ela está pagando por isso com uma dor de cabeça. Essas emoções não foram feitas para ela, eu já lhe disse...

– Sim – a sra. Ralston interrompeu. – É para continuar nossa conversa de ontem à noite que eu pedi para você subir.

– Para continuar? – Os círculos rosados como tijolos apareceram nas bochechas secas de Charlotte. – Vale a pena? Acho que devo dizer de uma vez que minha cabeça já está feita. Suponho que você vai admitir que eu sei o que é melhor para Tina.

– Sim; naturalmente. Mas você não vai pelo menos me permitir colaborar com uma parcela da sua decisão?

– Uma parcela?

Delia se inclinou para a frente, pousando uma mão quente sobre os dedos entrelaçados da prima.

– Charlotte, uma vez neste cômodo, anos atrás, você me pediu para ajudá-la... você acreditava que eu poderia ajudá-la. Você não vai acreditar nisso de novo?

Os lábios de Charlotte ficaram rígidos.

– Eu acredito que chegou a hora de eu me ajudar.

– Ao custo da felicidade de Tina?

– Não; mas para poupá-la de uma infelicidade maior.

– Mas, Charlotte, tudo o que eu quero é a felicidade de Tina.

– Ah, eu sei. Você fez tudo o que podia pela minha filha.

– Não, não tudo. – Delia se levantou e parou diante da prima com uma espécie de solenidade. – Mas agora eu vou. – Era como se ela tivesse pronunciado um voto.

Charlotte Lovell olhou para ela com um brilho de apreensão nos olhos atormentados.

– Se você quer dizer que você vai usar sua influência com os Halsey, eu sou muito grata a você; sempre serei grata. Mas não quero um casamento compulsório para a minha filha.

Delia corou diante da incompreensão da outra. Parecia, para ela, que seu propósito maravilhoso estava escrito em seu rosto.

– Vou adotar Tina... dar a ela meu sobrenome – ela anunciou.

Charlotte Lovell a encarou friamente.

– Adotá-la... adotá-la?

– Você não percebe, querida, a diferença que isso vai fazer? Tem o dinheiro da minha mãe, o dinheiro dos Lovell; não é muito, com certeza; mas Jim sempre quis que ele voltasse para os Lovell. E minha Delia e seu irmão estão muito bem amparados. Não há razão nenhuma para que minha pequena fortuna não vá para Tina. E para ela não ser conhecida como Tina Ralston. – Delia fez uma pausa. – Eu acredito, eu acho que sei, que Jim também teria aprovado essa decisão.

– *Aprovado?*

— Sim. Você não entende que quando ele me deixou ficar com a criança ele deve ter previsto e aceitado qualquer coisa, qualquer coisa que eventualmente pudesse advir disso?

Charlotte também se levantou.

— Obrigada, Delia. Mas nada mais deve advir disso, exceto nossa partida; nós a deixaremos agora. Tenho certeza de que é isso que Jim teria aprovado.

A sra. Ralston recuou um passo ou dois. A resolução fria de Charlotte entorpeceu sua coragem, e ela não conseguiu encontrar nenhuma resposta imediata.

— Ah, então é mais fácil para você sacrificar a felicidade de Tina do que seu orgulho? — ela exclamou.

— Meu orgulho? Não tenho direito a nenhum orgulho, exceto o que sinto pela minha filha. E isso eu nunca vou sacrificar.

— Ninguém está lhe pedindo isso. Você não está sendo razoável. Você é cruel. Tudo o que eu quero é ser autorizada a ajudar Tina e você fala como se eu estivesse interferindo nos seus direitos.

— Meus direitos? — Charlotte ecoou as palavras com uma risada desolada. — Quais são eles? Eu não tenho direitos, nem perante a lei nem no coração da minha própria filha.

— Como você pode dizer tais coisas? Você sabe como Tina a ama.

— Sim, com compaixão... como eu costumava amar minhas tias solteironas. Havia duas delas... você se lembra? Eram como bebês mirrados! Quando crianças, nós costumávamos ser alertadas para nunca dizer nada que pudesse chocar tia Josie ou tia Nonie; exatamente como eu ouvi você dizendo a Tina na outra noite...

— Oh... — Delia murmurou.

Charlotte Lovell continuou parada diante dela, abatida, rígida, implacável.

— Não, já passou tempo suficiente. Eu quero contar tudo a ela; e levá-la embora.

— Contar a ela sobre seu nascimento?

— Eu nunca tive vergonha disso — Charlotte falou, ofegante.

— Você a sacrificará, então; irá sacrificá-la pelo seu desejo de controle?

As duas mulheres se enfrentaram, ambas com armas cansadas. Delia, através do tremor de sua própria indignação, viu sua antagonista vacilar, dar um passo para trás, afundar com o jorro de um murmúrio na espreguiçadeira. Charlotte escondeu o rosto nas almofadas, apertando-as com mãos violentas. A mesma paixão maternal feroz que uma vez a jogara sobre as mesmas almofadas estava agora curvando-a ainda mais na agonia de uma renúncia mais amarga. Delia parecia ouvir o velho grito: "Mas como posso desistir da minha bebê?" Seu próprio ressentimento momentâneo derreteu, e ela se inclinou sobre os ombros laboriosos da mãe.

– Chatty... não será como se você estivesse desistindo dela desta vez. Não podemos continuar amando-a juntas?

Charlotte não respondeu. Por muito tempo ela ficou em silêncio, imóvel, o rosto escondido: ela parecia temer virá-lo para o rosto inclinado em sua direção. Mas, passado pouco tempo, Delia ficou ciente de um relaxamento gradual dos músculos esticados, e viu que um dos braços da prima estava levemente agitado e hesitante. Ela baixou a mão para os dedos tateantes, e Charlotte pegou-a e pressionou-a contra os lábios.

XI

Tina Lovell, agora srta. Clementina Ralston, ia se casar em julho com Lanning Halsey. O noivado havia sido anunciado apenas em abril; e as mulheres mais velhas da tribo tinham começado a clamar contra a indelicadeza de um noivado tão breve. Era um acordo unânime da Nova York daquela época que "os jovens deveriam ter a chance de se conhecer"; embora o maior número de casais que constituíam a sociedade nova-iorquina tivesse brincado juntos quando crianças, e nascido de pais que se conheciam há tanto tempo e de forma bastante familiar, mas alguma lei misteriosa de decoro exigia que os recém-noivos fossem sempre considerados também como recém-conhecidos um do outro. Nos estados do Sul as coisas eram conduzidas de forma diferente: noivados precipitados, mesmo casamentos de noivos em fuga, não eram incomuns em seus anais; mas essa imprudência era menos consoante com o sangue moroso de Nova York, onde o ritmo da vida ainda era definido com uma vagarosidade holandesa.

Em um caso tão incomum quanto o de Tina Ralston, entretanto, não era surpresa nenhuma que a tradição fosse negligenciada. Em primeiro lugar, todos sabiam que ela não era Tina Ralston coisa nenhuma; a não ser, de fato, que levássemos em consideração os rumores sobre o "passado" insuspeito do pobre Jim e a magnanimidade de sua viúva. Mas a opinião da maioria ia de encontro a essa. As pessoas relutavam em acusar um homem morto de uma ofensa da qual ele não poderia se desincumbir; e os Ralston declararam em uníssono que, apesar de desaprovarem totalmente a ação da sra. James Ralston, estavam convencidos de que ela não teria adotado Tina se isso pudesse ser interpretado como o ato de "jogar uma calúnia" no falecido marido.

Não: a garota talvez fosse uma Lovell, embora mesmo essa ideia não fosse totalmente aventada, mas ela decerto não era uma Ralston. Seus olhos castanhos e modos volúveis mais do que claramente a excluíam do clã para que qualquer excomunhão formal fosse necessária. Na verdade, a maioria das pessoas acreditava que, como o dr. Lanskell sempre afirmara, sua origem era realmente desconhecida, que ela representava um dos mistérios não resolvidos que ocasionalmente deixam perplexas e irritadas as sociedades bem regulamentadas, e que sua adoção por Delia Ralston foi simplesmente mais uma prova da fidelidade ao clã dos Lovell, já que a criança fora acolhida pela sra. Ralston apenas porque sua prima Charlotte era muito apegada a ela. Dizer que o filho e a filha da sra. Ralston ficaram felizes com a ideia da adoção de Tina seria um exagero; mas eles se abstiveram de comentários, minimizando o efeito do capricho da mãe com um silêncio digno. Era o jeito da velha Nova York de permitir às famílias ocultar as excentricidades de um membro individual, e onde havia "dinheiro bastante para circular", os herdeiros teriam sido considerados vulgarmente ambiciosos se decidissem protestar contra a alienação de uma pequena quantia da herança geral.

No entanto, Delia Ralston, desde o momento da adoção de Tina, esteve perfeitamente ciente de uma atitude diferente por parte de seus dois filhos. Eles lidaram com ela pacientemente, quase de maneira parental, como com uma menor que teve um lapso juvenil que foi perdoado, mas que deveria ser submetida, como consequência, a uma vigilância mais rigorosa; e a sociedade a tratou da mesma forma indulgente, mas cautelosa.

Ela tinha (foi Sillerton Jackson quem primeiro formulou a frase) um jeito indiscutível de "conseguir as coisas"; desde que aquela mulher destemida, a sra. Manson Mingott, desfizera o testamento do marido, nada tão parecido com essa atitude tinha sido visto em Nova York. Mas o método da sra. Ralston era diferente, e menos fácil de analisar. O que a sra. Manson Mingott tinha conseguido por força do epigrama, de invectivas, de insistência e corridas de um lado para o outro, a outra conseguia sem levantar a voz ou parecer dar um passo fora do caminho tradicional. Quando persuadira Jim Ralston a acolher a bebê enjeitada, isso tinha sido feito num piscar de olhos, ninguém soube quando ou como; e no dia seguinte ele e ela estavam tão tranquilos e radiantes como de costume. E agora, essa adoção! Bem, ela seguira o mesmo método; como Sillerton Jackson disse, ela se comportava como se a adoção de Tina sempre tivesse sido uma coisa entendida, como se ela achasse que as pessoas deveriam achar a mesma coisa que ela. E, diante do que ela achava, o que eles achavam parecia uma tolice, e eles gradualmente desistiram.

Na verdade, por trás da segurança de Delia havia um tumulto de dúvidas e incertezas. Mas ela já tinha aprendido que podemos fazer quase tudo (talvez até assassinar alguém) se não tentamos explicar o que fazemos; e a lição nunca tinha sido esquecida. Ela nunca explicara o fato de ter assumido a bebê enjeitada; nem explicaria agora sua adoção. Ela estava apenas cuidando da vida como se nada tivesse acontecido que precisasse ser contabilizado; e uma longa herança de modéstia moral ajudou-a a guardar suas dúvidas para si mesma.

Esses questionamentos estavam, na verdade, menos relacionados à opinião pública do que aos pensamentos privados de Charlotte Lovell. Charlotte, após seu primeiro momento de resistência trágica, tinha se mostrado de forma patética, quase dolorosa, agradecida. Que ela tinha razão para estar agradecida, a atitude de Tina revelou com muita ênfase. Tina, durante os primeiros dias depois do regresso do baile dos Vandergrave, mostrara um semblante fechado e sombrio que remeteu Delia desesperadamente ao horror do reflexo abrupto de Charlotte Lovell, anos antes, no espelho do próprio quarto de dormir de Delia. O primeiro capítulo da história da mãe já estava escrito nos olhos da filha; e o sangue Spender de Tina poderia muito bem precipitar a continuação. Durante aqueles poucos dias de observação silenciosa, Delia descobriu, com terror e compaixão, a justificativa para os temores de Charlotte. A menina quase tinha sido perdida para ambas: custasse o que custasse, esse risco não podia ser renovado.

Os Halsey, no geral, tinham se comportado de forma admirável. Lanning queria se casar com a *protégée*[7] da querida Delia Ralston, que resumidamente iria, e isso era sabido, assumir o nome da mãe adotiva e herdar sua fortuna. Havia algo melhor para um Halsey aspirar do que mais uma união com uma Ralston? As famílias sempre se casaram entre si. Os pais Halsey deram sua bênção com uma precipitação que demonstrou que eles também tinham suas ansiedades, e que o alívio de ver Lanning "estabelecido" mais do que compensaria as possíveis desvantagens do casamento; embora, uma vez decidido, eles não admitissem nem para si mesmos que tais desvantagens existiam. A velha Nova York sempre evitava pensar em qualquer coisa que interferisse com o decoro perfeito de seus arranjos.

Charlotte Lovell naturalmente percebeu e reconheceu tudo isso. Ela aceitou a situação (nas horas privadas que compartilhava com Delia) como mais uma na longa lista de indulgências concedidas a uma pecadora indigna. E uma frase dela talvez tenha dado a pista de sua aceitação: "Agora, pelo menos, ela nunca suspeitará da verdade". Garantir que sua filha jamais adivinhasse

---

7 Em francês, protegida. [N. T.]

a ligação entre elas havia se tornado o propósito primordial da pobre criatura...

Mas o principal sustentáculo de Delia era a visão de Tina. A mulher mais velha, cuja vida toda tinha sido moldada e colorida pelo tênue reflexo de uma felicidade rejeitada, agarrou-se deslumbrada à luz da felicidade autorizada. Às vezes, ao acompanhar o rosto mutável de Tina, ela sentia como se seu próprio sangue pulsasse nele, como se ela pudesse ler cada pensamento e emoção que alimentava aquelas correntes tumultuosas. O amor de Tina era um negócio tempestuoso, com contínuos altos e baixos de êxtase e depressão, arrogância e autodegradação; Delia viu apresentar-se à sua frente, com uma franqueza ingênua, todas as projeções, desejos e imaginações de sua própria juventude sufocada.

O que a garota realmente pensava de sua adoção não era fácil de descobrir. Ela recebera, aos 14 anos, a versão atual de sua origem e a aceitara tão descuidadamente quanto uma criança feliz aceita um fato remoto e inconcebível que não altera a ordem familiar das coisas. E ela aceitou a adoção com o mesmo espírito. Ela sabia que o nome dos Ralston tinha sido dado a ela para facilitar seu casamento com Lanning Halsey; e Delia teve a impressão de que todos os questionamentos irrelevantes estavam submersos em uma gratidão avassaladora.

– Sempre pensei em você como minha mamãe; e agora, minha querida, você realmente é – Tina sussurrou, sua bochecha contra a de Delia; e Delia riu de volta:

– Bem, se os advogados conseguirem fazer que eu seja!

Mas aí o assunto foi encerrado, afastado pela corrente da felicidade de Tina. Eles eram todos, naquela época, Delia, Charlotte, até mesmo o galante Lanning, como palhas rodopiando em torno de uma torrente iluminada pelo sol.

O dilúvio dourado os carregou adiante, cada vez mais perto da data encantada; e Delia, mergulhada nos preparativos nupciais, admirou-se com a relativa indiferença com a qual havia encomendado e inspecionado as doze-dúzias-de-tudo de sua própria filha. Não havia nada que acelerasse o pulso das núpcias plácidas da jovem Delia; mas à medida que o dia do casamento de Tina se aproximava, a imaginação germinava como o ano. O casamento seria celebrado em Lovell Place, a velha casa no Estreito onde Delia Lovell se casara e onde, desde a morte da mãe, ela passava os verões. Embora a vizinhança já tivesse se espalhado com uma rede de ruas medianas, a velha casa, com sua varanda estreita de colunatas, ainda olhava através de um gramado interminável e de arbustos frondosos até os limites de Hell Gate; e as salas de estar mantinham os sofás delgados e frágeis, os consoles e armários Sheraton. Tinha-se imaginado que seria inútil trocá-los por móveis mais modernos, já que o crescimento da cidade dava como certo que o lugar acabaria sendo vendido.

Tina, assim como a sra. Ralston, teria um "casamento em casa", embora a sociedade episcopal estivesse começando a desaprovar tais cerimônias, que eram tidas como o desprezado *pis-aller*[8] dos batistas, metodistas, unitaristas e outras seitas sem altar. No caso de Tina, no entanto, tanto Delia quanto Charlotte sentiram que a maior privacidade de um casamento em casa compensava seu caráter mais secular; e os Halsey favoreceram sua decisão. As senhoras se estabeleceram em Lovell Place antes do final de junho, e todas as manhãs o veleiro do jovem Lanning Halsey era visto cruzando a baía e baixando a vela no ancoradouro abaixo do gramado.

Ninguém se lembrava de nunca ter havido um junho mais justo. As rosas de Damasco e a resedá abaixo da varanda nunca tinham emanado um hálito de verão como aquele através das altas janelas francesas; as laranjeiras retorcidas trazidas da antiga estufa de arcadas nunca tinham florescido tão densamente; os próprios fenos no gramado exalavam aromas das Arábias.

Na noite anterior ao casamento, Delia Ralston se sentou na varanda e assistiu à lua nascer do outro lado do Estreito. Ela estava cansada com a multidão de preparativos de última hora e triste com a ideia da partida de Tina. Na noite seguinte, a casa estaria vazia: até que a morte viesse, ela e Charlotte se sentariam sozinhas

---

8 Em francês, último recurso, uma solução que é tomada por não haver outra solução melhor disponível. [N. T.]

ao lado da luminária noturna. Esses lamentos eram tolos; eles eram, ela lembrou a si mesma, "nada parecidos com ela". Mas muitas lembranças se agitavam e murmuravam dentro dela: seu coração estava assombrado. Ao fechar a porta da silenciosa sala de estar, já transformada em uma capela com o altar enfeitado de rendas penduradas, os vasos altos de alabastro aguardando as rosas brancas e os lírios de junho, a faixa de tapete vermelho dividindo as fileiras de cadeiras da porta até o coro, ela sentiu que talvez tivesse sido um erro voltar à residência dos Lovell para o casamento. Ela se viu novamente em seu vestido de ornis de cintura alta bordado com margaridas, as sandálias baixas de cetim, o véu de renda de Bruxelas; viu novamente seu reflexo no tremó pálido conforme deixara a mesma sala nos braços triunfantes de Jim Ralston e o olhar aterrorizado que ela tinha trocado com sua própria imagem antes de tomar seu lugar sob o sino feito de rosas brancas no saguão e sorrir para o grupo que a congratulava. Ah, que imagem diferente o tremó refletiria amanhã!

Os passos rápidos de Charlotte Lovell soaram dentro da casa, e ela saiu e se juntou à sra. Ralston.

– Estive na cozinha para dizer a Melissa Grimes que é melhor ela contar com pelo menos duzentas porções de sorvete.

– Duzentas? Sim, suponho que sim, com todos os conhecidos da Filadélfia chegando. – Delia ponderou. – E os guardanapos? – ela perguntou.

– Com sua tia Cecilia Vandergrave, vamos nos sair muito bem.

– Sim... obrigada, Charlotte, por se dar a todo esse trabalho.

– Oh... – Charlotte se queixou, com seu escárnio desdenhoso; e Delia percebeu a ironia contida no ato de agradecer a uma mãe por se ocupar com os detalhes do casamento da própria filha.

– Sente-se, Chatty – ela murmurou, sentindo-se corar devido ao erro tolo.

Charlotte, com um suspiro de cansaço, sentou-se na cadeira mais próxima.

– Teremos um lindo dia amanhã – disse ela, examinando pensativamente o céu plácido.

– Sim. Onde está Tina?

– Ela estava muito cansada. Eu a mandei subir e se deitar.
Isso pareceu tão eminentemente adequado que Delia não deu uma resposta imediata. Após um intervalo, ela disse:
– Vamos sentir falta dela.
A resposta de Charlotte foi um murmúrio inarticulado.

As duas primas ficaram em silêncio; Charlotte, como de costume, muito ereta, as mãos magras agarradas aos braços da cadeira antiquada com assento de junco; Delia, um tanto afundada nas profundezas de uma poltrona de encosto alto. As duas haviam trocado suas últimas observações sobre os preparativos para o dia seguinte; nada mais restava a dizer sobre o número de convidados, a preparação do ponche, as providências para a vestimenta do clero e a disposição dos presentes no melhor cômodo sobressalente.

Apenas um assunto ainda não tinha sido mencionado, e Delia, enquanto observava o perfil da prima cortado de forma sinistra sob o crepúsculo que derretia, esperou que Charlotte falasse. Mas Charlotte permaneceu em silêncio.

– Eu estive pensando – Delia finalmente começou, um leve tremor em sua voz – que daqui a pouco eu deveria...

Ela supôs ter visto as mãos de Charlotte comprimindo as saliências dos braços da cadeira.

– Daqui a pouco você deveria...?
– Bem, antes de Tina ir dormir, talvez eu devesse subir por alguns minutos...

Charlotte permaneceu em silêncio, visivelmente decidida a não fazer nenhum esforço para ajudá-la.

– Amanhã – Delia continuou – estaremos com tanta pressa desde tão cedo que não vejo como, em meio a todas as interrupções e toda a animação, eu consiga de alguma forma...

– De alguma forma? – Charlotte ecoou monotonamente.

Delia sentiu o rubor se aumentar através do crepúsculo.

– Bem, suponho que você concorde comigo, não é, que algo deve ser dito à menina sobre os novos deveres e responsabilidades que... bem, o que é normal, de fato, em tal situação? – ela terminou, vacilante.

– Sim, já pensei nisso – respondeu Charlotte. Ela não disse mais nada, mas Delia adivinhou em seu tom a agitação daquela oposição obscura que, nos momentos cruciais da vida de Tina, parecia se manifestar automaticamente. Ela não conseguia entender por que Charlotte ficava, nessas horas, tão enigmática e inacessível, e no caso presente ela não via razão para que essa mudança de humor interferisse com o que ela considerava ser seu próprio dever. Tina devia ansiar por sua mão a guiá-la para a nova vida tanto quanto ela própria ansiava pela troca de meias confidências que seria seu verdadeiro adeus à filha adotiva. Com o coração batendo um pouco mais rápido do que o normal, ela se levantou e caminhou pela janela aberta que dava para a sala de estar sombria. A lua, entre as colunas da varanda, enviava uma faixa larga de luz através das fileiras de cadeiras, irradiava o altar enfeitado com rendas, com seus castiçais e vasos vazios, e delineava de prateado o reflexo pesado de Delia no tremó.

Ela cruzou o cômodo em direção ao saguão.

– Delia! – A voz de Charlotte soou atrás dela. Delia se virou e as duas mulheres se examinaram sob a luz reveladora. O rosto de Charlotte tinha a mesma aparência do dia terrível em que Delia o viu subitamente no espelho acima de seu ombro.

– Você ia subir agora para falar com Tina? – Charlotte perguntou.

– Eu... sim. São quase nove horas. Eu achei...

– Sim; eu compreendo. – A srta. Lovell fez um esforço visível de autocontrole. – Por favor, me entenda também, Delia, se eu pedir... para que não vá.

Delia olhou para a prima com uma vaga sensação de apreensão. Que novo mistério esse estranho pedido escondia? Mas não; a dúvida que passou por sua cabeça era inadmissível. Ela estava muito segura de sua Tina!

– Eu confesso que não entendo, Charlotte. Você certamente sabe que, na noite anterior ao casamento, uma menina deve receber o conselho da mãe, uma mãe...

– Sim; eu sei disso. – Charlotte Lovell respirou fundo. – Mas a pergunta é: *qual de nós duas é a mãe dela?*

Delia recuou involuntariamente.

– Qual de nós...? – ela gaguejou.

– Sim. Oh, não ache que essa é a primeira vez que me faço essa pergunta! Veja: quero ficar calma, bem calma. Não pretendo voltar ao passado. Eu aceitei, aceitei tudo com gratidão. Somente esta noite... somente hoje...

Delia sentiu a onda de piedade que sempre prevalecia sobre todos os outros sentimentos em suas raras trocas de verdades com Charlotte Lovell. Sua garganta se encheu de lágrimas e ela permaneceu em silêncio.

– Somente esta noite – Charlotte concluiu –, *eu sou* a mãe dela.

– Charlotte! Você não vai contar isso a ela... não agora? – escapou involuntariamente de Delia.

Charlotte deu uma risada débil.

– Se eu contasse, você odiaria tanto quanto todo o resto?

– Odiaria? Que palavra, entre nós duas!

– Entre nós duas? Mas é essa a palavra que está entre nós desde o começo, bem no começo! Desde o dia em que você descobriu que Clement Spender não tinha realmente ficado com o coração partido porque ele não era bom o suficiente para você; desde que você conseguiu se vingar e encontrou seu triunfo ao me manter à sua mercê e ao tomar a filha dele de mim! – As palavras de Charlotte se inflamaram como se partissem das profundezas dos fogos infernais; então a chama diminuiu, sua cabeça pendeu para a frente e ela ficou parada diante de Delia, muda e arrasada.

O primeiro movimento de Delia foi um recuo indignado. Enquanto ela tinha sentido apenas ternura, compaixão, o impulso de ajudar e criar laços, essas trevas queimavam no peito da outra! Era como se uma fumaça venenosa tivesse arrasado uma paisagem pura de verão...

Esses sentimentos normalmente eram seguidos com rapidez por uma reação de simpatia. Mas agora ela não sentia nada. Um cansaço total a possuiu.

– Sim – ela disse lentamente –, às vezes eu acho que você realmente me odiou desde o início; me odiou por tudo que eu tentei fazer por você.

Charlotte ergueu a cabeça bruscamente.

– Fazer por mim? Mas tudo o que você fez foi feito por Clement Spender!

Delia a encarou com uma espécie de horror.

– Você é horrível, Charlotte. Pela minha honra, não penso em Clement Spender há anos.

– Ah, mas você pensa, pensa sim! Você sempre pensou nele ao pensar em Tina; nele e em mais ninguém! Uma mulher nunca para de pensar no homem que ela ama. Ela pensa nele anos depois, de todas as formas inconscientes, ao pensar em todos os tipos de coisas: livros, quadros, pores do sol, uma flor ou uma fita, ou um relógio sobre a lareira – Charlotte concluiu com uma risada zombeteira. – Foi nisso que eu apostei, entende; é por isso que eu vim até você aquele dia. Eu sabia que estava dando outra mãe para Tina.

Outra vez, a fumaça venenosa pareceu envolver Delia: que ela e Charlotte, duas mulheres velhas e cansadas, deveriam estar em frente ao altar nupcial de Tina e se dirigirem uma à outra com ódio, parecia inimaginavelmente hediondo e degradante.

– Sua mulher perversa... você *é* perversa! – ela exclamou.

Então a névoa maligna se dissipou, e através dela Delia viu a figura perplexa e lamentável da mãe que não era mãe e que, a cada benefício aceito, sentia-se roubada de um privilégio. Ela se aproximou de Charlotte e pousou a mão em seu braço.

– Aqui não! Não vamos falar desse jeito aqui.

A outra se afastou dela.

– Onde você quiser, então. Eu não sou exigente!

– Mas hoje à noite, Charlotte; a noite antes do casamento de Tina? Todos os lugares desta casa não estão repletos dela? Como poderíamos continuar dizendo coisas cruéis uma para a outra em qualquer outro lugar? – Charlotte ficou em silêncio, e Delia continuou com uma voz mais firme: – Nada do que você me disser vai realmente me machucar... por muito tempo; e eu não quero machucar você... eu nunca quis.

– Você me diz isso, mas você fez tudo o que podia para me separar da minha filha! Você acha que foi fácil, durante todos esses anos, ouvi-la chamar você de "mãe"? Ah, eu sei, eu sei; nós concordamos que ela nunca deveria sequer imaginar... mas se você não tivesse ficado para sempre entre nós, ela não teria ninguém além de mim, ela teria sentido por mim o que uma filha sente em relação à mãe, ela *teria tido* que me amar mais do que a qualquer outra pessoa. Com toda a sua tolerância e generosidade, você acabou roubando minha filha de mim. E eu aturei tudo isso pelo bem dela, porque eu sabia que tinha que aturar. Mas hoje à noite; hoje à noite ela pertence a mim. Hoje à noite eu não consigo aceitar que ela deva chamá-la de mãe.

Delia Ralston não respondeu imediatamente. Parecia que pela primeira vez ela tinha ressoado as profundezas mais profundas da paixão materna e ficou admirada com os ecos que vieram de lá.

– Como você deve amá-la... para ser capaz de me dizer essas coisas – ela murmurou; então, com um esforço final: – Sim, você tem razão. Não irei vê-la. É você quem deve ir.

Charlotte foi em direção a ela impulsivamente; mas com uma mão levantada, como se precisasse se defender, Delia atravessou a sala e saiu de novo, indo para a varanda. Quando se afundou na cadeira, ouviu a porta da sala de visitas abrir e fechar, e o som dos pés de Charlotte nos degraus da escada.

Delia se sentou sozinha na noite. A última gota de sua magnanimidade fora gasta, e ela tentou desviar a mente trêmula de Charlotte. O que estava acontecendo nesse momento no andar de cima? Com que revelações sombrias os sonhos de noiva de Tina seriam desfigurados? Bem, isso também não era assunto para conjecturas. Ela, Delia Ralston, havia desempenhado seu papel, dado seu melhor: não restava nada a fazer agora a não ser tentar elevar seu espírito acima da amarga sensação de fracasso.

Havia um elemento estranho de verdade em algumas das coisas que Charlotte tinha dito. Com que poder de adivinhação sua paixão maternal a dotara! Seu ciúme parecia ter um milhão de antenas. Sim; era verdade que a doçura e a paz da noite de núpcias de Tina tinham sido preenchidas, para Delia, com visões de seu próprio passado não realizado. Suavemente, imperceptivelmente, isso a reconciliara com a memória do que ela havia perdido. Durante todos esses últimos dias ela vivera a vida da menina, ela tinha sido Tina e Tina tinha sido seu próprio eu de menina, a remota Delia Lovell. Agora, pela primeira vez, sem vergonha, sem autocensura, sem angústia ou escrúpulos, Delia podia ceder àquela visão de amor correspondido da qual sua imaginação sempre se afastara. Ela tinha feito sua escolha na juventude e a aceitara na maturidade; e aqui nessa alegria nupcial, tão misteriosamente sua, estava a compensação por tudo o que ela tinha perdido e, ainda assim, ao qual nunca havia renunciado.

Delia entendia agora que Charlotte tinha adivinhado tudo, e que o conhecimento a abastecera de um ressentimento feroz. Charlotte dissera há muito tempo que Clement Spender nunca tinha realmente pertencido a ela; agora ela havia percebido que o mesmo se passava com a filha de Clement Spender. Quando a verdade invadiu Delia, seu coração derreteu com a velha compaixão por Charlotte. Delia viu que era uma coisa terrível e sacrílega interferir no destino de outra pessoa, tocar ainda que da forma mais terna no direito de qualquer ser humano de amar e sofrer à sua própria maneira. Delia interviera duas vezes na vida de Charlotte Lovell: era natural que Charlotte fosse sua inimiga. Se ao menos ela não se vingasse ferindo Tina!

Os pensamentos da mãe adotiva se voltaram dolorosamente para o quartinho branco no andar de cima. Ela tinha planejado sua meia hora com Tina para deixar a menina com pensamentos tão perfumados quanto as flores que ela iria encontrar a seu lado quando acordasse. E agora...

Delia partiu de sua contemplação. Houve um passo na escadaria; Charlotte descendo pela casa silenciosa. Delia se levantou com um vago impulso de fuga: ela sentiu que não conseguiria enfrentar os olhos da prima. Dobrou a esquina da varanda, na esperança de encontrar as persianas da sala de jantar destrancadas e escapar despercebida para seu quarto; mas em um momento Charlotte estava a seu lado.

– Delia!

– Ah, é você? Eu estava indo para a cama. – Nem para salvar a própria vida Delia conseguiria esconder um vestígio sequer de dureza em sua voz.

– Sim: é tarde. Você deve estar muito cansada. – Charlotte fez uma pausa; sua própria voz estava tensa e cheia de dor.

– Eu *estou* cansada – reconheceu Delia.

No silêncio iluminado pela lua, a outra foi até ela, tocando timidamente em seu braço.

– Não até que você tenha visto Tina.

Delia endureceu.

– Tina? Mas é tarde! Ela não está dormindo? Eu pensei que você ficaria com ela até...

– Eu não sei se ela está dormindo. – Charlotte parou. – Eu não entrei; mas há uma luz sob a porta.

– Você não entrou?

– Não: eu só fiquei parada no corredor, e tentei...

– Tentou?

– Pensar em algo... algo... para dizer a ela sem... sem que ela adivinhasse... – Um soluço parou Charlotte, mas ela continuou com um esforço final. – Não adianta de nada. Você estava certa: não há nada que eu possa dizer. Você é a verdadeira mãe dela. Vá ficar com ela. Não é culpa sua... nem minha.

– Oh... – Delia chorou.

Charlotte agarrou-se a ela com um abatimento inarticulado.

– Você disse que eu era má; eu não sou má. Afinal, ela era minha quando era pequena!

Delia passou um braço sobre o ombro dela.

– Acalme-se, querida! Vamos até ela juntas.

A outra cedeu automaticamente ao toque, e lado a lado as duas mulheres subiram as escadas, Charlotte cronometrando seu passo impetuoso com os movimentos endurecidos de Delia. Caminharam pelo corredor que levava até a porta de Tina; mas lá Charlotte Lovell parou e balançou a cabeça.

– Não... você – ela sussurrou, e se afastou.

Tina estava deitada na cama com os braços cruzados sob a cabeça, os olhos felizes refletindo o espaço prateado do céu que preenchia a janela. Ela sorriu para Delia através de seu sonho.

– Eu sabia que você viria.

Delia se sentou ao lado dela e elas descansaram as mãos entrelaçadas sobre a coberta. Não falaram muito, afinal, mas sua comunhão não precisava de palavras. Delia nunca soube quanto tempo passou sentada ao lado da menina: abandonou-se ao feitiço da hora iluminada pela lua.

Mas, de repente, pensou em Charlotte, sozinha atrás da porta fechada de seu próprio quarto, observando, lutando, ouvindo. Delia não deveria, para seu próprio prazer, prolongar essa vigília trágica. Ela se inclinou para dar um beijo de boa noite em Tina; então parou na soleira da porta e se virou.

– Querida! Só mais uma coisa.

– Sim? – Tina murmurou através do sonho.

– Quero que você me prometa...

– Tudo, tudo, minha querida mãe!

– Bem, então, prometa que quando você partir amanhã... no último minuto, você entende...

– Sim?

– Depois de dizer adeus a mim e a todos os outros; assim que Lanning te ajudar a entrar na carruagem...

– Sim?

– Você vai mandar seu último beijo para a tia Charlotte. Não se esqueça: o último de todos.

A FAÍSCA
(OS ANOS 1860)

|

– SEU IDIOTA! – disse a esposa e jogou as cartas.

Virei a cabeça rapidamente para evitar ver o rosto de Hayley Delane; embora eu não pudesse contar a você o motivo pelo qual eu quis evitá-lo, muito menos a razão pela qual eu deveria supor (se é que eu supus) que um homem da idade e importância dele iria notar o que se passava com as feições totalmente insignificantes de um jovem como eu.

Eu me virei para que ele não visse como me magoava ouvi-lo ser chamado de idiota, mesmo de brincadeira... bem, pelo menos meio de brincadeira; no entanto, muitas vezes eu também o achava idiota, e, por pior que eu fosse no pôquer, sabia o suficiente do jogo para julgar que ele, quando não estava presente, justificava totalmente aquela explosão da esposa. Por que o ataque dela me perturbou, eu não saberia dizer; nem por quê, quando esse ataque foi saudado com uma gargalhada estridente do "mais recente" dela, o jovem Bolton Byrne, eu me cocei para esbofetear o salafrário desprezível; nem por quê, quando Hayley Delane, a quem as brincadeiras sempre afetavam com certo atraso, mas afetavam, por fim deu um gorgolejar baixo e abundante de aprovação; por que razão então, acima de tudo, eu queria apagar toda a cena de minha memória. Por quê?

Eles ficaram lá sentados, como eu tantas vezes os vira, na luxuosa biblioteca sem livros de Jack Alstrop (tenho certeza de que as extravagantes prateleiras atrás das portas de vidro estavam vazias), enquanto, para além das janelas, o crepúsculo pálido se aprofundava e se tornava azul sobre os gramados e bosques de Long Island, e sobre uma faixa de mar iluminada pelo luar. Ninguém jamais olhava para *aquilo*, exceto para conjeturar sobre como estaria o clima no dia seguinte para o polo ou para a caça ou para a corrida de cavalos ou qualquer outro uso que a estação exigisse que o semblante da natureza se apresentasse; ninguém estava ciente do crepúsculo, da lua ou das sombras azuis, muito menos Hayley Delane. Dia após dia, noite após noite, ele se sentava ancorado na mesa de pôquer de alguém, atrapalhando-se distraidamente com as cartas...

Sim; aquele era o homem. Ele nem mesmo (como já tinham dito de uma grande autoridade em heráldica) conhecia seu próprio negócio tolo, que consistia em fazer parte da comitiva de sua esposa, jogar pôquer com os amigos dela e rir das bobagens deles. Não surpreende que a sra. Delane às vezes ficava exasperada. Conforme ela dizia, *ela* não o pedira em casamento! Ao contrário: todos os seus contemporâneos conseguiam se lembrar do raio que o fulminara. Na primeira vez em que a vira – no teatro, acredito: "Quem é aquela? Ali, com aquela vasta cabeleira?" "Oh, Leila Gracy? Ora, ela não é *muito* bonita..." "Bem, vou me casar com ela..." "Vai se casar com ela? Mas o pai dela é Bill Gracy, aquele velho canalha... aquele..." "Eu vou me casar com ela..." "Aquele que teve que renunciar a todos os clubes..." "Eu vou me casar com ela..." – e ele se casou; e foi ela, se você me permite, que o deixou pendurado, ela quem queria e não queria, até que um sujeitinho pretensioso, que estava naquele momento se decidindo sobre *ela*, finalmente se resolveu pela negativa.

Assim tinha sido o casamento de Hayley Delane; e essa, imaginei, era sua maneira de conduzir a maior parte das transações de sua vida inútil e desajeitada... grandiosos surtos de impulsividade, tempestades que ele não conseguia controlar, seguidos de longos períodos de calma sonolenta, durante os quais, algo me fazia sentir, velhos arrependimentos e remorsos despertavam e se agitavam sob a superfície indolente de sua natureza. E, no entanto, não estaria eu simplesmente romantizando um caso banal? Afastei-me da janela para olhar para o grupo. As velas trazidas para as mesas de carteado tinham espalhado poças de iluminação por toda a sala sombria; em seu esplendor, a cabeça dura de Delane se destacava como um penhasco de uma planície florida. Talvez fosse apenas sua presença ampla, pesada e morena; talvez sua idade avançada, pois ele devia ser pelo menos quinze anos mais velho do que a esposa e a maioria dos amigos dela; de qualquer forma, eu jamais poderia olhar para ele sem sentir que ele pertencia a outro lugar, não tanto a outra sociedade, mas a outra época. Pois não havia dúvidas de que a sociedade em que vivia servia bem a ele. Ele compartilhava alegremente de todas as diversões de seu pequeno grupo: com os melhores deles, Delane cavalgava, jogava polo, caçava e conduzia sua carruagem puxada por quatro cavalos (você verá, pela última alusão, que ainda estávamos nos arcaicos anos 90). Eu nem poderia adivinhar que outras ocupações ele teria preferido, se tivesse tido a oportunidade de escolher. Apesar de minha admiração por ele, eu não conseguia me convencer de que fora Leila Gracy que o submetera às coisas que ela fazia. O que ele teria escolhido fazer se não a tivesse conhecido naquela noite na peça? Ora, eu pensei, conhecer e se casar com outra pessoa exatamente como ela. Não; sua diferença não estava em seus gostos; estava em algo muito mais profundo. No entanto, o que é mais profundo em um homem do que seus gostos?

Em outra época, então, ele provavelmente estaria fazendo o equivalente ao que estava fazendo agora: na indolência, praticando muitos exercícios violentos, comendo mais do que era adequado para ele, rindo do mesmo tipo de bobagem e adorando, com o mesmo tipo de rotina de adoração monótona, o mesmo tipo de mulher, estivesse ela usando crinolina, anquinha, peplo ou peles de animais; não importava muito com que dispensação suntuária alguém a vestisse. Só que naquela outra época poderia ter havido saídas para outras faculdades, agora adormecidas, talvez até atrofiadas, mas que deviam – sim, realmente deviam – ter algo a ver com a construção daquela testa grande e amigável, o nariz monumental e a rica covinha, que de vez em quando sulcava sua bochecha com luz. A covinha não significava nada mais do que Leila Gracy?

Bem, se ela soubesse que eu pensava assim, talvez *eu* é que fosse o idiota; um idiota por acreditar no marido dela, por estar obcecado por ele, oprimido por ele, quando, passados trinta anos, ele era apenas o Hayley Delane que ninguém valorizava, que ficavam contentes de ver e de quem imediatamente se esqueciam. Voltando de minha contemplação dessa grandiosa cabeça estrutural, olhei para sua esposa. A cabeça dela ainda estava em construção, era algo que estava apenas florescendo, a cabeça de uma garota rodeada por neblina. Até mesmo as velas gentis traíam as rugas de seu rosto, a tinta dos lábios, a água oxigenada dos cabelos; mas elas não conseguiam diminuir a fluidez de seu contorno ou a meninice que espreitava em seus olhos, flutuando de suas profundezas como uma náiade assustada. Havia nela uma inocência irredutível, como muitas vezes há em mulheres que passaram o tempo acumulando experiências sentimentais. Quando olhei para marido e esposa, assim confrontados acima das cartas, me maravilhei mais e mais com o fato de ser ela quem mandava e ele quem obedecia. Você verá, por esse comentário, como eu ainda era jovem.

Tão jovem, na verdade, que Hayley Delane tinha me ocorrido em meus tempos de escola como um fato consumado, um monumento acabado: como a Trinity Church, o Reservatório ou o Clube Knickerbocker. Um nova-iorquino de minha geração não poderia imaginá-lo transformado ou afastado de qualquer uma daquelas veneráveis instituições. E então continuei a não valorizá-lo até que, com meus dias de Harvard terminados, eu tinha voltado depois de um intervalo de errâncias pelo mundo para me estabelecer em Nova York, e ele tinha caído sobre mim outra vez como uma coisa ainda não totalmente explicada e mais interessante do que eu havia suspeitado.

Não estou dizendo que o assunto me tirou o sono. Eu tinha meu próprio negócio (em um escritório no centro da cidade) e os prazeres de minha idade; eu estava dando duro na descoberta de Nova York. Mas de vez em quando o enigma de Hayley Delane se interpunha entre mim e meus outros interesses, como acontecera hoje à noite só porque a esposa havia zombado dele, e ele tinha dado risada e a achado engraçada. E nessas ocasiões eu me sentia desproporcionalmente comovido e excitado com qualquer coisa que descobrisse sobre ele, ou tivesse observado nele, para justificar tais emoções.

O jogo estava terminado, a campainha tinha tocado. Passado pouco tempo, ela tocou outra vez, com uma insistência discreta: Alstrop, tranquilo em relação a todo o resto, preferia que os convidados não se atrasassem mais do que meia hora para o jantar.

– Quero dizer... *Leila*! – ele finalmente protestou.

As bobinas douradas caíram acima das fichas dela.

– Sim, sim. Só um instantinho. Hayley, você terá que pagar para mim. Pronto, estou indo! – ela riu e empurrou a cadeira para trás.

Delane, rindo também, levantou-se preguiçosamente. Byrne voou para abrir a porta para a sra. Delane; as outras mulheres saíram com ela. Delane, depois de saldar as dívidas da esposa, pegou sua bolsa de malha dourada e a cigarreira e as seguiu.

Eu me virei em direção a uma janela aberta para o gramado. Havia tempo suficiente para esticar as pernas enquanto rolos de cabelo e pó de arroz eram utilizados no andar de cima. Alstrop se juntou a mim, e ficamos olhando fixamente para um céu macio e desgrenhado no qual as primeiras estrelas iam e vinham.

– Maldição! Isso vai estragar nossa partida amanhã!

– Sim... mas que cheiro bom a chuva que se aproxima dá às coisas!

Ele riu.

– Você é um otimista... como o velho Hayley.

Atravessamos o gramado em direção à floresta.

– Por que como o velho Hayley?

– Oh, ele é um filósofo contumaz, eu nunca o vi se chatear, você já viu?

– Não. Deve ser isso que o faz parecer tão triste – exclamei.

– Triste? Hayley? Ora, eu só estava dizendo...

– Sim, eu sei. Mas as únicas pessoas que nunca se chateiam são as pessoas que não se importam; e não se importar é talvez a ocupação mais triste que existe. Eu gostaria de vê-lo com raiva ao menos uma vez.

Meu anfitrião deu um fraco assobio e observou:

– Pelos deuses, eu acredito que o vento está soprando para o norte. Se ele estiver... – ele umedeceu o dedo e o manteve levantado.

Eu sabia que não havia nenhum propósito em teorizar com Alstrop; mas tentei outra tática.

– O que diabos Delane tem feito consigo mesmo durante todos esses anos? – eu perguntei.

Alstrop tinha quarenta anos, ou algo em torno disso, e, por uns bons anos a mais do que eu, era mais habilitado a lançar um olhar negligente para o problema. Mas o esforço parecia estar além dele.

– Ora, que anos?

– Bem, desde que ele abandonou a faculdade.

– Meu Deus! Como é que eu vou saber? Eu não estava lá. Hayley deve ter bem mais de cinquenta.

Isso pareceu formidável para minha juventude; quase como uma era geológica. E isso lhe convinha, de certa forma: eu poderia imaginá-lo à deriva ou enlameado ou como algo mensurável por éons à taxa de cerca de um milímetro por século.

– Há quanto tempo ele está casado? – perguntei.

– Também não sei; há quase vinte anos, acho. As crianças estão crescendo. Os meninos estão em Groton. Leila não parece ter tudo isso, devo dizer... dependendo da luz.

– Bem, então, o que ele tem feito desde que se casou?

– Ora, o que ele deveria ter feito? Ele sempre teve dinheiro o suficiente para fazer o que gosta. Ele tem a sociedade no banco, é claro. Dizem que o velho sogro, aquele tratante a quem ele se recusa a ver, recebe uma boa quantia de dinheiro dele. Você sabe que ele é muito coração mole. Mas ele consegue equilibrar tudo, imagino. E ele é membro de muitos conselhos: do Asilo dos Cegos, do Apoio à Criança, da Sociedade para a Prevenção da Crueldade contra os Animais, e todo o resto. E não existe nenhum esporte melhor por aí.

— Mas não é isso que eu quero dizer — insisti.

Alstrop olhou para mim através da escuridão.

— Você não quer dizer mulheres? Eu nunca soube de nada, mas ninguém saberia, muito provavelmente. Ele é um sujeito fechado.

Voltamos a fim de nos vestir para o jantar. Sim, essa era a palavra que eu queria; ele era um sujeito fechado. Até o rudimentar Alstrop sentia isso. Mas conscientemente fechado, deliberadamente... ou apenas de maneira instintiva, congênita? Aí estava o mistério.

II

O grande jogo de polo aconteceu no dia seguinte. Foi o primeiro da temporada, e, tomando nota respeitosa do fato, o barômetro, depois de uma noite de chuvas, pulou de volta para Razoável.

Toda a Quinta Avenida tinha desaguado para ver Nova York contra Hempstead. Os gramados belamente compactados e a arquibancada recém-pintada estavam salpicados de vestidos primaveris desabrochando com guarda-sóis; e carruagens e um sem--número de veículos cercavam o lado mais distante do campo.

Hayley Delane ainda jogava polo, embora tivesse ficado tão pesado que o custo de proporcionar montarias para si mesmo devia ser considerável. Ele, é claro, não era mais tido como de primeira classe; de fato, nesses últimos dias, quando o jogo se tornara uma ciência exata, eu mal sei para que serviria um corpo tão pesado como o dele. Mas, naquela alvorada longínqua do esporte, sua precisão e rapidez ao golpear faziam que Delane ainda fosse considerado útil na defesa, além de estimado pelo papel que tinha desempenhado na introdução e no estabelecimento do jogo.

Eu me lembro de pouca coisa do início da partida, que se assemelhou a muitas outras às quais eu já tinha assistido. Eu mesmo nunca joguei e não apostava dinheiro: para mim, o principal interesse da cena estava no clima de maio, na ondulação dos vestidos primaveris sobre a relva, na sensação de juventude, na diversão, na alegria, na virilidade e na feminilidade tecendo seu padrão eterno sob o céu conivente. De vez em quando, eles eram interrompidos momentaneamente por um rápido "Oh" que virava todos aqueles olhares emaranhados para a mesma direção, enquanto duas faixas brilhantes de homens e cavalos arrancavam através do campo verde, trancavam, gingavam, irradiavam para fora em figuras estreladas e deslizavam de volta. Mas era por um momento apenas; então os olhos vagavam de novo, a conversa começava, e a juventude e o sexo seguiam seu curso até que a próxima arrancada os sacudisse de seu transe.

Eu estava entre esses observadores divididos. O polo como espetáculo não me divertia por muito tempo, e eu via tão pouco do jogo quanto as garotas bonitas empoleiradas ao lado de seus pretendentes no alto das carruagens e arquibancadas. Mas, por acaso, minhas vagas errâncias me levaram às estacas brancas que cercavam o campo, e lá, em um aglomerado de espectadores, avistei Leila Delane.

Quando me aproximei, fiquei surpreso ao notar uma figura familiar se afastando dela. Ainda víamos o velho Bill Gracy com bastante frequência nos arredores das grandes pistas de corrida; mas eu me perguntava como ele tinha entrado na área reservada de um clube de polo elegante. Lá estava ele, porém, inequivocamente; quem poderia esquecer daquele peitoral inchado sob o casaco de corrida elegante e maltrapilho, a cartola cinza sempre afastada dos cachos ruivos e finos e a mistura de dissimulação e presunção que fazia que seu olhar líquido fosse tão lamentável? Entre as figuras que apareciam aqui e ali como ruínas de alerta da monotonia da respeitabilidade da velha Nova York, nenhuma era mais típica do que a de Bill Gracy; meu olhar o seguiu com curiosidade conforme ele escapava furtivamente da filha. "Tentando tirar mais dinheiro dela", concluí; e me lembrei do que Alstrop tinha dito sobre a generosidade de Delane.

"Bem, se eu fosse Delane", pensei, "pagaria uma boa quantia para manter aquele velho rufião fora de vista."

A sra. Delane, virando-se para prestar atenção ao recuo do pai, me viu e assentiu com a cabeça. No mesmo momento, Delane, sobre um cavalo alto de peito profundo, atravessou o campo vagarosamente, taco sobre o ombro. Enquanto cavalgava assim, pesado, mas poderoso, com sua camisa vermelha e preta e calças brancas, com a cabeça se destacando como um bronze contra o relvado, eu me lembrei caprichosamente da figura de Guidoriccio da Foligno, o famoso mercenário, cavalgando com um ritmo lento e poderoso pelo afresco protegido da Câmara Municipal de Siena. Por que um banqueiro nova-iorquino excessivamente pesado e mais do que de meia-idade trotando sobre um cavalo através de um campo de polo em Long Island me lembraria de uma figura marcial sobre um cavalo de guerra com armadura, acho difícil de explicar. Até onde eu sabia, não havia fortalezas com torres atrás de Delane; e seu capacete de polo bastante juvenil e a camisa espalhafatosa eram um pobre substituto para a cota de malha de Guidoriccio. Mas esse era o tipo de peça que o homem estava sempre pregando; lembrando-me, à sua maneira torpe e preguiçosa, de tempos e cenas e pessoas mais grandiosas do que ele poderia saber. Foi por isso que ele continuou a me interessar.

Foi movido por esse interesse que me aproximei da sra. Delane, a quem eu geralmente evitava. Depois de um sorriso vago, ela já tinha voltado o olhar para o campo.

– Está admirando seu marido? – sugeri, conforme o trote de Delane o conduzia por nossa linha de visão.

Ela olhou para mim com hesitação.

– Você acha que ele é muito gordo para jogar, eu suponho? – ela respondeu, um pouco ríspida.

– Acho que ele é a pessoa mais elegante à vista. Ele parece um grande general, um grande soldado de fortuna... num afresco antigo, quero dizer.

Ela olhou fixamente, talvez suspeitando de ironia, como sempre fazia sob o ininteligível.

– Ah, *ele* pode pagar o quanto quiser pelas montarias! – ela murmurou; e acrescentou, com uma risada distraída: – Você diz isso como um elogio? Devo contar a ele o que você diz?

– Eu gostaria que você contasse.

Mas seus olhos se desviaram novamente, dessa vez para o lado oposto do campo. Claro: Bolton Byrne estava jogando do outro lado! Uma mulher tola sempre ficava assim, fascinada com sua última aventura. Contudo, houve tantos que ela devia, a essa altura, estar esplendidamente certa de que haveria mais! Mas a cada um deles a menina nascia nela de novo: ela corava, palpitava, "recusava" danças, planejava *tête-à-têtes*, punha flores para secar (aposto) dentro de uma cópia de Omar Khayyam, e era toda musselina branca e rosas selvagens enquanto o relacionamento durava. E a febre Byrne estava, naquela época, no auge.

Não parecia educado deixá-la imediatamente, então continuei a observar o campo ao seu lado.

– É a última chance que eles têm de marcar – ela arremessou para mim, deixando que eu utilizasse o pronome ambíguo; e, depois disso, ficamos em silêncio.

O jogo havia sido difícil; os dois lados tinham cinco pontos cada, e a multidão ao redor do cercado ficou em suspensão e sem fôlego nos últimos minutos. A batalha foi curta e rápida, e dramática o suficiente para manter até mesmo os galanteadores no alto das carruagens. Uma vez olhei furtivamente para a sra. Delane e vi o rubor subir às bochechas dela. Byrne estava se lançando pelo campo, agachado no pescoço da montaria um tanto magricela, o bastão balançando como uma lança: uma visão bastante bonita, pois ele era jovem e flexível e leve sobre a sela.

– Eles vão ganhar! – ela engasgou com um grito de felicidade.

Mas então o cavalo de Byrne, em desacordo com o ritmo, tropeçou, vacilou e caiu. Seu cavaleiro caiu da sela, pôs o animal em pé e ficou meio tonto por um minuto antes de se levantar novamente. Aquele minuto fez toda a diferença. Ele deu uma chance ao outro time. O nó de homens e cavalos se apertou, vacilou, alargou-se e se desfez em voos de flecha; e de repente uma bola, a de Delane, passou pelo gol do inimigo, vitoriosa. Um rugido de alegria se avolumou:

– Parabéns para o velho Hayley! – as vozes gritaram.

A sra. Delane deu uma risadinha azeda.

— Aquele... aquele cavalo bestial; eu o avisei que ele não era bom, e o terreno ainda está muito escorregadio — ela explodiu.

— O cavalo? Ora, ele é um estripador. Não é qualquer montaria que vai carregar o peso de Delane — eu disse. Ela olhou fixamente para mim sem me ver e se afastou com os lábios trêmulos. Eu a vi andar rápido em direção ao cercado.

Eu a segui apressado, querendo ver Delane no momento de triunfo. Eu sabia que ele levava todos esses pequenos sucessos esportivos com uma seriedade absurda, como se, misteriosamente, eles fossem a sombra de conquistas mais substanciais, sonhadas ou realizadas em alguma vida anterior. E talvez a vaidade do homem mais velho de ter sucesso entre os jovens também era um elemento de satisfação; como alguém poderia adivinhar, em uma mente de simplicidade tão monumental?

Quando cheguei ao cercado, não o descobri de imediato; em vez disso, uma visão desagradável encontrou meus olhos. Bolton Byrne, lívido e murcho, o rosto como o de uma velha, eu pensei, atravessou o campo vazio, atacando com raiva os flancos de seu cavalo. Ele escorregou e caiu no chão, e, quando o fez, golpeou o animal, que estremecia, com um último golpe limpo na cabeça. Uma visão desagradável...

Mas a retribuição aconteceu. Veio como um raio preto e vermelho descendo dos céus sobre o desgraçado. Delane o segurou pelo colarinho, bateu com o chicote em seus ombros e o atirou para longe como se fosse uma coisa muito ruim para o manuseio humano. Tudo acabou no intervalo de um suspiro; então, enquanto a multidão cantarolava e se aproximava, deixando Byrne fugir como se tivesse se tornado invisível, eu vi meu grande Delane, agora calmo e apático, virar-se para o cavalo e descansar uma mão tranquilizadora em seu pescoço.

Eu estava avançando, movido pelo impulso de apertar aquela mão, quando a esposa se aproximou dele. Embora eu não estivesse longe, não consegui ouvir o que ela disse; as pessoas não falavam alto naquela época, ou não "faziam cenas", e as duas ou três palavras que saíram dos lábios da sra. Delane deviam ter sido inaudíveis para todos, exceto para o marido. Em seu rosto moreno, elas levantaram um rubor repentino; ele fez um movimento com o braço livre (a outra mão ainda repousava no pescoço do cavalo), como se para acenar a uma criança importuna; então apalpou o bolso, tirou um cigarro e o acendeu. A sra. Delane, branca como um fantasma, corria de volta para a carruagem de Alstrop.

Eu também estava me virando quando vi seu marido ser saudado novamente. Dessa vez era Bill Gracy – impondo-se e ainda assim se ocultando, como era de seu feitio – que aparecia com uma lágrima condescendente nos cílios, um sorriso meio trêmulo, meio desafiador, uma mão estendida envolta por uma luva amarela.

– Deus o abençoe por isso, Hayley... Deus o abençoe, meu querido menino!

A mão de Delane deixou relutantemente o pescoço do cavalo. Ele oscilou por um instante, apenas tocou a palma do outro homem e foi no mesmo instante engolfada por ela. Delane, então, sem falar, se voltou para o galpão onde suas montarias estavam sendo massageadas, enquanto o sogro saía de cena com ar de superioridade.

Eu tinha prometido, quando estivesse voltando para casa, parar e tomar chá na casa de um amigo, a meio caminho entre o clube de polo e a casa de Alstrop. Outro amigo, que também estava indo para lá, me ofereceu uma carona e depois me carregou para a casa de Alstrop.

Durante nossa viagem e sobre a mesa de chá, a conversa, é claro, se concentrou principalmente no incidente embaraçoso da derrota de Bolton Byrne. As mulheres ficaram horrorizadas ou admiradas, levadas por seu humor; mas todos os homens concordaram que era bastante natural. Nesse caso, qualquer pretexto era permitido, disseram eles; embora tenha sido estúpido da parte de Hayley expor sua queixa em uma ocasião pública. Mas então ele *era* estúpido: esse era o consenso. Se havia uma maneira desajeitada de fazer o que precisava ser feito, ele era a pessoa certa para fazê-lo! De resto, todos falavam dele com carinho e concordavam que Leila era uma tola... e ninguém gostava realmente de Byrne, um "forasteiro" que se impusera à sociedade com um estilo de equitação atrevido e exibicionista. Mas Leila, todos concordavam, sempre tinha tido uma queda por "forasteiros", talvez porque a admiração deles lisonjeasse seu desejo extremo de ser considerada "popular".

– Eu me pergunto quantos do grupo terão sobrado; esse caso deve ter causado uma boa dose de agitação – disse meu amigo, quando desci à porta de Alstrop; e o mesmo pensamento ocupava minha própria mente. Byrne teria partido, é claro; e, sem dúvida, em outra direção, Delane e Leila. Eu gostaria de ter tido a chance de apertar aquela mão desajeitada de Hayley...

O saguão e a sala de estar estavam vazios; a campainha deve ter soado seu apelo discreto mais de uma vez, e fiquei aliviado ao descobrir que havia sido atendida. Não queria trombar com nenhum de meus companheiros até ver nosso anfitrião. Enquanto eu subia correndo as escadas, ouvi-o me chamar da biblioteca e me virei.

– Sem pressa; o jantar foi adiado para as nove – ele disse alegremente; e acrescentou, com uma nota de alívio inexprimível: – Nós tivemos um trabalhão... *ufa*!

A aparência da sala era essa mesma: as mesas de jogo estavam intocadas e as poltronas profundas, reunidas em grupos confidenciais, pareciam ainda estar deliberando sobre o complicado problema. Percebi que uma boa quantidade de uísque com soda foi usada para chegar à solução.

– O que aconteceu? Byrne foi embora?

– Byrne? Não, graças a Deus! – Alstrop me olhou quase com reprovação. – Por que ele deveria ter ido? Era exatamente isso que queríamos evitar.

– Eu não entendo. Você não está me dizendo que *ele* ficou e os Delane se foram?

– Deus me livre! Por que eles também deveriam partir? Hayley pediu desculpas!

Meu queixo caiu e eu devolvi o olhar espantado de meu anfitrião.

– Pediu desculpas? Para aquele cão? Por que razão?

Alstrop encolheu os ombros com impaciência. "Ah, pelo amor de Deus, não retome essa discussão maldita", o gesto parecia dizer. Em voz alta, ele ecoou:

– Por que razão? Bem, afinal, um homem tem o direito de surrar seu próprio cavalo, não tem? Essa atitude foi violentamente antidesportiva, é claro, mas não é da conta de ninguém se Byrne escolheu ser esse tipo de canalha. Foi isso que Hayley percebeu... quando se acalmou.

– Então eu sinto muito que ele tenha se acalmado.

Alstrop pareceu estar claramente irritado.

– Não entendo aonde você quer chegar. Já tivemos trabalho suficiente. Você disse que queria vê-lo furioso ao menos uma vez; mas você não quer que ele continue fazendo papel de idiota, não é?

– Eu não chamo espancar Byrne de fazer papel de idiota.

– E anunciar suas dificuldades conjugais por toda Long Island, com vinte repórteres de jornal nos seus calcanhares?

Fiquei em silêncio, perplexo, mas incrédulo.

– Creio que ele nunca tenha pensado nisso. Eu me pergunto quem o pôs nessa situação em primeiro lugar.

Alstrop torceu o cigarro apagado entre os dedos.

– Todos nós... da forma mais delicada que pudemos. Mas foi Leila quem finalmente o convenceu. Devo dizer que Leila estava muito empenhada.

Eu ainda ponderei: a cena no *paddock* surgiu novamente diante de mim, o animal agonizante e trêmulo, e a maneira como a mão grande de Delane tinha sido passada de forma reconfortante em seu pescoço.

– Que absurdo! Eu não acredito numa palavra! – declarei.

– Uma palavra do que eu disse?

– Bem, da versão oficial do caso.

Para minha surpresa, Alstrop encontrou meu olhar com olhos nem intrigados, nem ressentidos. Uma sombra pareceu surgir de seu rosto honesto.

– Em que você *acredita*? – ele perguntou.

– Que esse Delane deu uma sova naquele vira-lata por maltratar o cavalo e de forma alguma por dar muita atenção à sra. Delane. Eu estava lá, estou dizendo, eu o vi.

A testa de Alstrop clareou completamente.

– Há algo a ser dito sobre essa teoria – ele concordou, sorrindo sobre o fósforo que segurava próximo ao cigarro.

– Bem, então... por que motivo ele se desculpou?
– Ora, por *aquilo*, por se meter entre Byrne e o cavalo. Você não vê, seu rapaz idiota? Se Hayley não tivesse se desculpado, a lama ia cair nas costas da esposa. Todos diriam que a briga se deu por conta dela. É tão claro quanto a luz do dia... para ele, não havia mais nada a fazer. Ele viu tudo com clareza suficiente depois que ela disse uma dúzia de palavras para ele...
– Eu me pergunto que palavras foram essas – murmurei.
– Não sei. Ele e ela desceram as escadas juntos. Ele parecia ter cem anos, pobre coitado. "É a crueldade, é a crueldade", ele continuava a repetir, "eu odeio crueldade." Prefiro achar que ele sabe que todos estamos do lado dele. De qualquer forma, está tudo remendado, e bem remendado; e pedi que trouxessem minhas últimas oitenta e quatro garrafas de Georges Goulet para o jantar. Pretendia guardá-las para o meu próprio café da manhã de casamento; mas desde esta tarde perdi o interesse por aquela festa – concluiu Alstrop com um sorriso celibatário.
– Bem – repeti, como se fosse um alívio dizer –, eu poderia jurar que ele fez aquilo pelo cavalo.
– Oh, eu também – meu anfitrião concordou enquanto subíamos as escadas juntos.
À soleira de minha porta, ele me pegou pelo braço e me seguiu para dentro de casa. Eu vi que ainda havia algo em sua mente.
– Olhe aqui, meu velho, você disse que estava lá quando aconteceu?
– Sim, por perto...
– Bem – ele me interrompeu –, pelo amor de Deus, não aluda ao assunto esta noite, sim?
– Claro que não.
– Muito obrigado. A verdade é que foi por pouco, e não pude deixar de admirar a maneira como Leila jogou. Ela estava furiosa com Hayley; mas se controlou em poucos segundos, e se comportou de forma bastante decente. Ela me disse em particular que ele costumava agir assim: explodia de repente como um louco. Você não imaginaria, não é, com aquele jeito quieto dele? Ela diz que acha que é por causa do antigo ferimento dele.

— Que antigo ferimento?

— Você não sabia que ele foi ferido... onde foi mesmo? Bull Run,[1] acho. Na cabeça...

Não, eu não sabia; nem mesmo tinha ouvido falar, ou me lembrava, que Delane estivera na Guerra Civil. Eu me levantei e olhei com espanto.

— Hayley Delane? Na guerra?

— Ora, é claro. Do começo ao fim.

— Mas Bull Run... Bull Run foi bem no começo. — Parei para fazer um cálculo mental rápido. — Olhe aqui, Jack, não pode ser; ele não tem mais de cinquenta e cinco anos. Você mesmo me disse. Se ele participou desde o início, deve ter partido quando ainda estava na escola.

— Bem, foi exatamente o que ele fez: fugiu da escola para se voluntariar. A família não sabia o que tinha acontecido com ele até que foi ferido. Eu me lembro de ouvir meu pessoal falar sobre isso. Grande camarada, o Hayley. Eu teria dado qualquer coisa para que isso não acontecesse; não na minha casa, pelo menos; mas isso *tem* que acontecer, e não há como evitar. Olhe aqui, você jura que não vai fazer nenhum sinal, vai? Pus todos os outros na linha, e, se você nos apoiar, teremos uma Noite de Família Feliz como de costume. Vá se trocar, são quase nove horas.

III

Esta não é a história de um contador de histórias; não é nem mesmo o tipo de episódio capaz de ser transformado em uma história. Se assim fosse, eu teria atingido meu clímax, ou pelo menos o primeiro estágio, no incidente do clube de polo, e o que ainda tenho para contar seria o efeito desse incidente na vida das três pessoas envolvidas.

---

1 A Primeira Batalha de Bull Run, travada em 21 de julho de 1861 no estado da Virgínia, foi a primeira grande batalha da Guerra de Secessão ou Guerra Civil dos Estados Unidos (1861-1865). [N. T.]

Esta não é uma história, ou algo que se pareça com uma história, mas apenas uma tentativa de descrever para você e, ao fazê-lo, talvez tornar mais claro para mim mesmo o aspecto e o caráter de um homem que eu amei com espanto, mas fielmente, por muitos anos. Não peço desculpas, portanto, pelo fato de que Bolton Byrne, cuja sombra maligna deve recair sobre todas as páginas restantes, nunca mais vá aparecer nelas; e que a última vez que o vi (para meus propósitos) foi quando, depois de nosso jantar exageradamente alegre e até barulhento aquela noite na casa de Jack Alstrop, eu o observei apertando as mãos de Hayley Delane e declarando, com os lábios espremidos e um falsete de cordialidade:

– Agir com malícia? Ora, eu prefiro não fazer isso; ora, que podridão! Tudo é justo no... no polo, não é? Eu diria que sim! Sim, a primeira coisa que farei amanhã. Supondo, é claro, que você estará com Jack no domingo? Eu gostaria de não ter prometido aos Gildermere... – e com isso ele desaparece, tendo servido ao seu propósito como o brilho súbito de uma lanterna passando através do crepúsculo do personagem de Hayley Delane.

O tempo todo eu continuei a sentir que não era Bolton Byrne quem importava. Enquanto os clubes e as salas de estar gorjeavam com o episódio, e amigos se tornavam apocalípticos na tentativa de parecer inconscientes e diziam "Não sei o que você quer dizer" com olhos que imploravam para que você falasse se sabia mais do que eles, eu já tinha descartado todo o caso, como estava certo de que Delane havia feito.

"Foi o *cavalo*, e nada mais que o cavalo", eu ri comigo mesmo, tão satisfeito como se devesse ser rancoroso com a sra. Delane e estivesse exultante com sua humilhação; e ainda correu por minha mente a frase que Alstrop disse que Delane continuou a repetir: "Foi a crueldade, foi a crueldade. Eu odeio crueldade".

Como isso se encaixava, agora, com o outro fato que meu anfitrião tinha deixado escapar: o fato de que Delane havia participado de toda a guerra civil! Parecia incrível que essa notícia tivesse chegado a mim como uma surpresa; que eu tenha esquecido, ou talvez nunca sequer tenha sabido, dessa fase de sua história. No entanto, em jovens como eu, que tinham acabado de terminar a faculdade nos anos 1890, essa ignorância era mais desculpável do que agora parece ser possível.

Aquele tinha sido o tempo sombrio de nossa indiferença nacional, antes do despertar do país; sem dúvida, a guerra parecia muito mais distante de nós, muito menos uma parte de nós, do que para os jovens de hoje. Esse era o caso, de qualquer forma, da velha Nova York e mais particularmente, talvez, do pequeno clã de velhos nova-iorquinos afortunados e indolentes dentre os quais eu tinha crescido. Alguns deles, de fato, haviam lutado bravamente durante os quatro anos: Nova York tinha cumprido seu papel, um papel memorável, no longo combate. Mas me lembro do assombro com que acordei pela primeira vez para o fato (foi em meus dias de estudante) de que, se alguns dos parentes e contemporâneos de meu pai tinham estado na guerra, outros (quantos!) haviam ficado de lado. Eu me lembro especialmente do choque com o qual, na escola, eu ouvira um menino explicar por que seu pai mancava:

– Ele nunca se restabeleceu do tiro que levou na perna em Chancellorsville.[2]

Olhei fixo para ele; pois o pai de meu amigo tinha justamente a idade de meu pai. Naquele momento (foi em uma partida de futebol da escola), os dois homens estavam lado a lado, à nossa vista: *seu* pai curvado, hesitante e velho, o meu, até mesmo para os olhos filiais, ereto e jovem. Apenas uma hora antes eu estava me gabando para meu amigo do atirador maravilhoso que meu pai era (ele tinha me levado para atirar na Carolina do Norte no Natal); mas agora eu estava envergonhado.

Na vez seguinte que fui para casa passar férias, eu disse à minha mãe, num dia em que ficamos sozinhos:

– Mãe, por que meu pai não foi para a guerra? – meu coração batia tão forte que pensei que ela devia ter visto minha empolgação e ficado chocada. Mas ela ergueu um rosto imperturbável do bordado.

---

2 Travada de 30 de abril a 6 de maio de 1863 no estado da Virgínia, a Batalha de Chancellorsville foi uma das mais importantes da Guerra Civil dos Estados Unidos. [N. T.]

– Seu pai, querido? Bem, porque ele era um homem casado. – Ela tinha um sorriso reminiscente. – Molly já tinha nascido, ela tinha seis meses quando o Forte Sumter caiu. Lembro-me de que eu a estava amamentando quando papai chegou com a notícia. Não conseguíamos acreditar. – Ela fez uma pausa para placidamente combinar uma seda. – Homens casados não eram convocados para a guerra – ela explicou.

– Mas, apesar disso, eles *foram*, mãe! O pai do Payson Gray foi. Ele foi tão gravemente ferido em Chancellorsville que agora tem que andar com uma bengala.

– Bem, meu querido, suponho que você não ia gostar que seu papai fosse assim, não é? – ela fez uma nova pausa e, percebendo que eu não respondia, provavelmente pensou que me doía por ter sido condenado por falta de coração, pois acrescentou, como que suavizando a repreensão: – Dois dos primos do seu pai *foram* à guerra: os primos Harold e James. Eles eram jovens, sem obrigações familiares. E o pobre Jamie foi morto, você se lembra.

Escutei em silêncio e nunca mais falei com minha mãe sobre a guerra. De fato, com ninguém, nem comigo mesmo. Enterrei o negócio todo fora de minhas vistas, longe de meus ouvidos, assim eu achava. Afinal, a guerra tinha acontecido havia muito tempo; já tinham se passado dez anos quando eu nasci. E ninguém nunca falava sobre ela então. Ainda assim, é claro, à medida que crescemos, conhecemos homens mais velhos sobre quem se dizia: "Sim, fulano esteve na guerra". Muitos deles até continuaram a ser conhecidos pelos títulos militares com que deixaram o serviço: o coronel Ruscott, o major Detrancy, o velho general Scole. As pessoas sorriam um pouco, mas admitiam que, se lhes agradava manter a patente do exército, era um direito que haviam conquistado. Hayley Delane, ao que parecia, pensava de forma diferente. Nunca permitiu que o chamassem de "major" ou "coronel" (acho que deixou o serviço como coronel). Além disso, ele era muitos anos mais novo do que esses veteranos. Descobrir que ele havia lutado ao lado deles era como descobrir que a avó com quem alguém se lembrava de ter brincado tinha sido levada no colo pela babá para ver o general Washington. Sempre pensei em Hayley Delane como pertencente à minha própria geração em vez da geração de meu pai; embora eu soubesse que ele era muito mais velho do que eu e ocasionalmente o chamasse de "senhor", sentia uma igualdade em relação a ele, a igualdade produzida pelo compartilhamento das mesmas atividades e por falar delas usando as mesmas gírias, e, na verdade, ele devia ser dez ou quinze anos mais novo do que os poucos homens que eu conhecia que haviam estado na guerra, nenhum dos quais, eu tinha certeza, tivera de fugir da escola para se voluntariar; de modo que meu esquecimento (ou talvez até mesmo ignorância) de seu passado não era imperdoável.

Broad e Delane tinham sido, por duas ou três gerações, um dos bancos privados mais seguros e conservadores de Nova York. Meu amigo Hayley tinha sido promovido a sócio no início da carreira; o cargo era quase hereditário em sua família. Aconteceu que, pouco depois da cena na casa de Alstrop, me ofereceram um cargo no banco. A oferta veio, não através de Delane, mas através do sr. Frederick Broad, o membro mais velho, que era um antigo amigo de meu pai. A oportunidade era muito vantajosa para ser rejeitada, e transferi minhas capacidades medianas e meu desejo sério de dar meu melhor para uma mesa no Broad e Delane. Foi devido a essa mudança acidental que pouco a pouco cresceu entre mim e Hayley Delane um sentimento quase filial de minha parte e de irmão mais velho da parte dele, pois quase ninguém poderia dizer que ele era paternal, mesmo com seus filhos.

Meu trabalho não precisava ter me jogado em seu caminho, pois suas obrigações comerciais pesavam levemente sobre ele, e suas horas no banco não eram nem longas nem regulares. Mas ele parecia estar gostando de mim e logo começou a me chamar para os muitos servicinhos que, no mundo dos negócios, um jovem pode prestar aos mais velhos. Seu maior embaraço era a escrita de cartas comerciais. Ele sabia o que queria dizer; sua noção do uso adequado das palavras era clara e rápida; nunca conheci ninguém mais impaciente em relação à verborragia nebulosa com a qual a cultura primária americana já estava corrompendo nosso discurso. Ele logo pescava essas imprecisões laboriosas, rosnando: "Pelo amor de Deus, traduza para o inglês...", mas quando ele tinha de escrever, ou, pior ainda, ditar uma carta, sua testa amigável e as mãos grandes ficavam úmidas e ele murmurava, meio para si mesmo, meio para mim: "Como diabos eu digo isto: 'Sua carta de tal dia chegou ontem, e depois de pensar sobre o que você propõe, eu não gosto nada disso?'". "Ora, diga só isso", eu respondia; mas ele balançava a cabeça e objetava: "Meu caro amigo, você é tão ruim quanto eu. Você não sabe *escrever bem em inglês*". Em sua mente, havia um abismo entre falar e escrever. Eu nunca consegui fazer a imaginação dele transpor esse abismo ou ver que as frases que saíam de seus lábios estavam em um "inglês melhor" do que a versão escrita, produzida depois de muito afinco e de muitas mordidas na caneta, o que consistia em traduzir a mesma afirmação em uma linguagem do tipo: "Estou em posse de seu comunicado do último dia 30 e lamento ser obrigado a informá-lo que, após uma análise ponderada das propostas nele contidas, me encontro incapaz de proferir uma sentença favorável sobre o mesmo", geralmente disparando um traço furioso através de "o mesmo" como "jargão de balconista" e então resmungando devido à sua incapacidade de encontrar um substituto mais johnsoniano.[3]

"Meu problema", ele costumava dizer, "é que meus pais eram autoritários em relação à gramática, e nunca deixaram nenhum dos filhos usar uma expressão vulgar sem nos corrigir." (Por "vulgar" ele queria dizer familiar ou inexato.) "Fomos criados com os melhores livros: Scott e Washington, Irving, o velho fulano que escreveu o *Spectator*, e Gibbon e assim por diante; e, embora eu não seja nenhum literato e nunca tenha planejado ser, não posso esquecer meus estudos iniciais; e quando vejo as crianças lendo um jornalista como Kipling, tenho vontade de arrancar aquele lixo das suas mãos. Jornalismo barato – é o que a maioria dos livros modernos é. E você me desculpe por dizer, meu garoto, que mesmo você é muito jovem para saber como o inglês deve ser *escrito*."

Isso era bem verdade, embora eu tivesse achado difícil acreditar, a princípio, que Delane tenha sido, algum dia, um leitor.

---

3 O adjetivo faz referência ao estilo do escritor Samuel Johnson (1709-1784), lexicógrafo, crítico, biógrafo, poeta, dramaturgo, ensaísta e moralista inglês. [N. T.]

Ele me surpreendeu uma noite, enquanto andávamos para casa depois de um jantar onde havíamos nos encontrado, citando a lua enquanto ela se levantava, atônita, atrás do campanário da Igreja do Descanso Celestial, com "Ela entra bela como a noite";[4] e gostava de descrever uma jogada vitoriosa em uma partida de polo dizendo: "Vou te contar, nós fomos para cima deles como os assírios". Byron não tinha sido sua única provisão. Houve, é claro, um tempo em que ele soubera toda a "Elegia de Gray"[5] de cor, e uma vez eu o ouvi murmurando para si mesmo, enquanto estávamos juntos em uma noite de outono no terraço de sua casa de campo:

Desvanece agora a paisagem que cintila à vista,
E mantém, todo o ar, uma calmaria solene...

Por menor que fosse minha simpatia pela sra. Delane, eu não podia acreditar que seu casamento tivesse diminuído o interesse de Delane em livros. Para julgar por seu estoque muito limitado de alusões e citações, sua leitura parecia ter cessado muito antes do primeiro encontro com Leila Gracy. Explorando-o como um geólogo, encontrei, em várias camadas sob o estrato Leila, nenhum traço de qualquer interesse pelas letras; e concluí que, como outros homens que conheci, sua mente tinha sido receptiva até uma certa idade, e então se calara sobre o que possuía, como um crustáceo empanturrado nunca alcançado por outra maré alta. As pessoas, eu já percebera, todas elas paravam de viver uma hora ou outra, não importava por quantos anos elas ainda fossem continuar vivas; e eu suspeitava que Delane tinha parado por volta dos 19. Essa data coincidiria mais ou menos com o fim da guerra civil, e com o regresso à existência banal da qual ele nunca se desviara desde então. Esses quatro anos tinham aparentemente preenchido todas as rachaduras de seu ser. E eu não podia defender que ele tivesse

---

4 Um dos poemas mais conhecidos de Lord Byron, escrito em 1814. [N. T.]
5 "Elegia escrita em um cemitério de igreja no interior", uma meditação sobre a morte, é um poema de Thomas Gray (1716-1771) publicado em 1751. [N. T.]

passado por eles sem perceber, como algumas figuras famosas, fantoches do destino, que tinham sido jogados de grandes alturas a enormes profundidades da experiência humana sem nem uma vez perceber o que estava acontecendo com elas, abrindo mão de uma coroa pela insistência de alguns cerimoniais prescritos ou carregando em seu voo uma certa valise monumental.

Não, Hayley Delane tinha sentido a guerra, tinha sido transformado por ela; como eu passei a enxergar de forma diferente depois de compará-lo com os outros "veteranos" que, considerados por mim os convidados mais maçantes dos jantares de meu pai, agora se tornavam figuras de imenso interesse. Ficou no passado o momento em que, quando minha mãe anunciava que o general Scole ou o major Detrancy estavam vindo jantar, eu invariavelmente encontrava um pretexto para me ausentar; agora, quando eu sabia que eles eram esperados, meu principal objetivo era persuadi-la a convidar Delane.

– Mas ele é muito mais jovem... ele só se preocupa com os esportistas. Ele não vai ficar lisonjeado ao ser convidado junto com senhores de idade. – E minha mãe, com um leve sorriso, acrescentava: – Se Hayley tem uma fraqueza, é o desejo de acharem que ele é mais jovem do que é, por conta da esposa, eu suponho.

Uma vez, no entanto, ela o convidou e ele aceitou; e nós contornamos a obrigação de convidar a sra. Delane (que sem dúvida *teria* ficado entediada) deixando de fora a sra. Scole e a sra. Ruscott, e transformando o evento em um "jantar de homens" do tipo antiquado, com patos, uma tigela de ponche e minha mãe como única senhora presente: o tipo de noite que meu pai ainda preferia.

Eu me recordo, nesse jantar, de como estudei atentamente os contrastes e tentei detectar os pontos de semelhança entre o general Scole, o velho Detrancy e Delane. Alusões à guerra, anedotas sobre Bull Run e Andersonville,[6] sobre Lincoln, Seward e Mac-

---

6 O Campo Sumter, localizado próximo a Andersonville, no estado da Geórgia, foi convertido em um campo de prisioneiros confederados durante pouco mais de um ano no período final da Guerra Civil dos Estados Unidos. [N. T.]

Clellan, estavam frequentemente nos lábios do major Detrancy, sobretudo depois de uma rodada de ponche. "Quando um sujeito passou pela guerra", ele costumava dizer como um prefácio para quase tudo, desde expressar sua opinião sobre o sermão do último domingo até elogiar o ponto do pato. Não o general Scole. Ninguém sabia ao certo por que ele tinha sido elevado ao posto que ostentava, mas o general tacitamente proclamava seu direito a ele ao nunca aludir ao assunto. Era um cavalheiro velho, alto e calado com uma bela cabeleira branca, olhos azuis meio fechados que cintilavam entre pálpebras com veias aparentes e uma presença impressionantemente ereta. Seus modos eram perfeitos; tão perfeitos que o sustentavam em vez da linguagem, e as pessoas depois diziam como ele havia sido agradável, sendo que ele apenas se curvara e sorrira, levantara-se e sentara-se novamente, com um domínio absoluto dessas difíceis artes. Dizia-se que ele era juiz de cavalos e vinho Madeira, mas ele nunca cavalgava, e foi relatado que oferecia vinhos muito insossos aos raros convidados que recebia em sua casa velha e sombria na Irving Place.

Ele e o major Detrancy tinham uma característica em comum: a extrema cautela do velho nova-iorquino. Eles viam com uma desconfiança instintiva qualquer coisa que pudesse desafiar seus hábitos, diminuir seu conforto ou lhes deitar quaisquer responsabilidades inusitadas, cívicas ou sociais; e apesar de seus outros processos mentais serem vagarosos, eles mostravam uma rapidez sobrenatural ao predizer quando uma conversa aparentemente inofensiva poderia atraí-los para "assinar um papel", sustentando até mesmo a tentativa mais suave de reforma municipal ou solicitando que eles apoiassem, em uma escala muito pequena, qualquer causa nova e desconhecida.

De acordo com seu credo, os cavalheiros se filiavam tão generosamente quanto seus meios permitissem à Sociedade da Organização de Caridade, aos Bailes dos Patriarcas, à Ajuda às Crianças e às instituições de caridade de suas próprias paróquias. Qualquer coisa além disso cheirava a "política", reuniões revivalistas ou às tentativas de pessoas vulgares de comprar sua entrada no círculo dos eleitos; até mesmo a Sociedade para a Prevenção da Crueldade aos Animais, sendo de criação mais recente, parecia aberta a dúvidas, e eles pensaram que tinha sido precipitado o fato de certos membros do clero terem emprestado seus nomes a ela. "Mas então", como afirmou o major Detrancy, "nesta era ruidosa, algumas pessoas farão qualquer coisa para chamar atenção." E eles suspiraram em conjunto pelo desaparecimento da "velha Nova York" de sua juventude, a Nova York exclusiva e impenetrável para a qual Rubini e Jenny Lind tinham cantado e o sr. Thackeray discursado, a Nova York que se recusara a receber Charles Dickens, e que, por vingança, ele havia tão escandalosamente ridicularizado.

No entanto, o major Detrancy e o general Scole tinham estado na guerra desde o início, haviam participado de horrores e agonias indizíveis, suportado todos os tipos de dificuldades e privações, sofrido os extremos do calor e do frio, da fome, das enfermidades e dos ferimentos; e tudo se desvanecera como uma indigestão que passa depois de uma noite de sono confortável, deixando-os perfeitamente comuns e felizes.

O mesmo tinha acontecido, com uma diferença, com o coronel Ruscott, que, embora não tivesse nascido no mesmo grupo, fora recebido nele há muito tempo, em parte porque era um companheiro de armas, em parte por ter se casado com alguém ligado a Hayley. Ainda consigo visualizar o coronel Ruscott: um sujeitinho bonitão e elegante, um pouco demais de ambos, com uma onda brilhante no cabelo (ou era uma peruca?) e uma borrifada a mais de *Cologne* numa cambraia muito fina. Tinha feito parte da milícia de Nova York na juventude, "saíra" com o Sétimo[7] grandioso; e o Sétimo, desde então, havia sido a fonte e o centro de seu ser, como ainda é, para alguns octogenários, o jantar da universidade.

---

7 O Sétimo Regimento da Milícia de Nova York, formado majoritariamente por membros das famílias da elite nova-iorquina, lutou ao lado dos soldados do exército da União na Guerra Civil dos Estados Unidos. [N. T.]

O coronel Ruscott era especialista em cavalheirismo. Para ele, a guerra foi "os azuis e os cinzas",[8] o resgate de adoráveis meninas do Sul, anedotas sobre a Velha Glória e o transporte de despachos vitais através das linhas inimigas. Parecia que encantamentos tinham proliferado em seu caminho durante os quatro anos que haviam sido tão enfadonhos e desolados para muitos; e o ponche (para nossa diversão, dos jovens, que não estávamos acima de persuadi-lo) sempre evocava em sua memória inúmeras situações em que, por ação rápida, respeitosa, mas insinuante, ele tinha carimbado sua imagem indelevelmente em algum coração sulista orgulhoso, ao mesmo tempo em que descobria onde estavam as guerrilhas de Jackson ou em que ponto o rio era raso.

E lá estava Hayley Delane, muito mais jovem do que os outros, mas parecendo em alguns momentos tão mais velho que eu pensava comigo mesmo: "Mas se *ele* parou de crescer aos 19 anos, eles ainda estão usando camisolões!" Mas era apenas moralmente que ele tinha continuado a crescer. Intelectualmente, todos eles estavam em pé de igualdade. Quando a última peça encenada no teatro Wallack's foi discutida, ou quando minha mãe aludiu com certa hesitação ao romance mais recente da autora de *Robert Elsmere*[9] (sua teoria era a de que, enquanto a anfitriã estivesse presente em um jantar oferecido por um homem, ela deveria manter a conversa no mais alto nível), as observações de Delane não foram mais inteligentes do que as de seus vizinhos, e ele quase teve certeza de não ter lido o romance.

Era quando se levantava alguma questão social – qualquer um dos problemas relativos à administração do clube, à caridade ou à relação entre os "cavalheiros" e a comunidade – que de repente ele se destacava, não tanto contrário a eles, mas distante.

---

8 As cores fazem referência, respectivamente, aos uniformes dos soldados do exército dos estados da União e do exército dos estados confederados, que lutaram em lados opostos durante a Guerra Civil dos Estados Unidos. [N. T.]

9 Romance da escritora inglesa Mary Augusta Ward (1851-1920), que escrevia sob o pseudônimo sra. Humphry Ward, seu nome de casada. *Robert Elsmere* foi publicado em 1888. [N. T.]

Ele se sentava e ouvia, acariciando o longo Skye terrier de minha irmã (que, desafiando todas as regras, tinha pulado até os joelhos de Delane durante a sobremesa), com um olhar sério e meio ausente em seu rosto pesado; e exatamente quando minha mãe (eu sabia) estava pensando no tédio que ele devia estar sentindo, aquele sorriso amplo dele se abria e iluminava a covinha, e ele dizia, com modéstia suficiente para marcar o respeito que sentia pelos mais velhos, mas com uma completa independência de suas opiniões:

– Afinal, que importa quem dá o primeiro passo? O importante é fechar o negócio.

Essa sempre foi a essência. Para todos os outros, incluindo meu pai, o que importava em tudo, das Reuniões Diocesanas aos Bailes dos Patriarcas, era exatamente algo que Delane parecia negligenciar: a posição das pessoas que faziam parte do comitê ou que lideravam o movimento. Para Delane, apenas a atitude em si contava; se a coisa valia a pena, ele pronunciava com seu jeito lento e preguiçoso, faça-a de algum jeito, mesmo que seus apoiadores *sejam* metodistas ou congregacionistas ou pessoas que jantavam no meio do dia.

– Se eles fossem condenados de Sing, eu não me importaria – afirmou ele, com a mão preguiçosamente alisando o pescoço do cachorro como eu o vira acariciar o cavalo aterrorizado de Byrne.

– Ou lunáticos saídos de Bloomingdale,[10] como esses "reformistas" geralmente são – acrescentou meu pai, suavizando a observação com seu sorriso indulgente.

– Oh, certo – Delane murmurou, sua atenção declinando –, ouso dizer que estamos bem o bastante como estamos.

– Especialmente – acrescentou o major Detrancy com uma bufada brincalhona – com o ponche já a caminho, como eu percebo que está.

---

10 Manicômio particular fundado em 1821 pelo Hospital de Nova York onde hoje se encontra a Universidade Columbia. [N. T.]

O ponche deu a dica para que minha mãe se retirasse. Ela se levantou com um sorriso circular tímido, enquanto os cavalheiros, todos em pé, protestaram galantemente contra sua deserção.

– Abandonando-nos para voltar ao sr. Elsmere; ficaremos com ciúmes do cavalheiro! – o coronel Ruscott declarou, chegando primeiro à porta com cavalheirismo; e, quando ele a abriu, meu pai disse, novamente com seu sorriso indulgente: – Ah, minha esposa... ela é uma grande leitora.

Então o ponche foi trazido.

IV

– Você tem que admitir – a sra. Delane me desafiou – que Hayley é perfeito.

Não ache que você já sabe tudo sobre a sra. Delane, não mais do que o próprio Delane ou eu. Até agora, eu mostrei apenas um lado, ou melhor, uma fase dela; aquela durante a qual, por razões óbvias, Hayley se tornou um obstáculo ou um fardo. Nos intervalos entre suas paixões desmedidas, quando alguém tinha de ocupar o trono vago em seu seio, o marido sempre era restabelecido a ele; e durante esses períodos interlunares, ele e as crianças eram assuntos correntes nas conversas dela. Se você a tivesse conhecido naquele momento, iria tomá-la como a esposa e mãe perfeitas e se perguntaria se Hayley algum dia teve uma folga; e você não estaria muito errado ao conjeturar que ele raramente tinha.

Só que esses intervalos eram bastante espaçados e geralmente de curta duração; e, em outros períodos, estando a esposa ocupada em outro lugar, era Delane quem se tornava o irmão mais velho de seus filhos mais velhos e da irmã mais nova deles. Às vezes, nessas ocasiões, quando a sra. Delane estava no exterior ou em Newport, Delane costumava me arrastar para passar uma semana na casa pacata e antiga nas colinas de New Jersey, cheia de retratos dos Hayley e dos Delane, de móveis pesados de mogno e do cheiro misturado de pacotes de lavanda e couro: botas de couro, luvas de couro, bagagem de couro, todos os aromas que emanam dos armários e dos corredores de uma casa habitada por cavaleiros cruéis.

Quando a esposa estava em casa, ele nunca parecia notar os retratos de família ou a mobília antiga. Leila deu continuidade à sua própria origem lamentável ao professar um desprezo democrático por antepassados em geral. "Tenho aborrecimentos o suficiente nessa vida sem ter que me preocupar em me lembrar de todos os mortos", disse ela um dia, quando perguntei o nome de um velho antepassado de expressão austera, usando peitoral de armadura e colete de couro de búfalo, pendurado na parede da biblioteca: e Delane, tão experiente em duplicidades sentimentais, piscou jovialmente para as crianças, como alguém que diria: "Aí está o verdadeiro espírito americano, meus caros! É assim que todos devemos nos sentir".

Talvez, no entanto, ele tenha detectado um toque de irritação em meu próprio olhar, pois, naquela noite, enquanto permanecemos sentados perto do fogo depois de Leila sair bocejando para a cama, ele olhou para a imagem de armadura e disse:

– Esse é o velho Durward Hayley, amigo de Sir Harry Vane, o Jovem, e de todos os outros. Tenho algumas cartas curiosas em algum lugar... mas Leila está certa, você sabe – ele acrescentou com lealdade.

– Em não estar interessada?

– Em julgar morto todo aquele passado longínquo. Ele *está* morto. Não temos nenhuma serventia para ele aqui. Isso é o que aquele sujeito esquisito de Washington sempre costumava me dizer...

– Que sujeito esquisito de Washington?

– Oh, uma espécie de interiorano que foi muito bom para mim quando eu estava no hospital... depois de Bull Run...

Eu me sentei abruptamente. Era a primeira vez que Delane mencionava sua vida durante a guerra. Achei que a prova estava na palma de minha mão; mas não estava.

– Você ficou no hospital em Washington?

– Sim; por bastante tempo. Eles não sabiam de muita coisa sobre a desinfecção de feridas naquela época... mas Leila – ele retomou, com uma obstinação sorridente –, Leila está absolutamente certa, você sabe. O mundo é melhor agora. Pense no que tem sido feito para aliviar o sofrimento desde então! – quando ele pronunciou a palavra "sofrimento", os sulcos verticais em sua testa se aprofundaram, como se ele sentisse a pontada real do antigo ferimento. – Oh, eu acredito no progresso tanto quanto *ela*; acredito que estamos batalhando por algo melhor. Se não estivéssemos... – ele encolheu os ombros poderosos, estendeu a mão preguiçosamente até a bandeja ao lado e misturou meu copo de uísque com soda.

– Mas a guerra... você foi ferido na Batalha de Bull Run?

– Sim. – Ele olhou para o relógio. – Mas vou para a cama agora. Prometi às crianças que as levaria para um meio galope amanhã cedo antes das aulas e preciso dormir sete ou oito horas para me sentir bem-disposto. Estou envelhecendo, você sabe. Apague as luzes quando você subir.

Não; ele não ia falar sobre a guerra.

Não demorou muito para que a sra. Delane me pedisse para testemunhar a favor da perfeição de Hayley. Ela tinha voltado de sua última ausência, um rodopio de seis semanas por Newport, dolorosamente subjugada e com a aparência tolhida. Pela primeira vez, vi nos cantos de sua boca aquela curvatura de meia-idade que nada tem a ver com perda dos dentes. "Como sua aparência será comum daqui a alguns anos!", pensei impiedosamente.

– Perfeito... perfeito – ela insistiu; e então, com um tom de queixa: – E, no entanto...

Ecoei friamente:

– E, no entanto?

– Com as crianças, por exemplo. Ele é tudo para elas. Ele me excluiu da vida dos meus próprios filhos. – Ela estava meio brincando, meio choramingando. Logo em seguida, bateu os cílios para mim e acrescentou: – E às vezes ele é tão *difícil*.

– Delane?

– Ah, eu sei que você não vai acreditar. Mas em matéria de negócios... você nunca notou? Você não admitiria, eu suponho.

Mas há momentos em que é simplesmente impossível comovê-lo. – Estávamos na biblioteca, e ela olhou para o antepassado de armadura. – Ele é tão duro ao toque quanto *aquilo*. – Ela apontou para a convexidade de aço.

– Não o Delane que eu conheço – murmurei, envergonhado por essas confidências.

– Ah, você acha que o conhece? – ela falou, com um tom meio zombeteiro; e então, com uma inflexão atenciosa: – Eu sempre disse que ele era um pai perfeito, e ele fez as crianças acreditarem nisso. E, no entanto...

Delane entrou, e dando um sorriso pálido para ele, ela se afastou, chamando os filhos.

Pensei comigo mesmo: "Ela está envelhecendo, e alguma coisa fez que ela percebesse isso em Newport. Coitadinha!"

Delane parecia estar tão preocupado quanto Leila; mas não disse nada até que ela nos deixasse naquela noite. Então, de repente, ele se virou para mim.

– Olha só. Você é um bom amigo para nós. Você me ajuda a resolver um problema bastante incômodo?

– Eu, senhor? – eu disse, surpreso com o "para nós" e dominado pelo apelo tão solene de meu amigo mais velho.

Ele fez uma careta minguada.

– Oh, não me chame de "senhor"; não durante esta conversa. – Fez uma pausa, e então acrescentou: – Você está pensando na nossa diferença de idade. Bem, é exatamente por isso que estou lhe fazendo essa pergunta. E quero a opinião de alguém que não teve tempo de ficar congelado na sua rotina como a maioria dos meus contemporâneos o fizeram. O fato é que estou tentando fazer minha esposa ver que precisamos deixar o pai dela vir morar conosco.

Meu espanto de cair o queixo deve ter sido acentuado a ponto de atravessar sua melancolia, pois ele deu uma leve risada.

– Bem, sim...

Fiquei sentado, perplexo. Toda a Nova York sabia o que Delane achava de seu agradável sogro. Ele tinha se casado com Leila apesar dos antecedentes dela; mas Bill Gracy, desde o início, tinha sido levado a entender que não seria recebido sob o teto dos Delane. Apaziguado pelo pagamento regular de uma bela mesada, o velho cavalheiro, com lágrimas nos olhos, estava habituado a dizer aos familiares que ele, pessoalmente, não culpava o genro. "Nossos gostos são diferentes: é só isso. Hayley não é um camarada de coração ruim; dou minha palavra que ele não é." E os familiares, tocados por tal magnanimidade, brindariam a Hayley com o champanhe proporcionado por sua última remessa.

Delane, como eu ainda permanecia em silêncio, começou a explicar.

– Veja, alguém tem que cuidar dele; há mais alguém?

– Mas... – eu gaguejei.

– Você dirá que ele sempre precisou de cuidados? Bem, eu fiz meu melhor; menos recebê-lo aqui. Por muito tempo isso parecia impossível; eu concordei totalmente com Leila... – (Então era Leila quem havia banido o pai!) – Mas agora – Delane continuou – é diferente. O pobre coitado está envelhecendo: ele piorou muito rápido no último ano. E uma mulher sanguessuga o enroscou, e ameaçou revirar antigos desentendimentos das pistas de corrida e não sei o quê. Se não o abrigarmos, ele está fadado a se afundar. Essa é a última chance dele; ele sente que é. Ele está com medo e quer vir.

Eu ainda estava calado, e Delane continuou:

– Você acha, eu suponho, de que adianta? Por que não o deixar marinar no seu próprio sofrimento? Com uma mesada decente, é claro. Bem, eu não posso dizer... não posso lhe dizer... só que eu sinto que não deve ser...

– E a sra. Delane?

– Oh, entendo o argumento dela. As crianças estão crescendo; elas mal conheceram o avô. E recebê-lo em casa não vai ser como hospedar uma velhinha boazinha de touca que tricota ao lado da lareira. Ele ocupa espaço, o Gracy; não vai ser agradável. Ela acha que devemos pensar nas crianças primeiro. Mas eu não concordo. O mundo é um lugar muito feio; por que alguém deveria crescer pensando que tudo são flores? Deixe-os se arriscar... e então – ele hesitou, como se estivesse envergonhado –, bem, você a conhece;

ela é afeiçoada à sociedade. Por que não deveria ser? Ela foi feita para isso. E é claro que tê-lo aqui vai nos excluir, vai impedir que convidemos pessoas. Ela não vai gostar, embora não admita que sua objeção tenha a ver com isso.

Então, apesar de tudo, ele julgou a esposa que ainda venerava! Eu estava começando a ver por que ele tinha aquela grandiosa cabeça estrutural, aqueles movimentos largos e silenciosos. *Havia* alguma coisa...

– Que alternativa a sra. Delane propôs?

Ele corou.

– Ah, mais dinheiro. Às vezes eu penso – ele trouxe à tona, quase acima de um sussurro – que ela acha que eu sugeri abrigá-lo aqui porque não quero dar mais dinheiro. Ela não vai entender, veja você, que mais dinheiro iria apenas precipitar as coisas.

Eu também corei, envergonhado de meu próprio pensamento. Se ela não tivesse, talvez, entendido; não foi então a perspicácia dela que a fez resistir? Se o pai dela estava condenado a se afundar, por que prolongar o processo? Eu não conseguia ter certeza, agora, de que Delane também não suspeitou disso e permitiu isso. Aparentemente, não havia limites para o que ele permitia.

– *Você* nunca ficará congelado numa rotina – arrisquei, sorrindo.

– Talvez não congelado; mas profundamente afundado. Eu já estou. Me dê uma mão, vá! – ele respondeu ao meu sorriso.

Eu estava ainda na fase da presunção, e à distância poderia, sem nenhuma dúvida, ter lidado com o problema de forma leviana. Mas, a um alcance tão curto e sob aqueles olhos melancólicos, tive uma percepção disciplinadora da inexperiência.

– Você não quer me dizer o que acha? – ele falou quase com reprovação.

– Oh, não é isso... estou tentando. Mas isso é tão... tão terrivelmente evangélico – eu deixei escapar, porque alguns de nós já estávamos começando a ler os russos.

– É mesmo? Curioso isso, também. Pois eu tenho a impressão de ter aprendido isso, junto com outras coisas, com um velho pagão; aquele sujeito de quem lhe falei, que costumava vir conversar comigo de hora em hora em Washington.

Meu interesse reviveu.

– Aquele sujeito de Washington... ele era pagão?

– Bem, ele não ia à igreja. – Delane ia e levava as crianças regularmente, enquanto Leila descansava do pôquer da noite anterior e cantava os hinos em um barítono robusto, sempre meio tom abaixo.

Ele parecia adivinhar que eu achei sua resposta inadequada e acrescentou, desamparado:

– Você sabe que eu não sou acadêmico: não sei do que você o chamaria. – Ele baixou a voz para acrescentar: – Acho que ele não acreditava em nosso Senhor. Mesmo assim, ele me ensinou a caridade cristã.

– Ele deve ter sido um tipo de homem incomum para ter causado tal impressão em você. Qual era o nome dele?

– Isso é uma pena! Devo ter ouvido, mas na maior parte do tempo eu estava enevoado pela febre e não consigo me lembrar. Nem do que aconteceu com ele. Um dia ele não apareceu; e isso é tudo de que me recordo. E logo depois eu parti de novo e não pensei nele por anos. Então, um dia, tive que resolver algo comigo mesmo e, caramba, lá estava ele me dizendo o que era certo e o que era errado! Estranho... ele vem assim, em longos intervalos; momentos de virada, eu suponho. – Ele franziu a testa com a cabeça afundada para a frente, os olhos distantes, buscando a visão.

– Bem... ele não veio dessa vez?

– Muito! Este é meu problema: não consigo ver as coisas de outra forma que não seja a dele. E quero outros olhos para me ajudar!

Meu coração estava batendo bastante animado. Eu me senti pequeno, trivial e inadequado, como um intruso em uma séria troca de confidências.

Tentei adiar minha resposta e, ao mesmo tempo, satisfazer outra curiosidade.

– Você já contou à sra. Delane sobre... sobre ele?

Delane despertou e se virou para olhar para mim. Ele ergueu ligeiramente as sobrancelhas desgrenhadas, projetou o lábio inferior e mergulhou mais uma vez na abstração.

— Bem, senhor — eu disse, respondendo ao olhar —, *eu* acredito nele.

O sangue subiu para suas bochechas escuras. Ele se virou para mim novamente e por um segundo a covinha brilhou através de seu esmorecimento.

— Essa é sua resposta?

Assenti com a cabeça, sem fôlego.

Ele se levantou, caminhou por toda a extensão da sala e voltou, parando à minha frente.

— Ele simplesmente desapareceu. Eu nunca soube o nome dele...

V

Delane estava certo; ter Bill Gracy sob seu teto não era como abrigar uma velhinha boazinha. Observei a sequência de nossa conversa e fiquei maravilhado.

Nova York — a Nova York dos Delane — tomou partido de Leila. A atitude da sociedade em relação à bebida e à desonestidade ainda era inflexível: um homem que tivesse de renunciar a seus clubes caía em um poço supostamente sem fundo. As duas ou três pessoas que consideraram a ação de Delane "muito boa" se apressaram em acrescentar: "Mas ele deveria ter encontrado uma casa para o velho em algum lugar tranquilo no campo". Bill Gracy trancado em algum lugar tranquilo no campo! Em uma semana ele teria ateado fogo à vizinhança. Ele simplesmente não deveria ser administrado por procuração: Delane tinha entendido isso, e enfrentou a situação.

Nada em toda aquela situação sem precedentes foi mais estranho, mais inesperado e interessante do que a própria percepção do sr. Gracy sobre ela. Ele se tornara demasiado ciente de que seu caso não tinha outra alternativa.

— Eles *tiveram* que me receber aqui, valha-me Deus; eu mesmo sei disso. Um velho encrenqueiro como eu... ninguém pode confiar! Hayley soube desde o princípio... boa pessoa, meu genro. Não fez segredo nenhum ao me falar sobre isso. Ele disse: "Não posso confiar em você, pai"... disse isso na minha cara. Meu Deus, se ele tivesse falado comigo assim uns anos atrás eu não responderia pelas consequências! Mas não sou mais dono da minha própria vida... tenho que aturar ser tratado como um bebê... eu o perdoei na hora, senhor, na hora. – Seus olhos finos se encheram, e ele esticou uma mão macia e velha, rendada de veias e sardas, do outro lado da mesa para mim.

Na reclusão virtual imposta por sua presença, eu era um dos poucos amigos que os Delane ainda viam. Eu soube que Leila era grata a mim por visitá-los; mas eu não precisava desse incentivo. Bastava que pudesse dar até mesmo um apoio negativo para Delane. Os primeiros meses foram horríveis; mas ele claramente estava dizendo para si mesmo: "As coisas vão se acalmar com o tempo", e apenas abria os ombros largos para a tempestade.

As coisas não se acalmaram; quando encarnaram em Bill Gracy, elas continuaram em um estado de efervescência. Cuidados filiais, boa comida e algumas manhãs restauraram o criminoso a uma saúde comparável; ele se tornou exuberante, arrogante e astuto. Felizmente, sua primeira imprudência causou uma recaída alarmante até para ele mesmo. Ele viu que seus poderes de resistência tinham desaparecido, e, entregue de forma trêmula a seu próprio infortúnio, decaiu em um fardo melancólico. Mas nunca foi passivo. Um ou outro papel ele tinha que desempenhar, geralmente em detrimento de alguém.

Certo dia, uma senhora surpreendentemente bem vestida forçou sua entrada para vê-lo, e a casa ecoou suas recriminações. Leila se opunha à presença das crianças em tais cenas, e quando o Natal trouxe os meninos de volta para casa, ela os mandou para o Canadá com um tutor, e ela mesma foi com a menina para a Flórida. Delane, Gracy e eu nos sentamos sozinhos com nosso peru de Natal, e me perguntei o que o estranho amigo de Delane, aquele do hospital de Washington, teria pensado daquela festividade. O sr. Gracy estava de mau humor e reviu o passado com uma prolixidade edificante.

– Apesar de tudo, as mulheres e as crianças sempre me amaram – ele resumiu com uma lágrima nos cílios. – Mas eu tenho sido uma maldição para você e para Leila e eu sei disso, Hayley.

Este é meu único mérito, eu suponho: que eu *saiba* disso! Bem, um brinde a virar uma nova página... – e assim por diante.

Um dia, alguns meses depois, o sr. Broad, o chefe da firma, mandou me chamar. Fiquei surpreso e um tanto agitado com a convocação, pois não era chamado com frequência à sua augusta presença.

– O sr. Delane tem uma grande consideração pelas suas habilidades – ele começou, afável.

Eu me curvei, emocionado com o que supus ser a sugestão de uma promoção; mas o sr. Broad continuou:

– Sei que você frequenta bastante a casa dele. Apesar da diferença de idade, ele sempre fala de você como um velho amigo. – As esperanças na promoção diminuíram, mas me deixaram sem remorsos. De alguma forma, isso era ainda melhor. Eu me curvei novamente.

O sr. Broad estava ficando envergonhado.

– Você vê o sr. William Gracy com bastante frequência na casa do genro?

– Ele está morando lá – respondi sem rodeios.

O sr. Broad soltou um suspiro.

– Sim. É encantador da parte do sr. Delane... mas ele percebe todas as consequências disso? Sua própria família está do lado da esposa. Você vai se perguntar por que estou falando com tanta franqueza... mas me questionaram... foi sugerido que...

– Se ele não estivesse lá, estaria na sarjeta.

O sr. Broad suspirou mais profundamente.

– Ah, isso é um problema... você pode se perguntar por que não falo diretamente com o sr. Delane... mas é tão delicado, e ele é tão reservado. Ainda assim, existem as Instituições... Você não acha que algo pode ser feito?

Fiquei em silêncio, e ele apertou as mãos e murmurou:

– Isso é confidencial – e fez uma moção de despedida. Eu me retirei para minha mesa, sentindo que a situação devia ser realmente grave para que o sr. Broad a enfatizasse ao ponto de me consultar.

Nova York, para tirar a cabeça do assunto, tinha finalmente decidido que Hayley Delane era "esquisito". Havia dois deles, ambos loucos, socializando sob seu teto; e não era à toa que a pobre Leila achava o lugar insustentável! Essa interpretação, espalhada por aí como esse tipo de coisa costuma ser, com uma misteriosa rapidez subterrânea, me preparou para o que vinha a seguir.

Um dia, durante o feriado de Páscoa, fui jantar com os Delane e, ao encontrar meu anfitrião sozinho com o velho Gracy, concluí que Leila tinha saído novamente com as crianças. Ela tinha: fora embora havia uma semana e acabara de enviar uma carta ao marido dizendo que estava partindo de navio de Montreal com a garotinha. Os meninos seriam enviados de volta para Groton com um criado de confiança. Ela não acrescentaria mais nada, pois não queria refletir indelicadamente sobre o fato de que a própria família dele tinha concordado com ela ao considerar que aquele era um ato de generosidade desaconselhável. Ele sabia que ela estava desgastada pela tensão que ele impusera a ela e entendia seu desejo de se afastar por um tempo...

Ela o havia deixado.

Tais eventos não eram, naquela época, os assuntos cotidianos que se tornaram hoje em dia; e duvido que, em um homem como Delane, o golpe o tivesse acertado de leve. Com toda a certeza, aquela noite foi a mais sombria que já passei em sua companhia. Tive a mesma impressão no dia do castigo de Bolton Byrne: a sensação de que Delane não se importava com a opinião pública. Seu conhecimento de que ela estava do lado da esposa, eu acredito, não o afetou em nada, nem a interpretação que ela tinha de sua conduta, e para isso eu não estava preparado. O que realmente o afligia, eu descobri, era a solidão. Ele sentia falta dela, queria-a de volta: sua presença trivial e irritante era a coisa que ele menos podia dispensar no mundo. Mas quando ele me disse o que ela tinha feito, simplesmente acrescentou:

– Não vejo nenhuma solução para isso; nós dois temos direito à nossa própria opinião.

Mais uma vez, olhei para ele com espanto. Outra voz parecia estar falando através de seus lábios, e eu a mantive na minha ao dizer:

– É isso que seu velho amigo de Washington teria dito? – mas à porta da sala de jantar, onde tínhamos permanecido, a fisionomia corada e os cachos ruivos e desarrumados do sr. Gracy apareceram entre nós.

– Olhe só, Hayley; e nosso joguinho? Se eu tenho que ir para a cama às dez como um garoto travesso, você pode pelo menos me dar minha mão de pôquer primeiro. – Ele piscou levemente para mim quando passamos para a biblioteca, e acrescentou, em um à parte rouco: – Se ele acha que vai mandar em mim como Leila, ele está enganado. Carne e sangue é uma coisa; agora que ela foi embora, pode escrever que eu não vou aceitar nenhum tipo de intimidação.

Essa ameaça foi a última explosão do espírito indomável do sr. Gracy. O ato de desafio que confirmou isso lhe causou um severo ataque de pleurisia. Delane cuidou do velho com paciência obstinada, e ele ressurgiu da doença diminuído, enrugado, com o último traço de ruivo apagado dos cachos escassos e nada de seu antigo eu, a não ser um pingo inofensivo de conversa.

Delane o ensinou a jogar paciência, e ele costumava sentar-se por horas ao lado da lareira da biblioteca, intrigado com as cartas ou falando com o papagaio das crianças, que ele alimentava e de quem cuidava com uma regularidade tocante. Ele também dedicava uma boa parcela de tempo coletando selos para o neto mais novo, e sua crescente gentileza e humor brincalhão cativou tanto os criados que uma empregada de confiança teve de ser dispensada por contrabandear coquetéis para seu quarto. Em dias bons, Delane, voltando mais cedo para casa do banco, o levava para uma curta caminhada; e um dia, em que por acaso subi a Quinta Avenida atrás deles, notei que os ombros largos do mais novo estavam começando a se inclinar como os do outro e que havia menos leveza em sua maneira de andar do que no bambolear confiante de Bill Gracy. Pareciam dois velhos cobrindo seus quilômetros diários no lado ensolarado da rua. Bill Gracy não era mais um perigo para a comunidade e Leila poderia ter voltado para casa. Mas eu soube por Delane que ela ainda estava no exterior com a filha.

A sociedade se acostuma rápido com qualquer estado de coisas que são impostas a ela sem explicação. Eu tinha notado que Delane nunca explicava; sua principal qualidade estava nesse traço negativo. Ele provavelmente não estava ciente de que as pessoas estavam começando a dizer: "Coitado do velho Gracy; afinal, ele está construindo um fim decente. Era a coisa certa para Hayley fazer, mas a esposa deveria voltar e dividir o fardo com ele". Em assuntos importantes, Delane era tão descuidado da opinião pública que era improvável que tivesse percebido sua mudança. Ele queria que Leila voltasse para casa; sentia cada vez mais a falta dela e da menina, mas para ele não existia nenhum "deveria" em relação a esse assunto.

E um dia ela voltou. A ausência a rejuvenescera, ela tinha algumas roupas novas deslumbrantes, conhecera um charmoso nobre italiano que estava vindo para Nova York no próximo navio a vapor... ela estava pronta para perdoar o marido, para ser tolerante, resignada e até mesmo afeiçoada. Delane, com sua simplicidade extraordinária, tomou tudo isso como garantido; o efeito de seu regresso o fez sentir que de alguma forma ele estava errado, e estava pronto para se banhar no perdão dela. Felizmente, para a própria popularidade de Leila, ela chegou a tempo de acalmar os momentos de declínio do pai. O sr. Gracy era agora um mero velho dependente, e Leila costumava sair com ele regularmente e recusar convites maçantes "porque ela tinha que ficar com papai". Apesar de tudo, as pessoas diziam, ela tinha coração. Seu marido pensava assim também, e triunfava na convicção. Naquela época, a vida sob o teto dos Delane, embora melancólica, era idílica; era uma pena que o velho Gracy não pôde ser mantido vivo por mais tempo, pois sua presença milagrosamente uniu a casa que havia, uma vez, dividido. Mas ele estava longe de perceber isso, e, de uma alegre senilidade, se afundou no coma e na morte. O funeral contou com a presença de toda a Nova York, e o véu de crepe de Leila era exatamente do comprimento correto, uma questão de grande importância naqueles dias.

A vida tem um jeito de exagerar tanto suas conquistas quanto suas ruínas. Em menos tempo do que parecia ser possível em uma sociedade tão vagarosa, a crise familiar dos Delane tinha sido sufocada e esquecida. Nada parecia ter mudado na atitude mútua de marido e mulher ou na atitude de seu pequeno grupo em relação ao casal. Em todo caso, Leila tinha conquistado a estima popular por sua assiduidade ao lado do leito do pai; embora no papel de cronista de confiança eu seja obrigado a acrescentar que ela teve essa vantagem parcialmente confiscada ao se lançar em um flerte com o nobre italiano antes de seus adornos de crepe terem sido substituídos por *passementerie*.[11] Em tais observâncias fundamentais, a velha Nova York ainda assumia sua posição.

Quanto a Hayley Delane, ele ressurgiu mais velho, mais pesado, mais inclinado, mas de todo modo inalterado pela provação. Não tenho certeza se alguém, exceto eu mesmo, estava ciente de que tinha havido uma provação. Mas minha convicção permaneceu. O regresso de sua esposa o transformara novamente em um cavalheiro mais velho que jogava cartas, ia a bailes, frequentava corridas; mas eu tinha visto a abertura das águas e uma rocha de granito se projetar acima delas. Duas vezes a agitação tinha se instalado; e todas as vezes em obediência a motivos ininteligíveis para as pessoas dentre as quais ele vivia. Quase todo homem pode assumir uma posição acerca de um princípio com o qual seus concidadãos já estejam ocupados; mas Hayley Delane mantinha-se firme por coisas que seus amigos não conseguiam compreender, e o fazia por razões que não podia explicar. O principal enigma subsistia.

Será que ele subsiste para mim até hoje? Às vezes, quando subo a cidade partindo do banco onde, por minha vez, me tornei uma instituição, olho através das grades do cemitério da Trinity Church e reflito. Ele repousa lá há dez anos ou mais agora; sua esposa se casou com o reitor de uma universidade em ascensão no Oeste e se tornou intelectual e censora; seus filhos estão dispersos e estabelecidos. Será que o antigo cofre Delane guarda seu segredo ou eu o surpreendi um dia; será que ele e eu o surpreendemos juntos?

---

11 Em francês, passamanaria. [N. T.]

Foi numa tarde de domingo, eu me lembro, não muito tempo depois do fim edificante de Bill Gracy. Eu não tinha saído da cidade naquele fim de semana e, depois de uma longa caminhada no crepúsculo azul e gelado do Central Park, entrei em meu pequeno apartamento. Para minha surpresa, vi o longo sobretudo e a cartola de Hayley Delane no vestíbulo. Ele costumava aparecer para me visitar de vez em quando, mas principalmente quando voltava para casa de algum jantar onde acontecia de nos encontrarmos; e eu fiquei bastante surpreso com sua aparição àquela hora e num domingo. Mas ele desviou o rosto do jornal da manhã com uma expressão imperturbável.

– Você não esperava uma visita no domingo? O fato é que estou sem ocupação. Eu queria ir para o campo, como de costume, mas há um grande concerto ou alguma outra coisa que Leila reservou para esta tarde; e um jantar hoje à noite na casa de Alstrop. Então, apareci para passar o tempo. De qualquer forma, o que *há* para se fazer em uma tarde de domingo?

Lá estava ele, o mesmo velho Hayley de sempre, tão desconcertado quanto o homem mais frívolo de seu grupo para empregar uma hora não preenchida pelo pôquer! Fiquei feliz por ele ter me visto como uma possível alternativa e, rindo, disse isso a ele. Ele riu também; estávamos em pé de igualdade fraterna, e me disse para ir em frente e ler dois ou três recados que haviam chegado em minha ausência.

– Caramba, como chove na horta de um sujeito da sua idade! – ele riu.

Rompi os selos e estava dando uma olhada nos bilhetes quando ouvi uma exclamação às minhas costas.

– Meu Deus... aí está ele! – Hayley Delane gritou. Eu me virei para ver o que ele queria dizer.

Ele tinha pegado um livro; um gesto incomum, mas ele estava na altura de seu cotovelo, e eu suponho que ele já tivesse sugado tudo dos jornais. Ele me mostrou o volume sem falar nada, o dedo indicador descansando na página aberta; seu rosto moreno estava resplandecendo, a mão tremia um pouco. A página para a qual o dedo apontava tinha a gravura do retrato de um homem.

– É ele de volta à vida: eu reconheceria essas roupas velhas dele em qualquer lugar – disse Delane exultante, pulando da poltrona.

Peguei o livro e olhei fixamente primeiro para o retrato, depois para o meu amigo.

– Seu amigo de Washington?

Ele acenou com a cabeça, animado.

– Aquele sujeito de quem eu sempre lhe falava, sim! – Nunca vou esquecer de como seu sorriso se estendeu e alcançou a covinha. Parecia que uma rede delas cintilava em seu rosto feliz. Seus olhos tinham ficado ausentes, como se olhassem fixamente para vistas invisíveis. Por fim, eles viajaram de volta para mim.

– Como diabos aquele velhote conseguiu que pusessem seu retrato num livro? Alguém tem escrito algo sobre ele? – sua curiosidade preguiçosa despertou, e ele esticou a mão na direção do volume. Mas eu o segurei.

– Muitas pessoas escreveram sobre ele; mas este livro é dele.

– Quer dizer que ele o escreveu? – ele sorriu incrédulo. – Ora, o pobre coitado não tinha instrução!

– Talvez ele tivesse mais do que você imagina. Deixe-me ficar com o livro um pouco mais, e ler alguma coisa para você.

Ele acenou um parecer favorável, embora eu pudesse ver a apreensão da página impressa já ofuscando seu interesse.

– Que tipo de coisas ele escreveu?

– Coisas para *você*. Agora ouça.

Ele se acomodou de volta na poltrona, compondo um semblante dolorosamente atento, e eu sentei e comecei:

Uma visão no acampamento na aurora cinzenta e escura.
Quando da minha tenda desponto tão cedo, insone,
Quando lento percorro no ar fresco e frio o caminho perto da tenda do hospital,
Três formas vejo sobre macas, deitadas; levadas para lá, esquecidas deitadas,
Sobre cada uma a manta estendida, ampla manta de lã amarronzada,
Manta cinza e pesada, envolvendo, cobrindo tudo

Curioso, eu paro e em silêncio permaneço:
Então, com dedos leves, do rosto do mais próximo, o primeiro,
levanto apenas a manta:
Quem é você, velho homem tão magro e sombrio, com cabelos bem
grisalhos e a carne toda afundada ao redor dos olhos?
Quem é você, meu querido camarada?
Então, até o segundo eu caminho – E quem é você, minha criança
querida?
Quem é você, doce menino, com bochechas ainda a florescer?

Então, até o terceiro – um rosto nem de criança nem de velho, muito
calmo, como de lindo marfim branco amarelado;
Jovem rapaz, acho que te conheço – acho que esse seu rosto é o rosto
do próprio Cristo;
Morto e divino e irmão de todos e aqui novamente repousa.

Descansei o livro aberto sobre o joelho e dei uma olhada em Delane. Seu rosto era um vazio, ainda imperturbável nas dobras pesadas da atenção forçada. Nenhuma faísca tinha escapado dele. Evidentemente, era muito grande a distância entre o ponto longínquo em que ele e a poesia inglesa haviam se separado e essa nova forma estranha que ela assumira. Eu precisava encontrar algo que tornasse o assunto suficientemente familiar para superar o meio desconhecido.

Vigília estranha eu mantive no campo uma noite,
Quando você, meu filho e meu camarada, caiu ao meu lado...

O murmúrio estrelado do verso fluiu, abafado, insistente; minha garganta se preencheu dele, meus olhos ficaram turvos. Eu disse para mim mesmo, quando minha voz afundou na última linha:
– Ele está revivendo tudo agora, assistindo a tudo novamente... sabendo pela primeira vez que outra pessoa viu tudo como ele viu.
Delane se agitou inquieto em seu assento e trocou as pernas cruzadas uma sobre a outra. Uma mão acariciou de maneira distraída a dobra da calça cuidadosamente passada. Seu rosto ainda

estava em branco. Ainda não tinha sido superada a distância entre "A Elegia de Gray" e essa harmonia ininteligível. Mas eu não estava desencorajado. Eu não devia ter esperado que nada disso o alcançasse, não a princípio, exceto por meio do apelo pessoal mais próximo. Eu me afastei da "Morte adorável e reconfortante", na qual eu tinha reaberto o livro, e procurei outra página. Meu ouvinte se inclinou para trás resignadamente.

Carregando ataduras, água e esponja,
Direto e rápido até meus feridos eu vou...

Eu li até o fim. Então fechei o livro e olhei para cima novamente. Delane estava sentado em silêncio, as mãos grandes apertando os braços da cadeira, a cabeça um pouco afundada no peito. Suas pálpebras estavam caídas, como eu imaginei reverencialmente. Meu próprio coração estava batendo com uma emoção religiosa; eu nunca tinha sentido as linhas já tão lidas como as senti naquele momento.

Um pouco tímido, ele finalmente falou.

– Será que *ele* escreveu isso?

– Sim; bem na época em que você se encontrava com ele, provavelmente.

Delane ainda meditava; sua expressão ficou mais e mais tímida.

– Do que você... ah... chamaria isso... exatamente? – ele se arriscou.

Fiquei confuso por um momento; e então:

– Ora, de poesia... uma forma livre, é claro... sabe, ele foi o criador de novas formas de verso...

– Novas formas de verso? – Delane ecoou em desamparo. Ele se levantou com seu jeito pesado, mas não se ofereceu para tomar o livro de mim novamente. Vi em seu rosto os sintomas da partida que se aproximava.

– Bem, estou feliz por ter visto seu retrato depois de todos esses anos – ele disse; e, à soleira da porta, parou para perguntar:

– Como ele se chamava, a propósito?

Quando eu lhe disse, repetiu-o com um sorriso de satisfação lenta.

– Sim, é isso. O velho Walt...[12] era assim que todos os caras o chamavam. Ele foi um grande sujeito: nunca me esquecerei dele. Eu preferia, no entanto – acrescentou, com um tom mais suave de censura –, que você não tivesse me contado que ele escreveu essa porcaria toda.

---

12 Walt Whitman (1819-1892) é considerado "o pai do verso livre". Poeta, jornalista e ensaísta estadunidense, é um dos autores mais influentes da literatura canônica dos Estados Unidos. [N. T.]

DIA DE ANO-NOVO
(OS ANOS 1870)

I

— ELA ERA MÁ... sempre foi. Eles costumavam se encontrar no Hotel Fifth Avenue – disse minha mãe, como se a cena do crime aumentasse a culpa do casal cujo passado ela estava revelando. Com os óculos inclinados sobre o tricô, ela soltou as palavras em um silvo que poderia ter chamuscado a mantinha branca de bebê com a qual se ocupavam os dedos infatigáveis. (Era típico de minha mãe estar sempre empenhada em ações benevolentes enquanto pronunciava palavras pouco caridosas.)

"*Eles costumavam se encontrar no Hotel Fifth Avenue*"; como a precisão da frase caracterizava minha velha Nova York! Uma geração depois, as pessoas diriam ao relatar um caso como o de Lizzie Hazeldean com Henry Prest: "Eles se encontravam em hotéis"; e quem, hoje, a não ser umas poucas solteironas aposentadas, ainda se alimentando do veneno secretado na juventude, teria algum interesse no traçado dessas topografias?

A vida tinha se tornado telegráfica demais para que a curiosidade se demorasse em qualquer detalhe de uma relação sentimental; como o velho Sillerton Jackson, em resposta à minha mãe, resmungou através de seu perfeito "conjunto de porcelana chinesa":

– No Hotel Fifth Avenue? Eles poderiam se encontrar no meio da Quinta Avenida hoje em dia que ninguém mais se importaria.

Mas que jorro de luz a frase azeda de minha mãe de repente concentrou em um incidente não notado da minha meninice!

O Hotel Fifth Avenue... a sra. Hazeldean e Henry Prest... a junção desses nomes tinha fixado a conversa esforçada de minha mãe em um único ponto de minha memória, como um holofote que, com os giros subitamente bloqueados, é mantido imóvel enquanto são notadas cada uma das imagens incomumente nítidas e brilhantes que ele detecta.

Naquela época, eu era um menino de 12 anos passando as férias escolares em casa. A mãe de minha mãe, a vovó Parrett, ainda vivia na casa na Rua 23 Oeste que o vovô tinha construído em sua juventude pioneira, nos dias em que as pessoas estremeciam com os perigos de se viver ao norte da Union Square; dias dos quais vovó e meus pais se recordavam com uma incredulidade brincalhona conforme passavam os anos e as casas novas avançavam continuamente em direção ao parque, ultrapassando as ruas 30, tomando o Reservatório de assalto e nos deixando no que, em minha época de estudante, já era um charco monótono entre a Aristocracia ao Sul e o Dinheiro ao Norte.

Mesmo naquela época os hábitos mudavam rapidamente em Nova York, e minha memória infantil mal chegava ao tempo em que vovó, usando babados de renda e vestidos barulhentos de *"moiré"*, costumava receber no dia de Ano-Novo, auxiliada por suas belas filhas casadas. Quanto ao velho Sillerton Jackson – o qual, uma vez que um costume social tinha caído em desuso, sempre fingia nunca tê-lo praticado –, ele mantinha corajosamente que o cerimonial do dia de Ano-Novo nunca tinha sido levado a sério, exceto entre as famílias de ascendência holandesa, e que era por esse motivo que a sra. Henry van der Luyden tinha se agarrado a ele, de forma relutante e meio apologética, tempos depois de seus amigos fecharem as portas no 1º de janeiro e a data ser escolhida para aquelas festas que aconteciam fora da cidade e que são tão frequentemente usadas como pretexto para a ausência quando os fora de moda estão celebrando seus ritos.

Vovó, é claro, já não recebia ninguém. Mas lhe pareceria algo extremamente inusitado sair da cidade no inverno, sobretudo agora que as casas de Nova York eram luxuosamente aquecidas pelas novas fornalhas de ar quente e iluminadas de forma penetrante por lustres a gás. Não, obrigado: sem invernos no campo para a geração de frieiras em sapatos de camurça e vestidos de tafetá decotados, a geração criada em casas sem aquecimento e iluminação e enviada para morrer na Itália quando se mostravam inferiores à batalha que era viver em Nova York! Portanto, vovó, como a maioria de seus contemporâneos, permanecia na cidade no 1º de janeiro e marcava o dia com uma reunião familiar, uma espécie de Natal suplementar, embora para nós, os mais jovens, a ausência de presentes e do pudim de ameixa fazia dele apenas um pálido reflexo do Banquete.

Ainda assim, o dia era bem recebido como um pretexto legítimo para comer com exagero, vadiar e olhar pela janela: um hábito holandês que ainda era extensivamente praticado nos melhores círculos de Nova York. No dia em questão, no entanto, ainda não tínhamos nos postado atrás do vidro plano de onde logo mais seria tão divertido observar os cavalheiros engraçados que trotavam por ali, suas gravatas de gala mal escondidas atrás das golas dos sobretudos, correndo para dentro e para fora de fachadas de casas cor de chocolate em sua rodada sacramental de visitas. Ainda estávamos envolvidos na digestão plácida em torno da mesa devastada do almoço quando um criado entrou apressado para dizer que o Hotel Fifth Avenue estava em chamas.

Oh, então a diversão começou: e como foi divertido! Pois a casa da vovó ficava bem em frente ao nobre edifício de mármore branco que eu associava a tapetes de pelo comprido e a um cheiro tão rico de carvão antracito e café toda vez que eu era convidado a "atravessar" a rua para chamar um mensageiro ou para comprar o jornal da noite para os familiares mais velhos.

O hotel, por todo o seu estado sóbrio, já não era mais elegante. Ninguém, pelo que me recordo, conheceu nenhuma pessoa que tivesse se hospedado lá; ele era frequentado por "políticos" e "pessoas do Oeste", duas classes de cidadãos aos quais a entonação de minha mãe parecia sempre privar do voto ao categorizá-los como iletrados e criminosos.

Mas por essa mesma razão havia ainda mais diversão a se esperar da calamidade em questão; pois não é que nós tínhamos, com prazer infinito, assistido à chegada, naquela manhã, de "peças florais" monumentais e bolos decorados imponentes para a recepção do dia de Ano-Novo do outro lado da rua? O evento era comunitário. Todas as senhoras que eram "hóspedes" do hotel iriam receber os convidados juntas nos salões públicos, que contavam com densas cortinas de renda e lustres pesados, e cavalheiros com cabelos longos, barbichas e luvas brancas vinham se antecipando desde as duas horas da tarde para o cenário da festança. E agora, graças à oportuna conflagração, nós ficaríamos entusiasmados não somente com a visão da Brigada de Incêndio em ação (a alegria suprema do jovem de Nova York), mas com o testemunho do êxtase das senhoras e de seus convidados, cambaleando em meio à fumaça em trajes de gala. A ideia de que o fogo talvez fosse perigoso não estragou essas agradáveis expectativas. A casa foi solidamente construída; a Brigada invencível de Nova York já estava à porta, com um clarão do latão polido, capacetes coruscantes e cavalos reluzentes feito prataria; e meu primo alto, Hubert Wesson, que atravessou correndo ao som do primeiro alarme, tinha voltado prontamente para avisar que já não havia mais nenhum risco, embora os dois andares inferiores estivessem tão cheios de fumaça e água que os hóspedes, com um pouco de confusão, estavam sendo transportados para outros hotéis. Como então um garotinho poderia ver no acontecimento algo além de uma aventura ilimitada?

Nossos familiares mais velhos, uma vez tranquilizados, pensavam do mesmo jeito. Com eles posicionados em pé atrás de nós nas janelas, olhando sobre nossa cabeça, ouvíamos risadas de diversão misturadas a comentários irônicos.

– Oh, meu querido, veja... aí vêm elas! As senhoras do Ano-Novo! Decotes e mangas curtas em plena luz do dia, todas elas! Ah, e a gorda com as rosas de papel nos cabelos... elas *são* de papel, minha cara... saídas diretamente do glacê do bolo, provavelmente! Oh! Oh! Oh! *Oh!*

Tia Sabina Wesson foi obrigada a colocar o lenço de renda entre os lábios, enquanto sua figura firmemente envolvida em popeline chacoalhava com prazer.

– Bem, minha cara – vovó a lembrou com gentileza –, na minha juventude, usávamos vestidos decotados o dia todo e durante o ano inteiro.

Ninguém lhe deu ouvidos. Minha prima Kate, que sempre imitava tia Sabina, beliscava meu braço com uma agonia de alegria.

– Veja, estão fugindo! Os salões devem estar cheios de fumaça. Ah, mas essa é ainda mais engraçada; aquela com a pena alta no cabelo! Vovó, você usava penas no cabelo durante o dia? Ah, não espere que eu acredite nisso! E aquela com o colar de diamantes! E todos os cavalheiros com gravatas brancas! O vovô usava gravata branca às duas horas da tarde? – nada era sagrado para Kate, e ela fingia não perceber o leve franzir de testa da vovó em reprovação.

– Bem, em Paris eles usam, até hoje, em casamentos: usam trajes de gala e gravatas brancas – afirmou Sillerton Jackson com autoridade. – Quando Minnie Transome de Charleston se casou na Madeleine com o duque de...

Mas ninguém deu ouvidos nem mesmo a Sillerton Jackson. Um dos membros do grupo exclamou subitamente:

– Oh, há uma senhora saindo apressada do hotel que não está de vestido de gala!

A exclamação fez que todos os olhos se voltassem para a pessoa indicada, que tinha acabado de chegar à entrada; e alguém acrescentou, com uma voz estranha:

– Mas vejam só, ela se parece com Lizzie Hazeldean...

Um silêncio mortal se seguiu. A senhora que não estava usando vestido de gala parou. Em pé na entrada, com o véu levantado, ela encarou nossa janela. Seu vestido era escuro e liso, quase exageradamente simples, e, em menos tempo do que se leva para contar o que aconteceu, ela tinha levado a mão ao véu estampado e o puxado sobre o rosto. Mas meus olhos jovens eram sagazes e perspicazes; e naquele intervalo quase imperceptível eu tinha contemplado uma visão. Ela era linda... ou era apenas alguém diferente? Senti o choque de um rosto pequeno, oval e pálido, sobrancelhas escuras curvadas com um traço preciso, lábios feitos para o calor e agora contraídos em uma careta de terror; e foi como se algo misterioso, rico, secreto e insistente, que medita e murmura por trás dos pensamentos conscientes de um garoto, tivesse de repente olhado para mim... quando o dardo me alcançou, o véu caiu.

– Mas *é* Lizzie Hazeldean! – tia Sabina engasgou. Ela tinha parado de rir, e seu lenço amassado caiu no tapete.

– Lizzie... *Lizzie*? – O nome ecoou sobre minha cabeça com entonações variadas de reprovação, consternação e malícia meio velada.

Lizzie Hazeldean? Fugindo do Hotel Fifth Avenue no dia de Ano-Novo com todas aquelas mulheres bem vestidas? Mas que diabos ela estava fazendo lá? Não; que disparate! Era impossível...

– Um certo Henry Prest está com ela – continuou tia Sabina com um sussurro precipitado.

– Com ela? – alguém engasgou; e: – *Oh...* – minha mãe gritou com um arrepio.

Os homens da família não disseram nada, mas eu vi o rosto de Hubert Wesson enrubescer de surpresa. Henry Prest! Hubert estava sempre nos aborrecendo com seu Henry Prest! Esse era o tipo de sujeito que Hubert pretendia ser aos 30 anos: aos seus olhos, Henry Prest encarnava todas as graças viris. Casado? Não, obrigado! Aquele tipo do homem não tinha sido feito para a união doméstica. Muito afeiçoado à companhia das damas, Hubert insinuava com seu sorriso de universitário; e bonito, rico, independente; um esportista completo, bom cavaleiro, bom atirador, craque no iatismo (tinha seu certificado de piloto e sempre navegava seu próprio saveiro, cuja cabine estava cheia de troféus de regata); dava os jantarzinhos mais deliciosos, nunca para mais de seis, com charutos que batiam os do velho Beaufort; era bastante apropriado com os mais jovens, sujeitos da idade de Hubert incluídos; e combinava, em suma, todas as qualidades mentais e físicas que compõem, a olhos como os de Hubert, aquela figura oracular e irresistível, o homem do mundo.

– A pessoa exata – Hubert sempre concluía solenemente – a quem eu devo diretamente me dirigir se acabar me envolvendo em algum tipo de briga da qual eu não queira que a família tome conhecimento.

E nosso sangue correu agradavelmente frio diante da ideia de nosso velho Hubert estar, alguma dia, em uma situação tão impensável quanto aquela.

Eu senti pena por ter perdido um vislumbre dessa figura lendária; mas meu olhar tinha sido enfeitiçado pela dama, e agora o casal havia desaparecido na multidão.

O grupo em nossa janela continuou a manter um silêncio envergonhado. Eles pareciam estar quase assustados; mas o que me impressionou ainda mais profundamente foi que nenhum deles parecia surpreso. Mesmo para minha percepção de menino, ficou claro que o que eles tinham acabado de ver era apenas a confirmação de algo para o qual estavam preparados fazia bastante tempo. Por fim, um de meus tios deu um assobio, foi interrompido por um olhar áspero da esposa e murmurou:

– Dane-se.

Outro tio começou uma narrativa ignorada de um incêndio no qual esteve presente durante a juventude, e minha mãe me disse com seriedade:

– Você deveria estar em casa fazendo suas lições... um menino crescido como você! – uma observação tão obviamente injusta que serviu apenas para dar a medida de sua agitação.

– Eu não acredito nisso – disse a vovó, com uma voz baixa de advertência, protesto e apelo. Vi Hubert lançar um olhar agradecido para ela.

Mas ninguém mais escutou: todos os olhos ainda se esticavam pela janela. Carruagens de aluguel, do tipo antigo com cortinas azuis, estavam passando para levar as belas fugitivas; pois o dia estava violentamente frio e iluminado por um daqueles sóis implacáveis de Nova York, cujos raios se parecem com estacas de gelo. Nesses veículos antigos, as senhoras, agora recuperando a compostura, estavam sendo empilhadas com seus pertences removíveis, enquanto os convidados de luvas de pelica ("Tão parecidos com o Coelho Branco!", Kate exultou) apareciam e reapareciam à porta, cambaleando galantemente atrás delas sob malas, bolsas de mão, gaiolas para pássaros, cachorros de estimação e roupas finas amontoadas. Mas a tudo aquilo, mesmo eu, um garotinho, estava ciente, ninguém à janela da vovó prestou a menor atenção. Os pensamentos de cada um e de todos eles, com uma ansiedade muda e cautelosa, ainda seguiam os movimentos daqueles dois, que obviamente não tinham relação com o resto. Toda a história: a descoberta, o comentário, a busca visual silenciosa dificilmente conseguiria, no total, ter preenchido um minuto, talvez quase isso; antes que os sessenta segundos terminassem, a sra. Hazeldean e Henry Prest tinham se perdido na multidão e, enquanto o hotel continuava a se esvaziar para a rua, tinham seguido seus caminhos, juntos ou separados. Mas à janela de minha avó o silêncio continuou ininterrupto.

– Bem, acabou: aí estão os bombeiros saindo de novo – alguém disse ao final.

Nós, os jovens, estávamos todos atentos àquilo; eu senti, no entanto, que os adultos prestavam apenas uma atenção indiferente à visão esplêndida que era o único desfile de Nova York: o empilhamento de escadas escarlate em carrinhos escarlate, o salto dos bombeiros com seus capacetes sobre a máquina e o mergulho à frente disciplinado dos pares de corcéis negros de peitoral largo, enquanto, uma após a outra, as carruagens de fogo balançavam.

Em silêncio, quase taciturnos, nós nos retiramos para a lareira da sala de estar; onde, depois de um intervalo de monossílabos lânguidos, minha mãe, levantando-se antes dos outros, enfiou o tricô na bolsa e, virando-se para mim com a rispidez renovada, disse:

– Essa corrida atrás dos carros de bombeiros é o que lhe deixa muito sonolento para fazer as lições – um comentário tão fora de propósito que mais uma vez percebi, sem compreender, a extensão da destruição forjada em sua mente ao ver a sra. Hazeldean e Henry Prest saindo do Hotel Fifth Avenue juntos.

Foi só muitos anos depois que o acaso me permitiu relacionar essa impressão fugidia com o que a precedera e com o que veio depois dela.

II

A sra. Hazeldean parou na esquina da Quinta Avenida com a Madison Square. A multidão atraída pelo fogo ainda a envelopava; era seguro descansar e respirar.

Seu companheiro, ela sabia, tinha tomado a direção oposta. Seus movimentos, nessas ocasiões, eram tão bem ordenados e prontamente executados quanto os do corpo de bombeiros de Nova York; e depois de sua descida precipitada para o saguão, a descoberta de que a polícia tinha obstruído sua saída habitual e o rápido: "Você está bem?", ao qual seu aceno imperceptível de cabeça tinha respondido, ela teve certeza de que ele tinha virado na Rua 23 em direção à Sexta Avenida.

"As janelas dos Parrett estavam cheias de pessoas", foi seu primeiro pensamento.

Demorou-se nele por um momento, e então refletiu: "Sim, mas com toda aquela multidão e agitação, ninguém estaria pensando em *mim*!"

Instintivamente ela levou a mão ao véu, como se estivesse se lembrando de que suas feições tinham sido expostas quando ela saiu correndo, incapaz de se recordar se ela as cobrira a tempo ou não.

"Como sou tola! Não é possível que ele tenha deixado meu rosto descoberto mais de um segundo", mas logo depois outra possibilidade inquietante a atacou. "Tenho quase certeza de ter visto a cabeça de Sillerton Jackson numa das janelas, logo atrás de Sabina Wesson. Ninguém mais tem aquele cabelo grisalho particularmente prateado." Ela estremeceu, pois todos em Nova York sabiam que Sillerton Jackson via tudo e podia juntar fragmentos de fatos aparentemente não relacionados com a arte de um hábil remendador de porcelana.

Enquanto isso, depois de lançar através do véu o olhar circular que ela sempre disparava ao seu redor naquela esquina específica, Lizzie começou a subir a Broadway. Andou bem... rápido, mas não rápido demais; facilmente, segura, com o ar de uma mulher ciente de que tem uma boa aparência e espera, mais do que teme, ser identificada por ela. Mas, sob essa aparência externa de tranquilidade, Lizzie estava coberta de contas frias de suor.

A Broadway, como de costume naquela hora e em pleno feriado, estava quase deserta; o público que passeava ainda se derramava lentamente para cima e para baixo na Quinta Avenida.

– Felizmente havia uma tamanha multidão quando saímos do hotel que ninguém poderia ter me notado – ela murmurou novamente, tranquilizada pela sensação de ter toda a longa via pública para si. A compostura e a presença de espírito eram tão necessárias para uma mulher em sua situação que elas haviam se tornado quase uma segunda natureza para ela, e em poucos minutos seus batimentos cardíacos fortes e irregulares começaram a diminuir e a ficar mais estáveis. Como se para testar sua regularidade, ela parou em frente à vitrine de um florista e olhou com admiração para os vasos de rosas e lilases autofecundadas, os cachos compactos de lírios do vale e violetas, os primeiros vasos de azaleias com os botões fechados. Finalmente ela abriu a porta da loja e, depois de examinar as rosas General Jacqueminot e as Marechal Niels, selecionou com cuidado dois espécimes perfeitos de uma nova rosa prateada, esperou que o florista as envolvesse em algodão bruto e deslizou suas longas hastes para o interior de seu regalo, para uma proteção mais completa.

– É tão simples, afinal – disse para si mesma enquanto caminhava. – Direi a ele que, enquanto subia a Quinta Avenida vindo da casa da prima Cecilia, ouvi os carros de bombeiro virando a Rua 23 e corri atrás deles. Exatamente o que *ele* teria feito... uma vez... – ela terminou com um suspiro.

Na Rua 31, ela virou a esquina com um passo mais rápido. A casa da qual se aproximava era baixa e estreita; mas o azevinho de Natal que brilhava no meio das cortinas de babados, os degraus bem esfregados, a campainha e a maçaneta reluzentes davam a ela um ar acolhedor. Do sótão ao porão, ela irradiava como a morada de um casal feliz.

Quando Lizzie Hazeldean chegou à porta, uma mudança curiosa se apropriou dela. Ela tomou consciência dessa mudança imediatamente; tantas vezes dissera a si mesma, quando sua casinha se erguia diante de si: "Ela faz que eu me sinta mais jovem assim que dobro a esquina". E isso era verdade ainda hoje. Apesar da agitação, ela percebeu que as rugas entre as sobrancelhas estavam se suavizando, e que uma espécie de leveza interior substituía o pesado tumulto de seu peito. A leveza se revelou em seus movimentos, que ficaram tão rápidos como os de uma menina conforme ela correu escadas acima. Tocou a campainha duas vezes, esse era o sinal dela, e dirigiu um sorriso desanuviado para a criada idosa.

– O sr. Hazeldean está na biblioteca, Susan? Espero que você tenha mantido a lareira acesa para ele.

– Oh, sim, senhora. Mas o sr. Hazeldean não está – disse Susan, devolvendo o sorriso respeitosamente.

– *Não está*? Com esse frio... e nesse tempo?

– Foi o que eu disse a ele, senhora. Mas ele apenas riu...

– Apenas riu? O que você quer dizer, Susan? – Lizzie Hazeldean sentiu que estava empalidecendo. Ela descansou a mão rapidamente sobre a mesa do vestíbulo.

– Bem, senhora, no minuto em que ele ouviu o carro de bombeiros, correu como um menino. Parece que o Hotel Fifth Avenue está pegando fogo: é para lá que ele foi.

O sangue deixou os lábios da sra. Hazeldean; ela o sentiu estremecer ao voltar para o coração. Mas um segundo depois, ela falou com um tom de impaciência natural e bem-humorada.

– Que loucura! Há quanto tempo, você se lembra? – Imediatamente, sentiu a possível imprudência da pergunta, e acrescentou: – O médico disse que ele não deve ficar fora de casa mais do que um quarto de hora e apenas no período mais ensolarado do dia.

– Eu sei, senhora, e eu o lembrei disso. Mas ele se foi há quase uma hora, devo dizer.

Uma sensação de fadiga profunda tomou conta da sra. Hazeldean. Sentiu como se tivesse andado por quilômetros de encontro a um vendaval gelado: seu fôlego veio laboriosamente.

– Como pôde deixá-lo sair? – ela lamentou; então, como a criada mais uma vez sorriu respeitosamente, ela acrescentou: – Ah, eu sei, às vezes ninguém consegue pará-lo. Ele fica tão agitado, estando trancado com esses longos resfriados.

– É o que eu *realmente* sinto, senhora.

Senhora e empregada trocaram olhares de simpatia, e Susan se sentiu encorajada a sugerir:

– Talvez a saída faça bem a ele – com a tendência de sua classe a incentivar os inválidos favoritos à desobediência.

A aparência da sra. Hazeldean ficou séria.

– Susan! Eu a avisei repetidas vezes para não falar com ele dessa maneira...

Susan enrubesceu e assumiu uma expressão pesarosa.

– Como pode pensar isso, senhora? Eu, que nunca digo nada a ninguém, como todos na casa poderão confirmar.

A patroa fez um movimento impaciente.

– Ah, bem, ouso dizer que ele não vai demorar. O incêndio já acabou.

– Ah, a senhora sabia disso também, então?

– Do incêndio? Ora, claro. Eu até mesmo o *vi* – a sra. Hazeldean sorriu. – Eu estava voltando para casa da Washington Square, da casa da srta. Cecilia Winter, e na esquina da Rua 23 havia uma multidão enorme e nuvens de fumaça... é muito estranho eu não ter cruzado com o sr. Hazeldean por acaso. – Ela olhou compreensivelmente para a criada. – Mas, então, é claro, com toda aquela multidão e a confusão...

Em meio à subida da escadaria, ela se virou para pedir:

– Prepare um bom fogo na biblioteca, por favor, e traga o chá para cima. Está muito frio na sala de visitas.

A biblioteca ficava no andar superior. Ela entrou, tirou as duas rosas do regalo, desatou-as gentilmente e colocou-as em um vaso comprido sobre a escrivaninha do marido. À porta, parou e sorriu para esse toque de verão na sala invernal iluminada pelo fogo; mas pouco depois o cenho franzido de ansiedade reapareceu. Ela ficou aguardando atentamente pelo som de uma chave gorja; então, sem ouvir nada, continuou para o quarto.

Era um quarto agradável, com uma das novas chitas inglesas penduradas e que também cobria o sofá profundo, e a cama com fronhas forradas de cor-de-rosa. O tapete era vermelho cereja, a mesa de toalete tinha babados e era rodada como um vestido de baile. Ah, como ela e Susan tinham rasgado e costurado e martelado e juntado retalhos velhos de renda e fita e musseline na confecção daquele monumento arejado! Passadas semanas após a reforma do quarto, o marido ainda dizia ao entrar: "Eu não consigo entender como você conseguiu tirar toda essa beleza daquele último cheque da sua madrasta".

Sobre a penteadeira, Lizzie Hazeldean notou uma longa caixa de florista, com uma das extremidades cortada para que a abertura desse espaço às hastes ainda mais longas de um buquê de rosas. Ela cortou o cordão e tirou da caixa um envelope, que atirou ao fogo sem nem mesmo dar uma olhada em seu conteúdo. Em seguida, empurrou as flores de lado, e depois de rearranjar os cabelos escuros diante do espelho, vestiu-se cuidadosamente com um traje folgado de veludo e renda que estava esperando por ela sobre o sofá, ao lado de seus sapatos de salto alto e meias de seda de trama aberta.

Lizzie tinha sido uma das primeiras mulheres em Nova York a tomar chá todas as tardes às cinco horas e a trocar seu vestido de passeio por um vestido de chá.

III

Ela voltou à biblioteca, onde o fogo estava começando a lançar uma labareda brilhante através do crepúsculo. Ela refletiu nas encadernações dos muitos livros de Hazeldean, e Lizzie sorriu distraidamente com as boas-vindas oferecidas. Uma chave gorja chacoalhou e ela ouviu os passos do marido, e o som de sua tosse lá embaixo, no saguão da entrada.

– Que loucura, que loucura! – ela murmurou.

Lentamente (muito lento para um jovem rapaz!), ele subiu as escadas e, ainda tossindo, entrou na biblioteca. Ela correu em sua direção e o tomou nos braços.

– Charlie! Como pôde? Com esse tempo? É quase noite!

Seu rosto comprido e fino se iluminou com um sorriso desaprovador.

– Suponho que Susan tenha me traído, ahn? Não fique zangada. Você perdeu um baita show! O Hotel Fifth Avenue estava pegando fogo.

– Sim, eu sei. – Ela fez uma pausa, apenas perceptivelmente. – Eu *não* perdi, na verdade; corri pela Madison Square para dar uma olhada.

– Foi mesmo? Você também estava lá? Que divertido! – A ideia pareceu enchê-lo de um divertimento infantil.

– É claro que eu estava! No meu caminho para casa saindo da prima Cecilia...

– Ah, naturalmente. Eu tinha me esquecido que você estava indo lá. Mas que estranho, então, não termos nos encontrado!

– Se nós *tivéssemos* nos encontrado, eu teria arrastado você para casa há muito tempo. Estou em casa há pelo menos meia hora, e o incêndio já tinha acabado quando cheguei lá. Quanta infantilidade você ter ficado tanto tempo fora olhando para a fumaça e para um carro de bombeiros!

Ele sorriu, ainda a abraçando e passando a mão magra com suavidade e melancolicamente sobre a cabeça dela.

– Ah, não se preocupe. Eu estava abrigado, protegido em segurança e bebendo o ponche da velha sra. Parrett. A velha senhora me viu da janela e mandou um dos meninos dos Wesson atravessar a rua para me buscar. Tinham acabado de finalizar um almoço em família. E Sillerton Jackson, que estava lá, me trouxe em casa. Então, você vê...

Ele a soltou e foi em direção à lareira, e ela ficou imóvel, olhando cegamente para a frente, enquanto os pensamentos giravam em sua mente como um moinho.

– Sillerton Jackson... – ela ecoou, sem ter a mínima noção do que disse.

– Sim; ele está com gota de novo, felizmente para mim! E a carruagem Brougham da sua irmã foi buscá-lo na casa dos Parrett.

Ela se recompôs.

– Você está tossindo mais que ontem – ela o acusou.

– Oh, bem... o ar está cortante. Mas eu vou ficar bem logo mais... Ah, as rosas! – Ele fez uma pausa de admiração diante da escrivaninha.

O rosto de Lizzie brilhou com um prazer refletido, embora o tempo todo os nomes que ele pronunciara, "os Parrett, os Wesson, Sillerton Jackson", estivessem ressoando no cérebro dela como uma sentença de morte.

– Elas *são* adoráveis, não são? – ela sorriu.

– Adoráveis demais para mim. Você deve levá-las lá para baixo, para a sala de visitas.

– Não; nós vamos tomar o chá aqui.

– Que divertido... isso significa que não haverá visitantes, espero?

Ela assentiu com a cabeça, sorrindo.

– Ótimo! Mas as rosas... não, elas não devem ser desperdiçadas nesse ar de deserto. Você vai usá-las no seu vestido esta noite?

Seu sobressalto foi perceptível, e ela se voltou lentamente para a lareira.

– Esta noite?... Oh, não vou à casa da sra. Struthers – ela disse, lembrando-se.

– Sim, você vai. Querida... eu quero que você vá!

– Mas o que você vai fazer sozinho a noite toda? Com essa tosse, você não vai conseguir pegar no sono até que seja muito tarde.

– Bem, se eu não conseguir dormir, tenho muitos livros novos para me manter ocupado.

– Oh, seus livros...! – Ela fez um pequeno gesto, meio provocador, meio impaciente, em direção aos volumes recém-cortados e empilhados ao lado de sua luminária de leitura. Era uma velha piada entre eles que ela nunca tinha conseguido acreditar que alguém pudesse realmente "gostar de ler". Desde que ela e o marido tinham ido viver juntos, essa paixão permaneceu para ela tão misteriosa quanto no dia em que ela o surpreendeu, muda e absorta, em relação ao que as pessoas com quem sempre convivera teriam chamado de "um livro profundo". Foi seu primeiro encontro com um leitor nato; ou, pelo menos, os poucos que ela conhecera tinham sido, como sua madrasta, a cantora de ópera aposentada, devoradores febris dos livros de ficção circulantes da biblioteca: ela nunca tinha vivido em uma casa com livros. Gradualmente, Lizzie aprendera a ter orgulho da leitura de Hazeldean como se ela fosse um feito raro; tinha percebido que isso dava crédito a ele e até teve consciência de como ela aumentava o encanto de sua fala, um encanto que ela sempre se sentira incapaz de definir. Mesmo assim, no fundo do coração, ela considerava os livros um mero expediente e tinha certeza de que eram apenas uma ajuda para a paciência, como o jogo de varetas ou de solitária, com a desvantagem de exigirem um maior esforço mental.

– Você não está cansado demais para ler hoje à noite? – ela questionou com tristeza.

– Muito cansado? Ora, sua boba, ler é o melhor descanso do mundo! Quero que você vá à casa da sra. Struthers, querida; quero vê-la de novo naquele vestido de veludo preto – ele acrescentou, com um sorriso persuasivo.

A criada trouxe a bandeja, e a sra. Hazeldean ocupou-se da caixa de chá. Seu marido tinha se esticado na poltrona profunda que era seu assento habitual. Ele cruzou os braços atrás do pescoço, inclinando a cabeça para trás sobre eles com certo cansaço de modo que, quando ela olhou para ele através da lareira, viu os músculos salientes de seu pescoço comprido e as rugas prematuras ao redor de suas orelhas e do queixo. A parte inferior de seu rosto estava especialmente devastada; apenas os olhos, aqueles olhos cinzentos, silenciosos e irônicos e a testa branca acima deles a lembravam do que ele tinha sido sete anos antes. Apenas sete anos!

Ela sentiu uma onda de lágrimas: não, havia momentos em que o destino era muito cruel, o futuro muito horrível para se contemplar, e o passado... o passado, ah, muito pior! E lá estava ele, tossindo, tossindo, e pensando Deus sabe o quê, por trás daquelas pálpebras semicerradas. Nessas ocasiões, ele ficava tão misteriosamente distante que ela se sentia mais sozinha do que nos momentos em que ele não estava na sala.

– Charlie!

Ele se levantou.

– Sim?

– Aqui está o chá.

Ele o pegou em silêncio, e ela começou, com nervosismo, a se perguntar por que ele não estava falando. Era porque ele temia que isso o fizesse tossir de novo, com medo de que ela ficasse preocupada e o repreendesse? Ou era porque ele estava pensando... pensando em coisas que tinha ouvido na casa da velha sra. Parrett, ou no caminho para casa com Sillerton Jackson... pistas que eles poderiam ter deixado escapar... insinuações... ela não sabia o quê... ou em algo que ele tinha *visto*, talvez, da janela da velha sra. Parrett? Ela olhou para a testa dele, branca, tão lisa e impenetrável à luz da lamparina, e pensou: "Ah, meu Deus, é como uma porta trancada. Vou arremessar meus miolos contra ele algum dia!"

Afinal, não era impossível que ele realmente a tivesse visto, ali da janela da sra. Parrett ou mesmo da multidão em torno da porta do hotel. Até onde ela sabia, ele poderia estar perto o suficiente, naquela multidão, para estender a mão e tocá-la. E ele pode ter se contido, entorpecido, horrorizado, não acreditando em seus próprios olhos... ela não sabia dizer. Ela ainda não tinha decidido como ele ficaria, como se comportaria, o que diria se ele já tivesse *visto* ou ouvido alguma coisa...

Não! Isso era o pior de tudo. Eles tinham vivido juntos durante quase nove anos, e tão próximos! E nada que ela sabia dele, ou tinha observado nele, permitia-lhe prever exatamente qual, nesse caso particular, seria seu estado de espírito e sua atitude. Profissionalmente, ela sabia, ele era celebrado pela astúcia e perspicácia; em matérias pessoais, ele muitas vezes parecia, para sua mente alerta, estranhamente distraído e indiferente. No entanto, essa podia ser apenas a maneira instintiva de ele poupar forças para coisas que considerava mais importantes. Havia momentos em que ela tinha certeza de que ele era bastante deliberado e autocontrolado o suficiente para se sentir de um jeito e se comportar de outro: talvez até por ter pensado em um caminho com antecedência, assim como, aos primeiros sintomas ruins da doença, ele calmamente tinha feito seu testamento e planejado tudo sobre o futuro dela, a casa e os criados... não, ela não sabia dizer; sempre pairava sobre ela a ameaça tênue e cintilante de um perigo que ela não conseguia definir nem localizar, como aquele relâmpago vingador que tateava os amantes no poema horrível que ele certa vez lera em voz alta para ela (que escolha!) em uma preguiçosa tarde de sua viagem nupcial, enquanto jaziam sob os pinheiros-mansos italianos.

A criada entrou para fechar as cortinas e acender as lamparinas. O fogo ardia, o perfume das rosas se espalhou no ar quente e o relógio marcava os minutos, e suavemente soou meia hora, enquanto a sra. Hazeldean continuava a se perguntar, como tantas vezes antes o fizera: "Agora, qual seria a coisa *natural* a se dizer?"

E de repente as palavras escaparam dela, Lizzie não soube como:

– Eu me pergunto como é que você não me viu saindo do hotel, já que, na verdade, eu dei um jeito de entrar.

O marido não respondeu. Seu coração saltou convulsivamente; ela então ergueu os olhos e viu que ele estava dormindo. Como seu rosto parecia plácido... anos mais jovem do que quando ele estava acordado! A imensidão de seu alívio correu por ela com um brilho quente, a contrapartida do suor gelado que a levara a tagarelar do incêndio até sua casa. Afinal, se ele podia adormecer, cair em um sono tão tranquilo quanto aquele; cansado, sem dúvida, devido à caminhada imprudente e à exposição ao frio; significava, para além de qualquer suspeita, além de todo pavor concebível, que ele não sabia de nada, não tinha visto nada, não suspeitava de nada: que ela estava segura, segura, segura!

A violência da reação a fez desejar pular a seus pés e se mover pela sala. Viu um quadro torto que quis endireitar, e teria preferido dar às rosas outra inclinação em seu vaso. Mas lá ele estava sentado, dormindo em silêncio, e o longo hábito da vigilância a fazia respeitar seu descanso, zelando por ele com tanta paciência como se fosse o sono de uma criança doente.

Ela deu um suspiro de satisfação. Agora podia se dar ao luxo de pensar em sua saída apenas porque isso poderia afetar a saúde dele; e ela sabia que essa sonolência repentina, mesmo que fosse um sinal de cansaço extremo, era também o restaurador natural daquele cansaço. Continuou sentada atrás da bandeja de chá, as mãos cruzadas, os olhos no rosto dele, enquanto a paz da cena penetrava nela e a mantinha sob suas asas taciturnas.

IV

Na casa da sra. Struthers, às onze horas daquela noite, os longos salões iluminados já estavam apinhados de gente.

Lizzie Hazeldean parou na entrada e olhou ao redor. O hábito de parar para se orientar, de lançar um olhar circular ao redor de qualquer aglomeração de pessoas, qualquer sala de estar, sala de concertos ou teatro em que ela entrasse, tinha se tornado tão instintivo que ela teria ficado surpresa se alguém chamasse sua atenção para a expressão desatenta e os movimentos descuidados das moças que ela conhecia, que também olhavam ao redor, é verdade, mas com o olhar vago e cego da juventude e da beleza consciente apenas de si mesmas.

Lizzie Hazeldean há muito tempo passara a ver a maioria das mulheres de sua idade como crianças na arte da vida. Algum instinto selvagem de autodefesa, cultivado pela experiência, sempre a deixara mais alerta e perspicaz do que as criaturas encantadoras que passavam do quartinho de bebê ao casamento como se fossem erguidas de um berço forrado de rosas para outro. "Embaladas para dormir; isso é o que elas sempre foram", ela costumava pensar às vezes ao ouvir sua conversa inócua durante os longos jantares em salas de estar quentes, enquanto seus maridos, nas salas para fumantes no andar de baixo, trocavam ideias que, se não mais surpreendentes, eram pelo menos baseadas em experiências mais diretas.

Mas então, como todas as velhas senhoras diziam, Lizzie Hazeldean tinha sempre preferido a companhia dos homens.

O homem que ela agora procurava não estava visível, e ela deu um suspiro curto de tranquilidade. "Se ao menos ele tivesse tido o bom senso de se manter distante!", ela pensou.

Ela mesma teria preferido se manter distante; mas tinha sido um capricho de seu marido que ela viesse. "Você sabe que sempre se diverte na casa da sra. Struthers... todo mundo se diverte. A velha moçoila consegue, sabe-se lá como, ter a casa mais animada de Nova York. Quem é que vai cantar esta noite?... Se você não for, eu saberei que é porque tossi duas ou três vezes a mais que o costume, e você está preocupada comigo. Minha querida menina, é preciso mais que o incêndio do Hotel Fifth Avenue para *me* matar... meu coração está se sentindo anormalmente estável... coloque seu vestido de veludo preto, está bem? Com aquelas duas rosas..."

E então ela foi. E aqui estava ela, com seu vestido de veludo preto, sob o brilho dos lustres da sra. Struthers, em meio a toda a juventude, beleza e alegria de Nova York; pois, como disse Hazeldean, a casa da sra. Struthers era mais divertida do que a de qualquer outra pessoa, e, sempre que ela abria suas portas, o mundo revoava por elas.

Quando a sra. Hazeldean chegou à sala de estar, as últimas notas de um tenor profundo estavam caindo sobre o silêncio atento. Ela viu a garganta baixa de Campanini descender ao silêncio acima do piano, e as palmas de muitas luvas bem ajustadas foram sucedidas por um movimento geral e a habitual explosão irreprimível da fala.

No processo de divisão dos grupos, ela teve um vislumbre da coroa prateada de Sillerton Jackson. Seus olhos se encontraram acima dos ombros nus, ele se curvou profundamente e ela imaginou que um sorriso seco erguera seu bigode. "Ele normalmente não se curva tão baixo assim para mim", ela pensou, apreensiva.

Mas, conforme ela adentrou a sala, seu autocontrole voltou. Dentre todas aquelas mulheres lindas e estúpidas, ela tinha uma sensação de poder, de saber melhor quase tudo do que elas sabiam, da forma de pentear o cabelo à arte de guardar segredos! Ela sentiu um arrepio de orgulho no declive de seus ombros brancos acima do veludo preto, em um cacho que escapava de seu *chignon*[1] volumoso, e a inclinação da flecha de ouro guarnecida com diamantes que ela tinha cravado para prendê-lo. E ela fizera tudo sem uma criada, sem ninguém mais inteligente do que Susan para ajudá-la! Ah, como mulher, ela conhecia seu negócio...

---

[1] Em francês, coque. [N. T.]

A sra. Struthers, emplumada e pesada, com estrelas de diamante cravejando a peruca preta como uma almofada de alfinetes, havia aberto seu caminho resoluto de volta para a sala externa. Mais pessoas estavam chegando; e com sua costumeira habilidade ríspida ela os recebia, distribuía e apresentava. De repente, seu sorriso se intensificou; ela estava claramente cumprimentando um velho amigo. O grupo à sua volta se dispersou, e a sra. Hazeldean percebeu que, com seu jeito cordial e distraído, e enquanto seu olhar de anfitriã perambulava pelas salas, ela estava confidenciando alguma coisa a um homem alto cuja mão ela detinha. Eles sorriram um para o outro; então, o olhar da sra. Struthers se voltou para a sala interna, e seu sorriso parecia dizer: "Você a encontrará lá".

O homem alto acenou afirmativamente com a cabeça. Calmamente, ele olhou ao redor e começou a se mover em direção ao centro da multidão, falando com todos, parecendo não ter nenhum objetivo além de saudar a próxima pessoa que cruzasse seu caminho, mas silenciosamente e com firmeza perseguindo aquele caminho que levava diretamente à sala interna.

A sra. Hazeldean tinha encontrado um lugar para se sentar perto do piano. Uma jovem de boa aparência sentada ao lado dela contava detalhadamente o que iria vestir no baile chique dos Beaufort. Ela ouvia, aprovava, sugeria; mas seu olhar nunca abandonava a figura do homem alto que se aproximava.

Bonito? Sim, ela disse para si mesma; ela tinha de admitir que ele era bonito. Um pouquinho largo e extravagante demais, talvez; embora seu ar e atitude negassem isso tão claramente que, numa segunda impressão, qualquer um concordaria que um homem de sua altura deveria, afinal, carregar algum lastro. Sim; sua segurança o fazia, via de regra, aparentar para as pessoas exatamente o que ele queria aparentar; isto é, um homem com mais de 40 anos, mas carregando sua idade de forma descuidada, um homem ativo e musculoso, cujos olhos azuis ainda eram claros, cujos cabelos louros ondulavam com um pouco menos de densidade do que costumavam sobre uma testa baixa e queimada de sol, sobre sobrancelhas quase prateadas em sua loirice, e os olhos azuis mais azuis para sua cabeleira. Ele parecia estúpido? De forma alguma. Seu sorriso negava isso. Apenas autossuficiente o bastante para escapar da fatuidade, mas tão indiferente que era possível sentir a frieza fundamental; ele guiava seu caminho pela vida de forma tão fácil e resoluta como agora abria caminho pelas salas de visita da sra. Struthers.

No meio do caminho, ele foi detido por um toque do leque vermelho da sra. Wesson. A sra. Wesson... certamente, a sra. Hazeldean refletiu, Charles tinha falado que a sra. Sabina Wesson estava com a mãe, a velha sra. Parrett, enquanto observavam o incêndio? Sabina Wesson era uma mulher terrível, uma das poucas de sua geração e de seu clã que havia rompido com a tradição e ido ter com a sra. Struthers quase tão logo a Rainha da Graxa tinha comprado uma casa na Quinta Avenida e emitido seu primeiro desafio para a sociedade. Lizzie Hazeldean fechou os olhos por um instante; então, levantando-se de seu assento, ela se juntou ao grupo que rodeava o cantor. De lá, ela vagou para outra roda de conhecidos.

– Veja só: o camarada vai cantar novamente. Vamos para aquele canto ali.

Ela sentiu um leve toque em seu braço, e encontrou o olhar composto de Henry Prest.

Um nicho iluminado de vermelho sob a sombra de uma palmeira dividia as salas de visita da sala de jantar, que se estendia pela largura da casa na parte de trás. A sra. Hazeldean hesitou; então captou o olhar atento da sra. Wesson, levantou a cabeça com um sorriso e seguiu seu acompanhante.

Eles se sentaram em um pequeno sofá sob as palmeiras, e um casal, que estava em busca do mesmo abrigo, fez uma pausa à porta e com um intercâmbio de olhares passou por eles. A sra. Hazeldean sorriu mais vividamente.

– Onde estão minhas rosas? Você não as recebeu? – Prest perguntou. Ele tinha um jeito de olhá-la por baixo das pálpebras abaixadas, enquanto fingia estar examinando um botão da luva ou contemplando a ponta de sua bota brilhante.

– Sim, eu as recebi – ela respondeu.

– Você não as está usando. Eu não encomendei essas.
– Não.
– De quem elas são, então?

Ela desdobrou o leque de madrepérola e se curvou sobre seus complicados rendilhados.

– Minhas – ela pronunciou.

– Suas! Ora, é óbvio. Mas suponho que alguém as tenha enviado a você?

– *Eu* as enviei. – Ela hesitou por um segundo. – Eu as enviei para mim mesma.

Ele ergueu um pouco as sobrancelhas.

– Bem, elas não combinam com você... que rosa desbotado! Posso perguntar por que você não usou as minhas?

– Já lhe disse... eu pedi muitas vezes para nunca mandar flores... no dia...

– Que bobagem. É o mesmo dia... qual é o problema? Você ainda está nervosa?

Ela ficou em silêncio por um momento; então abaixou a voz para dizer:

– Você não deveria ter vindo aqui esta noite.

– Minha cara menina, você está diferente! Você *está* nervosa.

– Você não viu todas aquelas pessoas na janela dos Parrett?

– O quê, do outro lado? Meu Deus, não; eu apenas dei o fora. Que inferno a porta de trás ter sido bloqueada. Mas e daí? Com toda aquela multidão, você acha por um segundo...

– Meu marido estava na janela com eles – ela disse, ainda com a voz mais baixa.

Seu rosto confiante se desmontou por um momento, e então quase imediatamente ele recuperou sua aparência de arrogância fácil.

– Bem...?

– Oh, nada... ainda. Eu só peço... que você vá embora agora.

– Assim como você me pediu para não vir! Ainda assim, *você* veio, porque teve o bom senso de ver que se você não viesse... e eu vim pelo mesmo motivo. Ouça, minha cara, pelo amor de Deus, não perca a cabeça!

O desafio pareceu despertá-la. Ela ergueu o queixo, olhou ao redor da sala lotada que eles comandavam de seu canto e acenou com a cabeça e sorriu convidativamente para vários conhecidos, na esperança de que algum deles pudesse vir até ela. Mas apesar de todos devolverem suas saudações com uma cordialidade um tanto elaborada, ninguém avançou em direção ao sofá isolado.

Ela virou a cabeça ligeiramente na direção de seu companheiro.

– Peço novamente que se vá – ela repetiu.

– Bem, eu vou, então, depois que o sujeito tiver cantado. Mas devo dizer que você é muito mais agradável...

Os primeiros compassos de *"Salve, Dimora"*[2] o silenciaram, e eles se sentaram lado a lado na rigidez meditativa que as pessoas elegantes assumiam ao ouvir música cara. Ela se jogara em um canto do sofá, e Henry Prest, em quem tudo era discreto exceto pelos olhos, sentou-se longe dela, uma perna cruzada sobre a outra, uma mão segurando a claque dobrada sobre o joelho enquanto a outra mão repousava ao lado dele no sofá. Mas uma ponta do lenço de tule de Lizzie estava no espaço entre eles; e, sem olhar na direção dele, sem desviar o olhar do cantor, ela estava consciente de que a mão de Prest havia alcançado e puxado o lenço em sua própria direção. Ela estremeceu um pouco, fez um movimento involuntário, como se quisesse trazê-lo para perto de si, e então desistiu. Quando a canção terminou, ele se curvou ligeiramente na direção dela e disse:

– Querida – tão baixo que não pareceu mais do que um sopro em sua bochecha; e então, levantando-se, ele se curvou e caminhou para a outra sala.

Ela suspirou languidamente e, acomodando-se mais uma vez em seu canto, ergueu os olhos brilhantes para Sillerton Jackson, que se aproximava.

– *Foi* muito gentil da sua parte trazer Charlie da casa dos Parrett esta tarde. – Ela estendeu a mão, abrindo caminho para ele a seu lado.

---

2 Ária de *Fausto*, ópera em cinco atos de Charles Gounod (1818-1893), encenada pela primeira vez em 1859 em Paris. [N. T.]

– Gentil da minha parte? – ele riu. – Bem, eu fiquei feliz com a chance de levá-lo para casa em segurança; foi bastante impertinente da parte *dele* estar onde estava, eu suspeito. – Ela notou uma pequena pausa, como se ele esperasse para ver o efeito disso, e seus cílios bateram em suas bochechas. Mas ele logo continuou: – Você o encoraja, com aquela tosse, a correr pela cidade atrás de carros de bombeiros?

Ela riu de volta.

– Eu não o desencorajo... nunca, se eu consigo evitar. Mas *foi* tolice da parte dele sair hoje – ela concordou; e o tempo todo ela continuou a se perguntar, como naquela tarde, durante a conversa com o marido: "Agora, qual seria a coisa *natural* a se dizer?"

Será que ela deveria mencionar que tinha estado no incêndio... ou não deveria? A pergunta martelava tão alto em sua cabeça que ela mal conseguia ouvir o que seu acompanhante estava dizendo; no entanto, ela teve, ao mesmo tempo, a estranha sensação de que ele nunca tinha estado tão perto dela, ou melhor, tão atento a ela e com tanta intensidade como agora. Em seu estranho estado de lucidez nervosa, seus olhos pareciam absorver com uma nova precisão cada detalhe do rosto de quem se aproximava dela; e a máscara estreita do velho Sillerton Jackson, as bochechas rosadas e murchas, as veias nas cavidades de suas têmporas sob os cabelos prateados cuidadosamente tratados e as pequeninas pintas de sangue no branco dos olhos quando ele voltava seu olhar azul cauteloso para ela apareceram como se estivessem sendo apresentados sob uma espécie de lente poderosa. Com os óculos pendurados em uma das mãos enluvadas de branco, a outra apoiando a claque sobre o joelho, ele sugeria, por trás daquela pose simulada de descuido, a firmeza paciente de um naturalista ao prender a respiração próximo da fenda de onde algum minúsculo animal pode surgir de repente; se alguém o observasse por tempo suficiente, ou desse ao animal a impressão completamente suficiente de não estar procurando por ele ou sonhando que ele estava por perto. A percepção daquela atenção incansável fez as têmporas da sra. Hazeldean doerem como se ela estivesse sentada sob um clarão de luz ainda mais brilhante do que aquele produzido pelos lustres dos Struthers; um clarão no qual cada estremecimento de um pensamento meio formado poderia ser tão visível atrás de sua testa como as linhas fracas que enrugavam sua superfície, transformando-a em uma carranca incontrolável de ansiedade. Sim, Prest estava certo; ela estava perdendo a cabeça, perdendo-a pela primeira vez naquele ano perigoso durante o qual ela tinha tido a necessidade contínua de mantê-la firme.

"O que é isso? O que aconteceu comigo?", ela se perguntou.

Houvera outros alarmes antes; como poderia ser de outra forma? Mas eles tinham apenas a estimulado, tornando-a mais alerta e ágil; enquanto esta noite ela se sentia tremer dentro de sabe-se lá que abismo de fraqueza. O que estava diferente, então? Oh, ela sabia muito bem! Era Charles... a aparência encovada de seus olhos e as linhas da garganta quando ele se recostou para dormir. Nunca antes ela tinha admitido para si mesma o quanto o considerava doente; e, agora, ter de admiti-lo e ao mesmo tempo não ter a certeza absoluta de que o olhar em seus olhos era consequência apenas da doença tornava a tensão insuportável.

Ela olhou ao redor com uma súbita sensação de desespero. Entre todas as pessoas que faziam parte daqueles grupos animados e inteligentes, entre todas as mulheres que a chamavam de Lizzie e os homens que eram íntimos em sua casa, ela sabia que ninguém, naquele momento, adivinhou ou poderia ter entendido o que ela estava sentindo... seus olhos pousaram em Henry Prest, que tinha vindo à tona um pouco mais adiante, curvando-se sobre a cadeira da bela sra. Lyman. "E *você* menos ainda!", ela pensou. "No entanto, Deus é que sabe", ela acrescentou com um arrepio, "como todos eles têm teorias sobre mim!"

– Minha cara sra. Hazeldean, você parece um pouco pálida. Está com frio? Devo buscar um champanhe? – Sillerton Jackson estava sugerindo oficiosamente.

– Se você acha que as outras mulheres parecem estar brilhando! Meu caro, é essa iluminação horrível e vulgar que vem do teto... – ela se levantou com impaciência. Tinha ocorrido a ela que a coisa certa a se fazer, a coisa "natural", seria caminhar até Jinny Lyman, sobre quem Prest ainda estava atentamente curvado. *Então* as pessoas veriam se ela estava nervosa ou doente... ou com medo!

Mas no meio do caminho ela parou e pensou: "Supondo que os Parrett e os Wesson tenham *realmente* me visto? Então, se eu me juntar a Jinny enquanto ele está falando com ela, vai parecer... vai parecer o quê?" Ela começou a se arrepender de não ter desabafado naquele exato momento com Sillerton Jackson, em quem todos confiavam que segurava a língua de vez em quando, especialmente se uma mulher bonita se entregasse à sua misericórdia. Ela olhou de relance sobre o ombro como que para chamá-lo de volta, mas ele tinha se virado, absorvido por outro grupo, e ela subitamente se viu, por outro lado, cara a cara com Sabina Wesson. Bem, talvez fosse melhor assim. Afinal, tudo dependia de quanto a sra. Wesson tinha visto e que linha ela pretendia seguir, supondo que ela *tivesse* visto alguma coisa. Ela provavelmente não seria tão inescrutável quanto o velho Sillerton. Lizzie desejava agora não ter se esquecido de ir à última festa da sra. Wesson.

– Cara sra. Wesson, foi tão gentil da sua parte...

Mas a sra. Wesson não estava lá. Pelo exercício daquele misterioso poder protetor que permite a uma mulher desejosa de não ser emboscada tornar-se invisível ou transportar-se, por meios imperceptíveis, para outra parte da superfície da terra, a sra. Wesson, que dois segundos antes apareceu com toda a sua beleza dura para atacar a sra. Hazeldean diretamente, com menos de um metro de *parquet* visível entre elas; a sra. Wesson, cujas costas animadas e leque vermelho e ativo agora chamavam toda a comitiva para notá-la, não tinha estado lá de jeito nenhum, nunca tinha visto a sra. Hazeldean ("Ela *estava* na casa da sra. Struthers no último domingo? Que estranho! Devo ter saído antes de ela chegar..."), mas estava muito ocupada, do outro lado do piano, examinando um quadro para o qual sua atenção parecia ter sido chamada pelas pessoas mais próximas a ela.

– Ah, como é *realista*! É o que sempre sinto quando vejo um Meissonier – ela exclamou, com seu conhecido instinto para o epíteto adequado.

Lizzie Hazeldean ficou imóvel. Seus olhos foram ofuscados como se ela tivesse levado uma pancada na testa. "Então é *essa* a sensação!", ela pensou. Ergueu a cabeça bem alto, olhou em volta novamente, tentou fazer um sinal para Henry Prest, mas o viu ainda ocupado com a adorável sra. Lyman e ao mesmo tempo captou o olhar do jovem Hubert Wesson, o filho mais velho de Sabina, que estava em pé num estado de expectativa desinteressada próximo da porta da sala de jantar.

Hubert Wesson, quando seus olhos se encontraram com os da sra. Hazeldean, ruborizou até a testa, parou por um momento e então veio adiante, curvando-se profundamente, de novo aquele arco muito baixo! "Então *ele* me viu também", ela pensou. Ela pôs a mão no braço dele com uma risada.

– Minha nossa, como você é cerimonioso! Realmente, eu não sou tão velha quanto essa sua reverência faz parecer. Meu caro rapaz, espero que queira me levar para jantar agora mesmo. Eu fiquei no frio a tarde toda, embasbacada com o incêndio do Hotel Fifth Avenue, e estou simplesmente morrendo de fome e cansaço.

Pronto, a sorte estava lançada; ela tinha dito isso alto o suficiente para que todas as pessoas próximas a ela ouvissem! Agora ela estava certa de que essa era a coisa certa, "natural" a se fazer.

Seu ânimo melhorou e ela entrou na sala de jantar como uma deusa, conduzindo Hubert até uma mesa desocupada em um canto florido.

– Não, eu acho que estamos muito bem sozinhos, não acha? Você quer que aquela velha gorda da Lucy Vanderlow se junte a nós? Se você *quiser*, claro... eu vejo que ela está morrendo de vontade... mas então vou logo avisando, terei que convidar um jovem rapaz! Deixe-me ver... devo convidar Henry Prest? Dá para ver que ele está nos rondando! Não, é *mais* divertido se formos apenas você e eu, não? – Ela se inclinou um pouco para a frente, descansando o queixo sobre as mãos entrelaçadas, os cotovelos sobre a mesa numa atitude que as mulheres mais velhas consideravam escandalosamente livre, mas que as mais novas estavam começando a imitar.

– E agora, um pouco de champanhe, por favor... e tartaruga *quente*!... mas eu suponho que você também estava no incêndio, não estava? – ela se inclinou um pouco mais perto para dizer.

O rubor novamente tomou conta do rosto do jovem Wesson, subiu até a testa e transformou os lóbulos das grandes orelhas em bolas de fogo ("É como se", ela pensou, "ele estivesse usando enormes brincos de coral."). Mas Lizzie o forçou a olhar para ela, riu diretamente nos olhos dele e continuou:

– Você já viu uma cena mais engraçada do que todos aqueles absurdos bem vestidos correndo para o frio? Parecia o fim de um Baile de Posse! Eu estava tão fascinada que, de fato, empurrei as pessoas para abrir caminho até o saguão. Os bombeiros ficaram furiosos, mas não puderam me impedir... ninguém pode me impedir num incêndio! Você deveria ter visto as senhoras descendo as escadas... as gordas! Oh, mas eu peço desculpas; eu tinha esquecido que vocês admiravam... o *avoirdupois*.[3] Não? Mas... a sra. Van... tão estúpido da minha parte! Ora, você está mesmo corando! Eu lhe garanto, você está tão vermelho quanto o leque da sua mãe... e visível de muito longe! Sim, por favor; um pouco mais de champanhe...

E então o inevitável começou. Ela se esqueceu do incêndio, esqueceu-se de suas ansiedades, esqueceu-se da afronta da sra. Wesson, esqueceu-se de tudo, menos da diversão, a diversão infantil e passageira de girar em torno do dedo mindinho esse menino tímido e desajeitado como ela tinha girado tantos outros, velhos e jovens, sem se preocupar se os veria novamente depois, mas tão absorta no esporte e na ideia de saber como praticá-lo melhor do que as outras mulheres... de forma mais silenciosa, mais insidiosa, sem cobiçar com os olhos, conter-se ou fazer caretas... tanto que às vezes ela costumava se perguntar com um calafrio: "Para que esse dom me foi dado?" Sim; isso sempre a divertia no início: o amanhecer gradual da atração em olhos que a olhavam com indiferença, o sangue subindo ao rosto, a maneira como ela podia

---

3 Sistema de medida que define os pesos utilizados no comércio nos Estados Unidos e no Reino Unido. [N. T.]

mudar e torcer a conversa como se tivesse a vítima na coleira, girando-o atrás dela por caminhos sinuosos de sentimentalismo, ironia, capricho... e deixando-o, com o coração batendo e os olhos deslumbrados, com as visões de um amanhã todo promissor...

– Minha única realização! – ela murmurou para si mesma conforme se levantava da mesa seguida pelo olhar fascinado do jovem Wesson, enquanto, em seus próprios lábios, ela já sentia o gosto do borralho.

"Mas a qualquer custo", ela pensou, "ele vai segurar a língua sobre ter me visto no incêndio."

V

Ela entrou com a chave gorja, olhou os bilhetes e cartas sobre a mesa do vestíbulo (o velho hábito de não permitir que nada escapasse) e saiu furtivamente pela escuridão até seu quarto.

Uma chama ainda brilhava na chaminé e sua luz caía sobre dois vasos de rosas vermelhas. A sala estava repleta do aroma das flores.

A sra. Hazeldean franziu a testa e depois deu de ombros. Afinal, tinha sido um erro fazer parecer que ela era indiferente às flores; precisava se lembrar de agradecer Susan por resgatá-las. Ela começou a se despir com pressa, mas desajeitadamente, como se os dedos hábeis fossem todos polegares; mas primeiro, ao destacar as duas rosas desbotadas do seio, ela as colocou com um toque reverente em um copo sobre a mesa de toalete. Então, escorregando no roupão, Lizzie se esgueirou até a porta do marido. Estava fechada, e ela inclinou a orelha até o buraco da fechadura. Pouco tempo depois, ela ouviu a respiração dele, pesada como sempre era quando estava resfriado, mas regular, imperturbável... com um suspiro de alívio, ela recuou na ponta dos pés. Sua cama descoberta, com os travesseiros arrumados e a colcha de cetim, fez a ela um convite auspicioso; mas ela se agachou perto do fogo, abraçando os joelhos e olhando para as brasas.

– Então *essa* é a sensação! – ela repetiu.

Pela primeira vez na vida, ela tinha sido deliberadamente "cortada"; e o corte foi um ferimento mortal na velha Nova York. Para Sabina Wesson ter lançado mão disso de forma consciente, deliberada – pois não havia dúvidas de que ela tinha avançado propositalmente em direção à vítima –, ela deve tê-lo feito com a intenção de matar. E, para se arriscar assim, ela devia estar certa dos fatos, certa de ter testemunhas de confirmação, certa de estar apoiada por todo o seu clã.

Lizzie Hazeldean também tinha seu clã, mas era um clã pequeno e fraco e ela se pendurava em sua franja marginal por um fio de pouca consideração enquanto prima. Quanto à tribo hazeldeana, que era maior e mais forte (embora nada parecida com a grandiosa organização da *gens*[4] dos Wesson-Parrett, com metade de Nova York e toda Albany em sua retaguarda), bem, não dava para contar muito com os Hazeldean, e até mesmo, talvez, de uma forma negativa e furtiva, se lamentar muito ("se não fosse pelo pobre Charlie") que a esposa do pobre Charlie devesse finalmente pagar por sua beleza, sua popularidade, acima de tudo por ser, apesar de sua origem, tratada pelo pobre Charlie como se ela fosse um deles!

Sua origem era, naturalmente, respeitável o suficiente. Todo mundo sabia tudo sobre os Winter; ela tinha sido Lizzie Winter. Mas os Winter eram pessoas muito pequenas, e seu pai, o reverendo Arcadius Winter, o pároco sentimental e extremamente popular de uma igreja elegante de Nova York, depois de algumas temporadas de muito sucesso como pregador e diretor de consciências femininas, de repente teve que pedir demissão e ir para as Bermudas para cuidar da saúde... ou seria a França?... para algum balneário obscuro, era o que os rumores davam conta. De qualquer forma, Lizzie, que foi com ele (com uma mãe desapontada e acamada), foi, finalmente, depois da morte da mãe, resgatada de uma escola para meninas em Bruxelas (eles pareciam ter estado em tantos países ao mesmo tempo) e trazida de volta

---

4 Palavra latina utilizada para designar um grupo de pessoas que usam um mesmo sobrenome e descendem de um antepassado comum. [N. T.]

a Nova York por uma antiga paroquiana do pobre Arcadius, que tinha sempre "acreditado nele" apesar do bispo, e que teve pena de sua filha solitária.

A paroquiana, a sra. Mant, era "uma dos Hazeldean". Era uma viúva rica, dada a gestos generosos que muitas vezes não sabia como concluir: e quando ela tinha trazido Lizzie Winter para casa e comemorado abundantemente sua própria coragem ao fazê-lo, não soube muito bem que passo dar a seguir. Ela imaginara que seria agradável ter uma menina inteligente e bonita pela casa; mas a empregada não era da mesma opinião. Os lençóis do quarto de hóspedes não ficavam sem lavanda há vinte anos, e a srta. Winter sempre deixava as persianas levantadas no quarto, e o tapete e as cortinas, desacostumados a tal exposição, sofreram em consequência. Então os rapazes começaram a visitar e faziam as visitas em grupos. A sra. Mant não tinha imaginado que a filha de um clérigo, e um clérigo "sob suspeita", esperaria receber visitas. Ela se imaginara levando Lizzie Winter para as festas da Igreja e ensinando os pontos de seu tricô para a jovem, cujos "olhos eram melhores" do que os da benfeitora. Mas Lizzie não sabia tricotar; ela não possuía nenhuma habilidade útil e ficava visivelmente entediada nas festas da Igreja, onde sua presença era de pouca utilidade, visto que ela não tinha dinheiro para gastar. A sra. Mant começou a perceber seu erro; e a descoberta a fez desgostar de sua *protégée*, a quem ela no íntimo tomava como tendo intencionalmente a enganado.

Na vida da sra. Mant, a passagem de um entusiasmo a outro era sempre marcada por um intervalo de desilusão durante o qual a Providência, não tendo cumprido com suas exigências, tinha sua existência abertamente questionada. Mas nesse fluxo de humores havia um ponto fixo: a sra. Mant era uma mulher cuja vida girava em torno de um molho de chaves. A que tesouros elas davam acesso, que desastres teriam ocorrido se tivessem sido perdidas para sempre, não estava muito claro; mas sempre que dava falta das chaves, a família ficava alvoroçada, e como a sra. Mant não as confiava a ninguém a não ser ela mesma, essas ocasiões eram frequentes. Uma delas aconteceu no exato momento em que a sra. Mant estava se recuperando do entusiasmo pela srta. Winter. Num minuto elas estavam lá, dentro de uma gaveta da escrivaninha; ela realmente encostara nas chaves ao procurar pela tesoura de caseado. Ela tinha sido chamada para falar com o encanador sobre o vazamento do banheiro, e quando ela saiu da sala não havia ninguém lá a não ser a srta. Winter. Quando a sra. Mant voltou, as chaves haviam sumido. A casa tinha sido virada do avesso; todos foram, senão acusados, pelo menos suspeitos; e em um momento precipitado a sra. Mant tinha mencionado a polícia. A empregada, então, pediu as contas, e sua própria criada ameaçou segui-la; quando de repente as indiretas do bispo ocorreram à sra. Mant. O bispo sempre insinuara que havia algo irregular nas contas do dr. Winter, além de outros negócios infelizes...

Muito suavemente ela perguntou à srta. Winter se ela não poderia ter visto as chaves e "as pegado sem pensar". A srta. Winter se permitiu sorrir ao negar a sugestão; o sorriso irritou a sra. Mant; e em um minuto as comportas foram abertas. Ela não via motivo algum para sorrir para a pergunta, a menos que fosse um tipo ao qual a srta. Winter já estivesse acostumada, preparada... com esse tipo de histórico... o pai infeliz...

"Pare!", Lizzie Winter gritou. Ela se lembrava agora, como se tivesse acontecido ontem, do abismo que de repente se abriu sob seus pés. Foi seu primeiro contato direto com a crueldade humana. Sofrimento, fraqueza, fragilidades além das que a imaginação restrita da sra. Mant poderia ter concebido, a garota tinha conhecido, ou pelo menos suspeitava; mas ela havia encontrado tanto bondade quanto loucura pelo caminho, e ninguém jamais tinha tentado atacá-la pelas deficiências vagamente conjecturadas de seu pobre e velho pai. Ela tremeu de pavor tanto quanto de indignação, e seu "Pare!" explodiu com tanta violência que a sra. Mant, empalidecendo, tateou debilmente à procura do sino.

E foi então naquele exato momento que Charles Hazeldean entrou; Charles Hazeldean, o sobrinho favorito, o orgulho da tribo. Lizzie o vira apenas uma ou duas vezes, pois ele tinha estado ausente desde que ela havia retornado a Nova York. Ela achou que ele tinha uma aparência distinta, mas que era um tanto sério e sarcástico; e ele aparentemente tinha prestado pouca atenção a Lizzie, o que talvez explicasse a opinião dela.

"Oh, Charles, querido Charles... você tinha que estar aqui para ouvir o tipo de coisas que falaram para mim!", a tia engasgou, a mão sobre o coração ultrajado.

"Que coisas? Ditas por quem? Não vejo ninguém aqui para dizê-las, a não ser a srta. Winter", Charles riu, tomando a mão gelada da menina.

"Não dê a mão a ela! Ela me insultou! Ela me mandou calar a boca... na minha própria casa. 'Pare!', ela disse, quando eu estava tentando, com toda a bondade que há no meu coração, fazê-la admitir a portas fechadas... bem, se ela prefere falar com a polícia..."

"Eu prefiro! Peço que os chame!", Lizzie gritou.

Com que nitidez ela se lembrava de tudo o que se seguiu: a descoberta das chaves, as desculpas relutantes da sra. Mant, sua própria aceitação fria dessas desculpas e a sensação de ambos os lados de que seria impossível que elas continuassem a viver juntas! Ela havia sido ferida na alma, e sua própria condição tinha sido revelada a ela pela primeira vez em toda a sua miséria. Antes disso, apesar dos altos e baixos de uma vida errante, sua juventude, beleza, a sensação de um certo poder engenhoso sobre as pessoas e os acontecimentos a impeliram a uma maré de confiança; ela nunca tinha se considerado a dependente, a beneficiária das pessoas que eram gentis com ela. Agora ela se encontrava, aos 20 anos, sem um tostão, com um pai fraco e desacreditado carregando uma cabeça branca, uma voz untuosa e modos edificantes de um boteco barato a outro, por uma sucessão interminável de enroscos sentimentais e pecuniários. Para ele, ela não tinha mais nenhuma utilidade do que ele para ela; e, exceto por ele, ela estava sozinha. Os primos Winter, tão humilhados por sua desgraça quanto tinham sido inflados por seus triunfos, que fique claro, não estavam em posição de interferir quando o rompimento com a sra. Mant veio à tona; e entre os antigos paroquianos do dr. Winter, não sobrou nenhum para defendê-lo. Mais ou menos na mesma época, Lizzie soube que ele estava prestes a se casar com uma cantora de ópera portuguesa e ser recebido na Igreja de Roma; e esse escândalo culminante absolveu muito prontamente a família.

A situação era séria e exigia medidas enérgicas. Lizzie entendeu tudo e na semana seguinte ela estava noiva de Charles Hazeldean.

Ela sempre dizia depois que, não fosse pelas chaves, ele nunca teria pensado em se casar com ela; enquanto, rindo, ele afirmava que, pelo contrário, se não fosse pelas chaves ela nunca teria olhado para *ele*.

Mas o que tudo isso importava, no entendimento completo e abençoado que se seguiria à união apressada? Se todas as vantagens para ambos os lados tivessem sido avaliadas e consideradas em pé de igualdade por conselheiros criteriosos, dificilmente uma harmonia mais completa teria sido prevista. Na verdade, os conselheiros, se tivessem sido sensatos, provavelmente teriam encontrado apenas elementos de discórdia nos personagens em questão. Charles Hazeldean era por natureza observador e um estudioso, taciturno e curioso de espírito: Lizzie Winter (olhando para si mesma no passado), o que ela era, o que algum dia se tornaria, senão uma criatura esperta, efêmera, em quem uma atividade perpétua e adaptável simulava inteligência, enquanto sua graça, rapidez, expressividade simulavam beleza? Assim outros a teriam julgado; assim, agora, ela se julgava. E ela sabia que em relação às coisas fundamentais ela ainda era a mesma. E, no entanto, ela o havia satisfeito: satisfeito, ao que tudo indicava, tão completamente nos anos posteriores e tranquilos como nas primeiras horas de animação. Tão completamente, ou talvez ainda mais. Nos primeiros meses, a gratidão deslumbrada a tornou a adoradora mais humilde e afetuosa; mas conforme seus poderes se expandiam no ar quente da compreensão, conforme ela se sentia ficar mais bonita, mais inteligente, mais competente e mais sociável do que ele tinha esperado ou do que ela mesma tinha sonhado ser capaz de se tornar, o equilíbrio foi imperceptivelmente invertido, assim como o triunfo nos olhos dele quando pousavam sobre ela.

Os Hazeldean foram conquistados; eles tiveram de admitir. Uma adição tão brilhante ao clã não podia ser renegada. A sra.

Mant foi deixada de lado alimentando sua mágoa sozinha, até que ela também entrou na linha, sendo perdoada de forma indiferente, mas com generosidade.

Ah, aqueles primeiros anos de triunfo! Eles agora assustavam Lizzie quando ela olhava para trás. Um dia, a filha indefesa e solitária de um homem desacreditado; no dia seguinte, a quase esposa de Charlie Hazeldean, o jovem advogado popular e bem-sucedido, com um bom escritório já assegurado e as melhores perspectivas profissionais e privadas. Seus próprios pais estavam mortos e tinham morrido pobres; mas se sabia que dois ou três parentes sem filhos estavam deixando seu capital acumular em benefício dele, e, enquanto isso, nas mãos econômicas de Lizzie, seus ganhos eram amplamente suficientes.

Ah, aqueles primeiros anos! Mal tinham se passado seis; mas mesmo agora havia momentos em que sua doçura encharcava a alma de Lizzie... quase seis; e então o reavivamento agudo de uma fraqueza hereditária no coração que Hazeldean e seus médicos tinham achado que estava completamente curada. Em uma ocasião anterior, pelo mesmo motivo, ele tinha, de repente, sido enviado para uma viagem de um ano em climas amenos e paisagens distantes; e seu primeiro retorno coincidiu com o fim da estadia de Lizzie na casa da sra. Mant. O jovem tinha certeza do futuro o bastante para se casar e retomar suas funções profissionais, e nos seis anos seguintes ele levou, sem interrupção, a vida agitada de um advogado de sucesso; então veio um segundo colapso, mais inesperado e com sintomas mais alarmantes. O "coração dos Hazeldean" era uma ostentação proverbial na família; os Hazeldean o consideravam, na intimidade, mais distinto do que a gota dos Sillerton e muito mais refinado do que o fígado dos Wesson; e ele permitira à maioria deles sobreviver, com facilidade valetudinária, até uma idade avançada, quando morriam de algum outro problema. Mas Charles Hazeldean o desafiara, e ele se vingou, e o fez de forma selvagem.

Um por um, as esperanças e os planos se desvaneceram. Os Hazeldean foram para o Sul durante um inverno; ele se deitou em uma espreguiçadeira em um jardim da Flórida e leu e sonhou e estava feliz com Lizzie a seu lado. Então os meses se passaram; e no outono seguinte ele estava melhor, voltou para Nova York e dedicou-se à profissão. De forma intermitente, mas obstinada, ele continuou a batalha por mais dois anos; mas antes que eles terminassem, marido e mulher entenderam que os dias bons haviam acabado.

Ele só podia ir ao escritório em intervalos cada vez mais longos; afundou-se pouco a pouco na invalidez sem se submeter a ela. Sua renda diminuiu; e, indiferente a si mesmo, preocupava-se incessantemente com a ideia de privar Lizzie do menor de seus luxos.

No fundo, ela também era indiferente a eles; mas não conseguiu convencê-lo disso. Ele tinha sido criado na tradição da velha Nova York que decretava que, a qualquer custo, um homem deveria prover à esposa o que ela sempre "estava acostumada" a ter; e ele se orgulhara demais de sua beleza, sua elegância, seu jeito descomplicado de usar os vestidos caros e a alegria de seus amigos com os bons jantares que ela sabia organizar, para não acostumá-la a tudo que pudesse realçar tais graças. A satisfação secreta da sra. Mant o incomodava. Ela mandou para ele tartarugas de Baltimore, seu famoso caldo de mariscos e uma dúzia do velho vinho do porto dos Hazeldean, e disse "Eu avisei" a seus confidentes quando Lizzie foi mencionada; e Charles Hazeldean sabia disso, e foi a isso que jurou.

"Eu não vou ser dizimado por ela!", ele declarou; mas Lizzie sorriu para afastar sua raiva e o convenceu a provar a tartaruga e a tomar um gole do porto.

Ela estava sorrindo levemente com a lembrança da última passagem entre ele e a sra. Mant quando o giro da maçaneta da porta do quarto a assustou. Ela deu um pulo e ele ficou ali parado. O sangue subiu para a testa dela; a expressão dele a assustou; por um instante, ela o encarou como se ele fosse um inimigo. Ela então viu que em seu rosto havia apenas a expressão remota e perdida da dor física excessiva.

Ela imediatamente se postou ao lado dele, apoiando-o, guiando-o até a poltrona mais próxima. Ele afundou nela e Lizzie arremessou um xale sobre ele e se ajoelhou a seu lado enquanto os olhos inescrutáveis continuavam a repeli-la.

– Charles... Charles – ela implorou.

Por um tempo, ele não conseguiu falar; e Lizzie disse para si mesma que talvez ela nunca saberia se ele a procurou porque estava doente ou se a doença o acometera quando ele entrou em seu quarto para questionar, acusar ou revelar o que ele tinha visto ou ouvido naquela tarde.

Subitamente, ele ergueu a mão e empurrou a testa dela para que seu rosto ficasse exposto sob seus olhos.

– Amor, amor... você tem sido feliz?

– *Feliz?* – a palavra a sufocou. Agarrou-se a ele, enterrando a angústia contra seus joelhos. A mão dele mexeu levemente em seu cabelo e, reunindo toda a sua força no gesto, ela ergueu a cabeça de novo, olhou nos olhos dele e sussurrou de volta: – E você?

Ele a olhou por inteiro; toda a vida compartilhada dos dois estava naquele olhar, do primeiro ao último dia. A mão dele a escovou mais uma vez como uma bênção e depois caiu. O momento de comunhão estava terminado; no momento seguinte, ela estava preparando remédios, tocando o sino para os criados, ordenando que o médico fosse chamado. O marido era mais uma vez o cativo inofensivo e indefeso em que a doença transforma os mais temidos e os mais amados.

VI

Foi na sala de estar da sra. Mant que, cerca de seis meses depois, a sra. Charles Hazeldean, depois de um momento de hesitação, disse ao criado que, sim, ele poderia deixar o sr. Prest entrar.

A sra. Mant estava fora. Ela estava de partida para Washington para visitar uma nova *protégée* quando a sra. Hazeldean chegou da Europa e, após uma rápida consulta com o clã, tinha decidido que não seria "decente" deixar a viúva do pobre Charles ir para um hotel. Lizzie teve, portanto, a estranha sensação de voltar depois de quase nove anos à casa da qual seu marido a resgatara triunfantemente; a sensação de estar de volta, segura, em relativa independência e sem o perigo de cair na antiga servidão, mas com cada nervo encolhendo frente a tudo o que a cena reviveu.

A sra. Mant, no dia seguinte, tinha partido para Washington; mas, antes de iniciar a jornada, atirara um bilhete através da pequena mesa de café da manhã para a visitante.

– Muito apropriado; ele era um dos amigos mais antigos de Charlie, acredito? – ela disse, com um sorriso calmo e gelado. A sra. Hazeldean olhou de relance para o bilhete, virou-o como que para examinar a assinatura e o devolveu para a anfitriã.

– Sim. Mas acho que não quero ver ninguém ainda.

Houve uma pausa, durante a qual o mordomo trouxe bolos frescos, reabasteceu o leite quente e se retirou. Quando a porta se fechou atrás dele, a sra. Mant disse, com uma cordialidade perigosa:

– Ninguém entenderia mal você receber um velho amigo do seu marido... como o sr. Prest.

Lizzie Hazeldean lançou um olhar afiado para o rosto grande, vazio e misterioso do outro lado da mesa. Eles *queriam* que ela recebesse Henry Prest, então? Ah, bem... talvez ela tenha entendido...

– Devo responder por você, minha querida? Ou você responderá? – a sra. Mant insistiu.

– Oh, como você preferir. Mas não agende uma data, por favor. Depois...

O rosto da sra. Mant ficou vazio. Ela murmurou:

– Você não deve se fechar demais. Não vai ser bom você se tornar mórbida. Sinto muito ter que deixá-la aqui sozinha...

Os olhos de Lizzie se encheram d'água: a simpatia da sra. Mant parecia mais cruel do que sua crueldade. Cada palavra que ela usava tinha uma provocação velada para a contraparte.

– Oh, você não deve pensar em desistir da sua visita...

– Minha querida, como eu poderia? É um *dever*. Vou mandar um recado para Henry Prest, então... se você bebesse um pouco de porto no almoço e no jantar, estaria menos parecida com um fantasma...

A sra. Mant partiu; e dois dias depois (o intervalo era "decente"), o sr. Henry Prest foi anunciado. A sra. Hazeldean não o tinha visto desde o último dia de Ano-Novo. Suas últimas palavras tinham sido trocadas no *boudoir* carmesim da sra. Struthers, e desde então meio ano tinha decorrido. Charles Hazeldean agonizara por uma quinzena; mas embora tivesse havido altos e baixos e intervalos de esperança quando ninguém poderia ter criticado sua esposa por se encontrar com os amigos, sua porta tinha sido fechada para todos. Ela não excluíra Henry Prest mais rigorosamente do que os outros; ele tinha sido simplesmente um dos muitos que receberam, dia após dia, a mesma resposta: "A sra. Hazeldean não vê ninguém além da família".

Quase imediatamente após a morte do marido, ela partiu de navio para a Europa em uma visita há muito adiada ao pai, que agora estava estabelecido em Nice; mas dessa expedição ela tinha presumivelmente trazido pouco conforto, pois quando chegou a Nova York suas relações ficaram impactadas com seu ar de pouca saúde e depressão. Isso falou a favor dela, no entanto; eles estavam de acordo que ela estava se comportando com decoro.

Ela olhou para Henry Prest como se ele fosse um estranho: foi tão difícil, num primeiro momento, encaixar sua pessoa robusta e esplêndida na região de tons crepusculares que, nos últimos meses, ela habitara. Lizzie estava começando a descobrir que todos tinham um ar de afastamento; ela parecia ver as pessoas e a vida através do borrão confuso do longo véu de crepe com o qual era dever da viúva encobrir sua aflição. Mas estendeu a mão a ele sem nenhuma relutância perceptível.

Ele a levantou em direção aos lábios, em uma tentativa óbvia de combinar galanteio com condolências, e então, no meio do caminho, pareceu sentir que a ocasião exigia que ele a soltasse.

– Bem, você tem que admitir que eu fui paciente! – ele exclamou.

– Paciente? Sim. O que mais havia para ser? – ela devolveu com um sorriso fraco quando ele se sentou a seu lado, um pouco perto demais.

– Oh, bem... é claro! Eu entendi tudo isso, espero que acredite. Mas você não poderia pelo menos ter respondido às minhas cartas, uma ou duas delas?

Ela balançou a cabeça.

– Eu não conseguia escrever.

– Para ninguém? Ou para mim? – ele perguntou, com uma ênfase irônica.

– Escrevi apenas as cartas que tive que escrever, nenhuma outra.

– Ah, entendo. – ele riu ligeiramente. – E você não considerou que as cartas para *mim* estavam entre essas?

Ela ficou em silêncio e ele se levantou e deu uma volta até o outro lado da sala. O rosto dele estava mais vermelho do que o habitual, e de vez em quando um estremecimento passava por ele. Ela percebeu que ele sentiu a barreira do crepe e que isso o deixou perplexo e ressentido. Uma batalha perceptível ainda estava acontecendo dentro dele entre o padrão de comportamento tradicional em tais encontros e os impulsos primitivos renovados pela lembrança das últimas horas que tinham passado juntos. Quando ele se virou e parou diante dela, seu rubor avermelhado tinha empalidecido e ele ficou lá, franzindo a testa, incerto e visivelmente ressentido com o fato de ela tê-lo feito se sentir assim.

– Você fica sentada aí como uma pedra! – ele disse.

– Eu me sinto como uma pedra.

– Oh, faça-me...!

Ela sabia bem o que ele estava pensando: que a única maneira de superar um começo tão ruim era tomar a mulher em seus braços... e falar depois. Essa era a jogada clássica. Ele tinha feito isso dúzias de vezes, sem dúvida, e evidentemente estava se perguntando por que diabos não conseguia fazê-lo agora... mas algo no olhar dela deve tê-lo entorpecido. Ele se sentou novamente a seu lado.

– O que você deve ter passado, minha querida! – ele esperou e tossiu. – Consigo entender o fato de você estar... toda desconcertada. Mas eu não sei de nada; lembre-se, eu não sei nada a respeito do que realmente aconteceu...

– Não aconteceu nada.

– Em relação... ao que temíamos? Nenhuma sugestão...?

Ela balançou a cabeça.

Ele limpou a garganta antes da pergunta seguinte.

– E você não acha que na sua ausência ele pode ter falado... com alguém?

– Nunca!

– Então, minha querida, parece que tivemos a sorte mais inacreditável de todas; e eu não consigo ver...

Ele havia se aproximado lentamente e tinha agora pousado uma mão grande e anelada na manga de seu vestido. Como ela conhecia bem esses anéis: as duas serpentes de ouro fosco com olhos malévolos de pedras preciosas! Lizzie ficou sentada imóvel como se elas serpenteassem a seu redor até que, lentamente, o aperto relutante de Prest relaxou.

– Lizzie, você sabe – seu tom era desanimado –, isso é mórbido...

– Mórbido?

– Quando você está a salvo do pior arranhão... e livre, minha querida, *livre*! Você não percebe? Suponho que a dor tenha sido demais para você; mas eu quero que você sinta isso agora...

Ela se levantou de repente e pôs metade do comprimento da sala entre eles.

– Pare! Pare! Pare! – ela quase gritou, como gritara havia muito tempo para a sra. Mant.

Ele também se levantou, profundamente vermelho sob a abundante queimadura de sol, e forçou um sorriso.

– Realmente – ele protestou –, considerando tudo... e depois de uma separação de seis meses! – Ela ficou em silêncio. – Minha querida – ele continuou suavemente –, você vai me dizer o que você espera que eu pense?

– Oh, não assuma esse tom – ela murmurou.

– Que tom?

– Como se... como se... você ainda imaginasse que poderíamos voltar...

Ela viu o rosto dele desmoronar. Será que ele já tinha, ela se perguntou, tropeçado em algum obstáculo em sua suave caminhada? Ela percebeu que esse era o perigo que assaltava os homens que tinham um "jeito com as mulheres": chegava o dia em que eles poderiam segui-lo com uma cegueira exagerada.

A reflexão evidentemente ocorreu a ele quase ao mesmo tempo em que ocorreu a ela. Ele convocou outro sorriso propiciatório e, aproximando-se, pegou a mão de Lizzie com gentileza.

– Mas eu não quero voltar... eu quero seguir em frente agora, querida... agora que você está finalmente livre.

Ela se agarrou à palavra como se estivesse esperando sua deixa.

– Livre! Ah, é isto: *livre!* Você não vê, você não entende que eu quero continuar livre?

Mais uma vez uma sombra da desconfiança cruzou o rosto dele, e o sorriso que ele tinha desenhado para assegurá-la parecia permanecer em seus lábios para a sua própria alegria.

– Mas é claro! Você acha que eu quero acorrentá-la? Quero que você seja tão livre quanto quiser; livre para me amar o quanto você quiser! – ele ficou visivelmente satisfeito com a última frase.

Ela puxou a mão, mas não com crueldade.

– Sinto muito... eu sinto *muito*, Henry. Mas você não compreende.

– O que eu não compreendo?

– O que você pede é totalmente impossível... sempre será. Não posso continuar... do jeito antigo...

Ela viu o rosto dele se mover com nervosismo.

– Do jeito antigo? Você quer dizer...? – antes que ela pudesse explicar, ele se apressou com uma majestade crescente de modos: – Não responda! Eu entendi; eu entendo. Quando você falou de liberdade há pouco, eu me enganei por um momento; honestamente admito que me enganei ao pensar que, depois do seu casamento miserável, você iria preferir laços mais discretos... uma aparente independência que deixaria ambos... eu digo *aparente*, pois da minha parte nunca houve a menor vontade de esconder..., mas se me enganei, se, ao contrário, o que você deseja é... é aproveitar sua liberdade para regularizar nosso... nossa relação...

Ela não disse nada, não porque tivesse qualquer desejo de que ele completasse a frase, mas porque não encontrou nada para dizer. Para tudo o que concernia seu passado em comum, ela estava ciente de oferecer uma alma entorpecida. Mas seu silêncio evidentemente o deixou perplexo, e em sua perplexidade ele começou a perder o pé e a se debater em um mar de palavras.

– Lizzie! Você está me ouvindo? Se eu me enganei, quero dizer, e espero não estar acima de admitir que, às vezes, eu *posso* me enganar; se eu fui... ora, Meu Deus, minha querida, nenhuma outra mulher nunca me ouviu dizer essas palavras antes; mas aqui estou eu para amá-la e respeitá-la como diz o Livro! Ora, você não tinha percebido? Lizzie, olhe para mim...! *Estou te pedindo em casamento.*

Ainda, por alguns minutos, ela não respondeu, mas ficou olhando ao redor dela como se tivesse de súbito sentido presenças invisíveis entre eles. Por fim, ela deu uma risada débil, o que visivelmente desestabilizou o visitante.

– Eu não estou ciente – ele começou de novo – de ter dito algo particularmente risível... – ele parou e a examinou minuciosamente, como se tivesse sido decepcionado pela ideia de que poderia haver algo não muito normal... então, aparentemente tranquilizado, ele meio que murmurou a única frase que sabia dizer em francês: – *La joie fait peur...*[5] ahn?

Ela não pareceu ter escutado.

– Eu não estava rindo de você – ela disse –, mas apenas das coincidências da vida. Foi nesta sala que meu marido me pediu em casamento.

– Ah? – o pretendente pareceu duvidar educadamente do bom gosto ou da oportunidade de produzir essa reminiscência. Mas ele deu outra declaração de sua magnanimidade. – É mesmo? Mas, eu quero dizer, minha querida, não tinha como eu saber disso, não é? Se eu tivesse suposto que essa associação tão dolorosa...

– Dolorosa? – ela se voltou contra ele. – Uma associação dolorosa? Você acha que era a isso que eu me referia? – o volume de sua voz diminuiu. – Este cômodo é sagrado para mim.

Os olhos dela estavam fixos no rosto dele, que, talvez por causa de sua perfeição arquitetônica, parecia não ter a mobilidade necessária para seguir esse salto de pensamento. Ele era muito ostensivamente um edifício sólido, não uma tenda nômade. Prest lutou contra o orgulho abalado, elevou-se novamente à nobreza brincalhona e murmurou:

– Anjo compassivo!

---

5 Em francês, "a alegria dá medo". [N. T.]

— Oh, compassivo? Com quem? Você acha... eu alguma vez disse alguma coisa que o tenha feito duvidar da verdade do que estou dizendo?

As sobrancelhas dele franziram: seu humor estava alterado.

— *Disse* alguma coisa? Não – ele insinuou ironicamente; então, com um mergulho apressado após a tolerância perdida, acrescentou com uma leveza requintada: – Seu tino foi perfeito... como sempre. Eu invariavelmente lhe fiz essa justiça. Ninguém poderia ter sido tão completamente uma... uma dama. Eu nunca deixei de admirar sua boa educação ao evitar fazer qualquer referência ao seu... à sua outra vida.

Ela o enfrentou com firmeza.

— Bem, aquela outra vida *era* minha vida; minha única vida! Agora você sabe disso.

Houve um silêncio. Henry Prest sacou um lenço monogramado e o passou sobre os lábios secos. Enquanto o fazia, uma lufada de sua *eau de cologne* chegou até ela, e Lizzie estremeceu um pouco. Era evidente que ele estava procurando o que dizer em seguida; perguntando-se, um pouco impotente, como recuperar o controle perdido da situação. Ele por fim induziu suas feições a novamente produzir um sorriso persuasivo.

— Não sua *única* vida, querida – ele a repreendeu.

Ela o refutou instantaneamente.

— Sim, isso era o que você achava: porque eu decidi que você deveria achar.

— Você decidiu...? – o sorriso se tornou incrédulo.

— Oh, deliberadamente. Mas eu suponho não ter nenhuma desculpa que você não detestaria ouvir... por que não concluímos agora?

— Concluímos... essa conversa? – seu tom soou ofendido. – É claro que não desejo me impor...

Ela o interrompeu com a mão levantada.

— Concluímos para sempre, Henry.

— Para sempre? – ele a olhou fixamente e engoliu em seco, como se estivesse sufocando. – Para sempre? Você está mesmo...? Você e eu? Isso é sério, Lizzie?

– Absolutamente. Mas se você prefere ouvir... o que talvez seja apenas doloroso...

Ele se endireitou, jogou os ombros para trás e disse com a voz incerta:

– Espero que você não me tome por covarde.

Ela não deu nenhuma resposta direta, mas continuou:

– Bem, então você achou que eu o amava, eu suponho...

Ele sorriu outra vez, reviveu o bigode com uma torção ligeira e deu de ombros de forma quase imperceptível.

– Você... ah... conseguiu criar a ilusão...

– Oh, bem, sim: uma mulher *consegue*... com tanta facilidade! É disso que os homens normalmente se esquecem. Você achou que eu era uma amante apaixonada; e eu era apenas uma prostituta cara.

– Elizabeth! – ele engasgou, agora pálido até as pálpebras avermelhadas. Ela viu que a palavra ferira mais do que o orgulho dele e que, antes de perceber o insulto a seu amor, ele estava estremecendo com a ofensa a seu gosto. Amante! Prostituta! Essas palavras eram proibidas. Ninguém reprovava mais do que Henry Prest a grosseria no linguajar das mulheres; um dos maiores encantos da sra. Hazeldean (como ele acabara de contar a ela) tinha sido sua maneira de permanecer, "apesar de tudo", de forma tão inefável, "uma dama". Ele olhou para ela como se uma nova dúvida acerca de sua sanidade o tivesse assaltado.

– Devo continuar? – ela sorriu.

Ele abaixou a cabeça de maneira desajeitada.

– Ainda não consigo entender qual o propósito de me fazer passar por idiota.

– Bem, então, foi como eu disse. Eu queria dinheiro: dinheiro para o meu marido.

Ele umedeceu os lábios.

– Para o seu marido?

– Sim; quando ele começou a ficar muito doente; quando precisou de conforto, luxo, da oportunidade de escapar. Ele me salvou, quando eu era uma garota, da humilhação e da miséria inenarráveis. Mais ninguém levantou um dedo para me ajudar;

ninguém da minha própria família. Eu não tinha nem um centavo, nem um amigo. A sra. Mant tinha ficado cansada de mim e estava tentando encontrar uma desculpa para me dispensar. Oh, você não sabe o que uma garota tem que aturar; uma garota sozinha no mundo, que para ter roupas, comida e um teto sobre a cabeça depende dos caprichos de uma velha vaidosa e excêntrica! Foi porque *ele* sabia, porque ele entendeu, que se casou comigo... ele me tirou da miséria para a alegria suprema. Ele me pôs acima de todos eles... me pôs a seu lado. Eu não me importava com nada a não ser isso; não me importava com dinheiro ou liberdade; eu só me importava com ele. Eu o teria seguido até o deserto; eu teria caminhado descalça para estar com ele. Teria morrido de fome, mendigado, feito qualquer coisa por ele: *qualquer coisa*. – ela parou, sua voz se perdeu em um soluço. Ela não estava mais ciente da presença de Prest: toda a sua consciência foi absorvida pela visão que ela tinha evocado. – Era *ele* quem se importava, quem queria que eu fosse rica, independente e admirada! Ele queria me cobrir de tudo: durante os primeiros anos, eu praticamente não consegui persuadi-lo a guardar dinheiro o suficiente para si mesmo... e então ele adoeceu; e conforme ele piorava e aos poucos abandonava os negócios, sua renda diminuía, até cessar completamente; e, ao mesmo tempo, novas despesas se acumulavam: enfermeiras, médicos, viagens; e ele ficou assustado; assustado não por ele mesmo, mas por mim... e o que eu deveria fazer? Eu tinha que pagar pelas coisas de algum jeito. No primeiro ano, consegui adiar o pagamento; depois, emprestei pequenas quantias aqui e ali. Mas não dava para continuar assim. E o tempo inteiro eu tinha que continuar bonita e parecer próspera ou então ele começava a se preocupar e a pensar que estávamos arruinados, perguntando-se o que seria de mim se ele não melhorasse. Quando você apareceu, eu estava desesperada... eu teria feito qualquer coisa, qualquer coisa! Ele achou que o dinheiro vinha da minha madrasta portuguesa. Ela realmente era rica, é verdade. Infelizmente, meu pobre pai tentou investir o dinheiro dela e perdeu tudo; mas logo que eles se casaram, ela me enviou mil dólares; e todo o resto, tudo o que você me deu, eu somei a essa quantia.

Ela parou, ofegante, como se a história tivesse chegado ao fim. Gradualmente sua consciência das coisas presentes voltou e ela viu Henry Prest, como se estivesse longe, uma pequena figura indistinta assomando em meio à névoa de seus olhos turvos. Pensou consigo mesma: "Ele não acredita em mim", e o pensamento a enfureceu.

– Você imagina, eu suponho – ela recomeçou – que uma mulher não deveria ousar confessar esse tipo de coisa sobre ela mesma...

Ele limpou a garganta.

– Sobre ela mesma? Não; talvez não. Mas sobre o marido dela, talvez.

O sangue subiu para a cabeça dela.

– Sobre o marido dela? Mas você não se atreve a pensar...?

– Você não me deixa – ele respondeu friamente – nenhuma outra inferência a fazer. – Ela ficou pasma, e ele acrescentou: – De qualquer forma, isso certamente explica sua extraordinária frieza... coragem, era o que eu costumava pensar que isso era. Percebo que eu não precisava ter tomado essas precauções.

Ela ponderou.

– Você acha, então, que ele sabia? Você acha, talvez, que eu sabia que ele sabia? – ela ponderou dolorosamente de novo, e então seu rosto se iluminou. – Ele nunca soube, nunca! Isso é o suficiente para mim... e, para você, não importa. Pense o que quiser. Ele foi feliz até o fim: isso é tudo que me importa.

– Não há nenhuma dúvida acerca da sua franqueza – ele disse com os lábios contraídos.

– Não há mais nenhuma razão para não ser franca.

Ele pegou o chapéu e estudou cuidadosamente o forro; em seguida, pegou as luvas que havia colocado em seu interior e as puxou com delicadeza por entre as mãos. Ela pensou: "Graças a Deus, ele está indo embora!"

Mas ele colocou o chapéu e as luvas sobre a mesa e se aproximou um pouco mais dela. Seu rosto parecia tão devastado quanto o de um folião ao amanhecer.

– Você... não deixa absolutamente nada para a imaginação! – ele murmurou.

– Eu disse que era inútil – ela começou; mas ele a interrompeu.
– Nada, quero dizer... se eu acreditasse em você. – ele umedeceu os lábios novamente e deu batidinhas neles com o lenço. Mais uma vez, ela sentiu o sopro de *eau de cologne*. – Mas eu não acredito! – ele proclamou. – Lembranças demais... muitas... provas, minha querida... – ele parou, sorrindo um tanto convulsivamente. Ela viu que ele imaginou que o sorriso a acalmaria.

Ela ficou em silêncio, e ele retomou, mais uma vez, como se apelando a ela contra seu próprio veredicto: – Sou mais esperto do que isso, Lizzie. Apesar de tudo, eu *sei que você não é esse tipo de mulher*.

– Eu aceitei seu dinheiro...

– Como um favor. Eu sabia das dificuldades da sua posição... eu entendi completamente. Eu imploro a você para nunca mais aludir a... tudo isso. – Ocorreu a ele que qualquer coisa seria mais suportável do que pensar que tinha sido um tolo, e um de dois tolos! Esse papel não era algo que ele pudesse aceitar ter desempenhado. Seu orgulho estava armado para defendê-la, não tanto por ela, mas para seu próprio bem. A descoberta deu a ela uma sensação desconcertante de impotência; contra essa autossuficiência impenetrável, todas as suas afirmações poderiam ser gastas em vão. – Nenhum homem que teve o privilégio de ser amado por você poderia, nem por um momento...

Ela ergueu a cabeça e olhou para ele.

– Você nunca teve esse privilégio – ela o interrompeu.

O queixo dele caiu. Ela viu seus olhos passarem de uma súplica inquieta para uma raiva fria. Ele deu um pequeno grunhido inarticulado antes de a voz voltar.

– Você não mede esforços para se degradar diante de mim.

– Não estou me degradando. Estou dizendo a verdade. Eu precisava de dinheiro. Não sabia como consegui-lo de outro jeito. Você estava disposto a dá-lo... pelo que você chama de privilégio...

– Lizzie – ele interrompeu solenemente –, não continue! Eu acredito que faço parte de todos os seus sentimentos; eu acredito que sempre fiz. Numa natureza tão sensível, tão hipersensível, há momentos em que todos os outros sentimentos são varridos pelos escrúpulos... por esses escrúpulos, eu só posso honrá-la ainda mais. Mas não ouvirei nenhuma outra palavra agora. Se eu permitisse que você continue no seu estado atual de... exaltação nervosa... você seria a primeira a lamentar... desejo esquecer tudo o que você disse... desejo olhar para a frente, não para trás... – ele endireitou os ombros, respirou fundo e a fitou com um olhar de confiança recuperada. – Você me conhece muito pouco se acredita que eu poderia desapontá-la *agora*!

Ela o olhou de volta com uma firmeza cansada.

– Você é gentil... você quer ser generoso, tenho certeza disso. Mas você não vê que eu *não posso* me casar com você?

– É só o que eu vejo, no ímpeto natural do seu remorso...

– Remorso? Remorso? – ela interrompeu com uma risada. – Você acha que eu sinto algum remorso? Eu faria tudo de novo amanhã pela mesma pessoa! Consegui o que queria: dei a ele aquele último ano, um último ano bom. Foi o alívio da ansiedade que o manteve vivo, que o manteve feliz. Oh, ele *foi* feliz, eu sei disso! – ela se virou para Prest com um sorriso estranho. – Eu o agradeço por isso... eu não sou ingrata.

– Você... você... *ingrata*? Isso... é realmente... indecente... – ele pegou o chapéu de novo e ficou no meio da sala como se estivesse esperando ser acordado de um pesadelo.

– Você está... rejeitando uma oportunidade – ele começou.

Ela fez um leve movimento de consentimento.

– Você percebe? Ainda estou preparado para, para ajudá-la, se você... – ela não respondeu, e ele continuou: – Como você espera viver, já que optou por mencionar essas considerações?

– Eu não me importo com a forma como vivo. Eu nunca quis o dinheiro para mim mesma.

Ele ergueu uma mão depreciativa.

– Oh, não, *outra vez*! A mulher com quem eu pretendia... – de repente, para sua surpresa, ela viu um brilho de umidade nas pálpebras inferiores de Prest. Ele aplicou o lenço contra elas e o sopro de perfume deteve seu impulso momentâneo de compunção. Aquela água-de-colônia! Ela evocava imagem após imagem com uma precisão horrível. – Bem, valeu a pena – ela murmurou com firmeza.

Henry Prest devolveu o lenço ao bolso. Ele esperou, olhou de relance para o cômodo, voltou-se novamente para ela.

– Se sua decisão é definitiva...
– Oh, definitiva!

Ele se curvou.

– Há mais uma coisa... que eu provavelmente teria mencionado se você tivesse me dado a oportunidade de vê-la depois... depois do último dia de Ano-Novo. Algo que eu preferi não registrar por escrito...

– Sim? – ela questionou, indiferente.

– Seu marido, você está totalmente convencida de que ele não percebeu nada... naquele dia?

– Nada.

– Bem, outras pessoas, ao que parece, perceberam. – Ele parou. – A sra. Wesson nos viu.

– Eu imaginei que sim. Eu me lembro agora que ela se esforçou para me evitar aquela noite na casa da sra. Struthers.

– Exatamente. E ela não foi a única pessoa que nos viu. Se as pessoas não tivessem sido desarmadas pelo adoecimento do seu marido naquele mesmo dia, você teria sido... ostracizada. – Ela não fez nenhum comentário, e ele insistiu com um último esforço: – No seu luto, na sua solidão, você ainda não percebeu como o futuro vai ser... difícil. É disso que eu queria protegê-la; era esse meu objetivo ao pedi-la em casamento. – Ele se levantou e sorriu como se olhasse para o próprio reflexo em um espelho, e pensou nele de forma positiva. – Um homem que tenha tido o infortúnio de comprometer uma mulher está vinculado à honra; mesmo se minha própria inclinação não fosse a que é, eu consideraria...

Ela se virou para ele com um sorriso suavizado. Sim, ele realmente tinha se levado a acreditar que estava pedindo Lizzie em casamento para salvar a reputação dela. Ao vislumbrar os axiomas velhos e banais nos quais ele de fato acreditava que sua conduta se baseava, ela sentiu mais uma vez seu distanciamento da vida para a qual ele a teria levado de volta.

– Meu pobre Henry, você não percebe que eu superei as sras. Wesson? Se toda a Nova York quiser me ostracizar, deixe-a! Eu tive meu auge... nenhuma mulher tem mais de um. Por que eu não deveria ter que pagar por isso? Estou pronta.

– Meu Deus! – ele murmurou.

Ela estava ciente de que ele havia feito seu último esforço. A ferida que ela infligira tinha acertado o ponto mais vital; ela o impedira de ser magnânimo, e a lesão era imperdoável. Ele estava satisfeito, sim, realmente satisfeito agora por deixá-la saber que Nova York tinha a intenção de excluí-la; mas não importava o quanto ela lutasse, ela não conseguia se importar com esse fato ou com o prazer secreto que Prest tirava dele. Os próprios prazeres secretos de Lizzie ultrapassavam o alcance de Nova York e o dele.

– Sinto muito – ela reiterou gentilmente. Ele se curvou, sem tentar pegar sua mão, e saiu da sala.

Quando a porta se fechou, ela o acompanhou com um olhar fixo e confuso. "Ele está certo, eu suponho; eu ainda não me dei conta..." Ela ouviu a porta externa se fechar e se jogou no sofá, pressionando as mãos contra os olhos doloridos. Naquele momento, pela primeira vez, ela se perguntou como seria o dia seguinte e o próximo...

– Se ao menos eu gostasse mais de ler – ela lamentou, lembrando-se de como havia tentado, em vão, adquirir os gostos do marido e de como ele sorria, com gentileza e bom humor, para seus esforços. – Bem... sempre haverá os jogos de cartas; e, quando eu envelhecer, tricô e paciência, suponho. E, se todo mundo me excluir, não vou precisar de nenhum vestido de festa. Isso será uma economia, de qualquer forma – ela concluiu com um pequeno arrepio.

VII

... "Ela era *má*... sempre foi. Eles costumavam se encontrar no Hotel Fifth Avenue."

Devo voltar agora a essa frase de minha mãe; a frase da qual, no início de minha narrativa, me afastei por um tempo para projetar mais vividamente na cena aquela visão ansiosa e comovente de Lizzie Hazeldean: uma visão na qual as lembranças de meu único vislumbre de menino foram reunidas com pistas coletadas posteriormente.

Quando minha mãe proferiu seu julgamento condenatório, eu era um jovem de 21 anos recém-formado em Harvard e novamente em casa, sob o teto da família em Nova York. Fazia muito tempo que eu não ouvia falar da sra. Hazeldean. Eu tinha estado fora, na escola e em Harvard durante a maior parte do tempo, e nas férias ela provavelmente não era considerada um assunto apropriado para conversações, especialmente agora que minhas irmãs se sentavam à mesa.

De qualquer forma, eu tinha esquecido de tudo o que já coletara sobre ela quando, na noite seguinte ao meu retorno, meu primo Hubert Wesson, agora me ultrapassando em altura como um pilar do Clube Knickerbocker e uma autoridade definitiva nos caminhos do mundo, sugeriu que nos juntássemos a ela na ópera.

– A sra. Hazeldean? Mas eu não a conheço. O que ela achará disso?

– Que está tudo bem. Venha comigo. É a mulher mais alegre que eu conheço. Voltaremos mais tarde e cearemos com ela; é a casa mais alegre que eu conheço. – Hubert torceu um bigode tenso.

Estávamos jantando no Knickerbocker, para o qual eu acabara de ser eleito, e a garrafa de Pommery que estávamos terminando me fez pensar que nada poderia ser mais adequado para dois homens do mundo do que terminar a noite no camarote da mulher mais alegre que Hubert conhecia. Tateei meu bigode, dei uma volta no vazio e o segui, depois de deslizar meticulosamente a manga do sobretudo em volta de meu chapéu de seda como eu o vira fazer.

Mas, uma vez no camarote da sra. Hazeldean, eu era apenas um menino crescido de novo, banhado nos mesmos rubores como costumava, na mesma idade, visitar Hubert, esquecendo que tinha um bigode para girar e derrubando meu chapéu do cabide em que eu tinha acabado de pendurá-lo, com a atitude zelosa de pegar um programa que ela não tinha deixado cair.

Pois ela era de fato muito encantadora: formidavelmente muito encantadora. Eu já estava acostumado à mera beleza não adjetivada, do tipo que a juventude e os espíritos derrubam como um véu favorável sobre características comuns, um perfil mediano e uma alegria sem sentido. Mas essa era calculada, realizada, finalizada... e um pouco desgastada. Ela me assustou com meu primeiro vislumbre da infinidade da beleza e da multiplicidade de suas armadilhas. O quê? Existiam mulheres que não precisavam temer pés de galinha, que eram mais bonitas por ser pálidas, que podiam deixar um ou dois fios de cabelo prateados aparecerem entre os escuros e que tinham olhos que meditavam por dentro enquanto sorriam e conversavam? Mas nenhum jovem estava seguro nem por um segundo! Portanto, o mundo que eu tinha conhecido até então tinha sido apenas um berçário aquecido e cor-de-rosa, enquanto este novo mundo era um lugar de escuridão, perigos e encantos...

Foi no dia seguinte que uma de minhas irmãs me perguntou onde eu tinha estado na noite anterior, e eu estufei o peito para responder à questão:

– Com a sra. Hazeldean... na ópera.

Minha mãe olhou para cima, mas não falou nada até que a governanta tivesse varrido as meninas da sala; então, disse, com os lábios comprimidos:

– Hubert Wesson o levou ao camarote da sra. Hazeldean?

– Sim.

– Bem, um jovem rapaz pode ir aonde ele quiser. Ouvi dizer que Hubert ainda está apaixonado; bem-feito para Sabina por não deixá-lo se casar com a filha mais nova dos Lyman. Mas não mencione a sra. Hazeldean outra vez na frente das suas irmãs... dizem que o marido dela nunca soube; eu suponho que, se ele *soubesse*, ela nunca teria recebido o dinheiro da velha srta. Cecilia Winter. – E foi então que minha mãe pronunciou o nome de Henry Prest e acrescentou aquela frase sobre o Hotel Fifth Avenue que de repente despertou minhas lembranças infantis...

Num relance, tornei a ver sob o véu que baixava rapidamente o rosto com os olhos expostos e o sorriso congelado e senti através de meu colete de adulto a facada em meu coração de menino e o murmúrio solto de minha alma; senti tudo isso e, ao mesmo tempo, tentei relacionar aquele rosto anterior, tão fresco e claro apesar da angústia, ao semblante sorridente e cauteloso da "mulher mais alegre que conheço" de Hubert. Eu estava familiarizado com o uso indiscriminado que Hubert fazia de seu único adjetivo e não esperava achar a sra. Hazeldean "alegre" no sentido literal: no caso da senhora por quem ele por acaso estava apaixonado, o epíteto simplesmente significava que ela justificava a escolha dele. No entanto, ao comparar o rosto anterior da sra. Hazeldean com esse, tive minha primeira ideia do que podia acontecer nos longos anos entre a juventude e a maturidade e de como a distância que eu tinha percorrido naquela misteriosa jornada tinha sido curta. Se ao menos ela me tomasse pela mão!

Eu não estava completamente despreparado para o comentário de minha mãe. Não havia nenhuma outra dama no camarote da sra. Hazeldean quando nós entramos; nenhuma se juntou a ela durante a noite e nossa anfitriã não ofereceu nenhuma desculpa para seu isolamento. Na Nova York de minha juventude, todos sabiam o que pensar de uma mulher que era vista "sozinha na ópera"; se a sra. Hazeldean não era abertamente classificada com Fanny Ring, nossa única "profissional" conspícua, era porque, por respeito à sua origem social, Nova York preferia evitar tais justaposições. Jovem como eu era, eu conhecia essa lei social e tinha adivinhado, antes de a noite acabar, que a sra. Hazeldean não era uma senhora a quem outras senhoras visitavam, embora ela não fosse, por outro lado, uma senhora a quem era proibido mencionar a outras senhoras. Então eu a mencionei, vangloriando-me.

Nenhuma senhora aparecia na ópera com a sra. Hazeldean; mas uma ou duas apareceram para o jantar alegre anunciado por Hubert, um entretenimento cuja alegria consistia em uma boa dose de brincadeiras inofensivas acompanhadas de patos grelhados e aipo e o melhor dos champanhes. Essas mesmas senhoras, eu as encontrei algumas vezes na casa dela depois. Elas eram, em sua maioria, mais jovens do que a anfitriã e, ainda assim, embora de forma precária, faziam parte do âmbito social: criaturas bastante triviais, entediadas com uma prosperidade monótona e ansiando por alegrias ilegais como cigarros, conversas francas e uma viagem de volta para casa durante a madrugada com o rapaz do momento. Mas esses espíritos ousados eram escassos na velha Nova York; suas aparições, infrequentes e um tanto furtivas. O grupo da sra. Hazeldean consistia principalmente de homens, homens de todas as idades, desde seus contemporâneos carecas ou de cabelos grisalhos até os jovens da idade cultivada de Hubert e os novatos brutos da minha.

Uma dignidade e decência grandiosas prevaleciam em seu pequeno círculo. Não era a respeitabilidade opressiva que pesa sobre a reformada *déclassée*,[6] mas o ar de tranquilidade transmitido por uma mulher distinta que se cansara da sociedade e fechara as portas para todos, exceto para as pessoas íntimas. Sempre sentíamos, na casa de Lizzie Hazeldean, que a qualquer momento a avó e as tias de qualquer um de nós poderiam ser anunciadas; e, no entanto, com uma certeza tão agradável, sabíamos que não seriam.

O que há na atmosfera dessas casas que as torna tão encantadoras para uma juventude detalhista e imaginativa? Por que "aquelas mulheres" (como as outras as chamam) sozinhas sabem como deixar à vontade os desajeitados, controlar a intimidade, sorrir um pouco do excesso de conhecimento e, ainda assim, estimular a naturalidade em tudo? A diferença de atmosfera é sentida já na porta de entrada. As flores crescem de um jeito diferente em seus vasos, os abajures e poltronas encontraram uma maneira mais inteligente de se encaixar, os livros sobre a mesa são exatamente aqueles que ansiamos por pegar. O flerte mais perigoso pode não estar no modo como a mulher arruma o vestido, mas no modo como ela arruma a sala de estar; e nessa arte a sra. Hazeldean se destacava.

Eu falei de livros; mesmo naquela época, eles geralmente eram os primeiros objetos a me atrair em uma sala, qualquer que fosse a beleza que ela contivesse; e eu me lembro de, na noite daquele primeiro "jantar alegre", ter feito uma pausa espantada

---

6 Em francês, desclassificada, desqualificada. [N. T.]

diante das prateleiras repletas que ocupavam uma parede da sala de estar. O quê! A deusa lia, então? Ela podia nos acompanhar naqueles voos também? Liderar um deles, sem dúvida? Meu coração batia alto...

Mas eu logo eu soube que Lizzie Hazeldean não lia. Ela virava, nada languidamente, até mesmo as páginas do último romance de Ouida: e eu me lembro de ter visto a *Nova República* de Mallock sem cortes sobre sua mesa por semanas. Não demorei muito a fazer a descoberta: logo em minha visita seguinte ela percebeu meu olhar de surpresa dirigido às férteis estantes, sorriu, corou um pouco e reagiu com a confissão: – Não, não consigo lê-los. Eu tentei... eu *tenho* tentado, mas os impressos me deixam com sono. Até os romances... – "eles" eram os tesouros acumulados da poesia inglesa e uma rica e variada seleção de história, crítica, cartas, em inglês, francês e italiano; ela falava essas línguas, eu sabia... livros evidentemente reunidos por um leitor sensível, abrangente e variado. Estávamos sozinhos naquele momento, e a sra. Hazeldean continuou em um tom mais baixo: – Eu mantive apenas os poucos dos quais ele gostava mais... meu marido, você sabe. – Era a primeira vez que o nome de Charles Hazeldean tinha sido mencionado entre nós, e minha surpresa foi tão grande que meu rosto cândido deve ter refletido o rubor das bochechas dela. Eu achava que mulheres em sua situação evitavam aludir aos maridos. Mas ela continuou a olhar para mim melancolicamente, com humildade, quase como se houvesse algo mais que ela queria dizer e estava intimamente me suplicando para entender.

– Ele era um grande leitor: um estudioso. E ele se esforçou tanto para me fazer ler também... ele queria compartilhar tudo comigo. E eu *realmente* gostava de poesia, de alguma poesia, quando ele lia em voz alta para mim. Depois de sua morte, pensei: "Restarão seus livros. Posso voltar para eles: vou encontrá-lo lá". E eu tentei; oh, tão difícil..., mas não adianta. Eles perderam o significado... como a maioria das coisas. – Ela se levantou, acendeu um cigarro, empurrou um tronco na lareira. Senti que ela estava esperando que eu falasse. Se a vida tivesse apenas me ensinado como responder a ela, o que havia de sua história que eu poderia não ter aprendido? Mas eu era muito inexperiente; não conseguia me livrar da minha perplexidade. O quê! Essa mulher, de quem eu tive pena pelas misérias matrimoniais, que pareciam justificar sua busca por consolo em outro lugar; essa mulher conseguia falar de seu marido nesse tom! Percebi imediatamente que o tom não era fingido; e uma sensação confusa da complexidade ou do caos das relações humanas me manteve com a língua presa como um estudante que é subitamente apresentado a um problema que está além de seu alcance.

Antes que o pensamento tomasse forma, ela o lera e, com o sorriso que desenhava linhas tão tristes em volta de sua boca, tinha continuado alegremente: – O que você está planejando para hoje à noite, a propósito? O que você acha de ir ao *Black Crook*[7] com seu primo Hubert e uma ou duas outras pessoas? Tenho um camarote.

Era inevitável que não muito tempo depois dessa confissão sincera eu tivesse me convencido de que o gosto pela leitura era enfadonho em uma mulher e que um dos maiores encantos da sra. Hazeldean residia em sua liberdade de pretensões literárias. A verdade era, naturalmente, que isso residia na sinceridade dela; em sua avaliação humilde, mas destemida, de suas próprias qualidades e deficiências. Eu nunca tinha encontrado essa sinceridade em nenhuma outra mulher de qualquer idade e, tendo me acometido ainda na juventude e vestida com tais olhares e entonações, ela me salvou, anos depois, de todo o perigo de belezas mais cruéis.

Mas antes que eu viesse a compreender isso ou que eu adivinhasse o que me apaixonar por Lizzie Hazeldean faria comigo, eu tinha, de maneira totalmente involuntária e tola, me apaixonado. O caso acabou sendo, na perspectiva dos anos, apenas um incidente de nossa longa amizade; e, se eu toco nesse assunto aqui, é apenas para ilustrar outro dos dons de minha pobre amiga. Se ela não conseguia ler livros, era capaz de ler corações; e fixava um

---

7 Considerado um protótipo do musical moderno, é uma peça teatral musical escrita por Charles M. Barras (1826-1873) e Thomas Baker, e encenada pela primeira vez em 1866 na Broadway. [N. T.]

olhar brincalhão, porém compassivo, no meu enquanto ele ainda se debatia na inconsciência.

Eu me lembro de tudo como se fosse ontem. Estávamos sentados sozinhos na sala de estar, no crepúsculo de inverno, perto do fogo. Tínhamos alcançado (em sua companhia não era difícil) o grau de comunhão de quando a conversa amigável escorrega naturalmente para um silêncio mais amigável ainda, e ela pegara o jornal da noite enquanto eu fitava as brasas, zangado e mudo. Um pezinho emergindo debaixo de seu vestido balançou, eu me lembro, entre mim e o fogo, e parecia concentrá-la toda no arco de seu dorso...

– Oh – ela exclamou –, pobre Henry Prest... – Ela deixou cair o jornal. – A esposa dele morreu... pobre coitado – ela disse, simplesmente.

O sangue correu para minha cabeça: meu coração veio à boca. Ela o nomeara; nomeou-o finalmente, o amante infiel, o homem que a "desonrara"! Minhas mãos estavam fechadas: se ele tivesse entrado na sala, elas estariam em sua garganta...

E então, depois de um rápido intervalo, tive novamente a percepção humilhante e desanimadora de não entender: de ser muito jovem, muito inexperiente para saber. Essa mulher, que falava do marido traído com ternura, falava com paixão de seu amante infiel! E o fazia com tanta naturalidade quanto tinha falado sobre o outro, não como se essa caridade imparcial fosse uma atitude que ela se determinara a assumir, mas como se fosse parte da lição que a vida a ensinara.

– Eu não sabia que ele era casado – resmunguei por entre os dentes.

Ela ponderou distraidamente.

– Casado? Oh, sim; quando foi? No ano seguinte... – sua voz desceu de novo... – seguinte à morte do meu marido. Ele se casou com uma prima tranquila, que sempre fora apaixonada por ele, acho. Tiveram dois meninos. Você o conheceu? – ela perguntou abruptamente.

Eu assenti com dureza.

– Todo mundo sempre achou que ele nunca se casaria; ele mesmo dizia isso – continuou ela, ainda ausente.

Eu explodi:
- O... canalha!
- *Oh!* - ela exclamou. Comecei a me levantar, nossos olhos se encontraram e os dela se encheram de lágrimas de censura e compreensão. Sentamo-nos olhando um para o outro em silêncio. Duas das lágrimas transbordaram, ficaram penduradas em seus cílios, derreteram sobre suas bochechas. Continuei a olhar para ela com vergonha; então me levantei, puxei meu lenço e, tremendo, com reverência, como se tivesse tocado em uma imagem sagrada, eu as sequei.

Meu ato de amor não foi mais longe do que isso. Em outro momento, ela tinha planejado estabelecer uma distância segura entre nós. Ela não queria virar a cabeça de um menino; há muito tempo (ela me disse depois) essas diversões tinham deixado de excitá-la. Mas ela queria minha simpatia, queria-a violentamente: em meio aos vários sentimentos que estava ciente de despertar, ela me deixou ver que a simpatia, no sentido de uma compreensão emocionada, sempre tinha faltado.

- Mas então - ela acrescentou com ingenuidade - eu nunca tive certeza porque nunca contei minha história a ninguém. Só que tomo como certo que, se não contei, é mais por culpa *deles* do que minha... - ela sorriu meio depreciativamente, e meu peito inflou, reconhecendo a distinção. - E agora eu quero contá-la a *você* - ela começou.

Eu afirmei que meu amor pela sra. Hazeldean foi um breve episódio em nossa longa relação. Em minha idade, era inevitável que fosse assim. Um "rosto novo" logo apareceu, e sob sua luz vi minha velha amiga como uma mulher de meia-idade que estava ficando grisalha, com um sorriso mecânico e olhos assombrados. Mas foi no primeiro brilho de meu sentimento que ela tinha me contado sua história; e quando o brilho diminuiu e, à luz da tarde de uma longa intimidade eu julguei e testei as declarações dela, descobri que cada detalhe se encaixava no quadro anterior.

Eu tive minhas oportunidades; depois de contar a história, ela sempre queria recontá-la. Um desejo perpétuo de reviver o passado, uma necessidade perpétua de se explicar e se justificar; a satisfação desses dois desejos, uma vez que ela se permitiu satisfazê-los, se tornou o luxo de sua vida vazia. Ela a mantivera vazia: emocionalmente, sentimentalmente vazia desde o dia da morte do marido, já que o guardião de um templo abandonado podia continuar para sempre varrendo e cuidando do que já havia sido a morada de deus. Mas, tendo sido este dever cumprido, ela não tinha outro. Ela fizera uma coisa grandiosa ou abominável; classifique-a como quiser, ela tinha sido feita heroicamente. Mas não havia nada em Lizzie que a mantivesse naquela altura. Seus gostos, seus interesses, suas ocupações concebíveis, todos estavam no nível de uma domesticidade mediana; ela não sabia como criar para si mesma uma outra vida interior que estivesse em consonância com esse impulso sem precedentes.

Logo depois da morte do marido, uma de suas primas, a srta. Cecilia Winter da Washington Square, a quem minha mãe havia se referido, também tinha morrido e deixado para a sra. Hazeldean um belo legado. E, um ou dois anos mais tarde, a pequena propriedade de Charles Hazeldean sofreu a mudança favorável que se abateu sobre a realidade da Nova York dos anos 80. O patrimônio que ele tinha deixado para a esposa tinha dobrado, depois triplicado em valor; e ela se encontrou, depois de alguns anos de viuvez, em posse de uma renda abundante o suficiente para prover a ela todos os luxos que o marido tinha lutado tanto para lhe proporcionar. Era a ironia peculiar de seu destino estar protegida da tentação quando todo o perigo da tentação tivesse acabado; pois ela nunca, tenho certeza, teria estendido a ponta do dedo a qualquer homem para obter tais luxos para seu próprio prazer. Mas, se ela não valorizava o dinheiro por si mesmo, ela devia a ele, e o serviço talvez fosse maior do que ela imaginava, o poder de mitigar a solidão e preenchê-la com as distrações triviais sem as quais ela estava cada vez menos capaz de viver.

Ela tinha sido colocada no mundo, aparentemente, para divertir os homens e encantá-los; ainda assim, com seu marido morto e seu sacrifício realizado, ela teria preferido, tenho certeza, se fechar em uma atitude monumental e solitária, com pensamentos e buscas à altura de sua grande hora. Mas o que ela podia fazer? Ela não conhecia nenhuma outra forma de ganhar dinheiro exceto por seus encantos; e agora não conhecia nenhuma outra forma de preencher seus dias exceto com cartas e conversas e idas ao teatro. Nenhum dos homens que se aproximou dela ultrapassou a barreira amigável que ela opusera a mim. Disso eu tinha certeza. Ela não tinha barrado Henry Prest para substituí-lo: seu rosto ficou branco com a sugestão. Mas o que ela podia fazer, ela me perguntou; o quê? Os dias tinham de ser empregados de alguma forma; e ela era incurável, desconsoladamente sociável.

Assim ela viveu, em um celibato frio que passava por não sei que licença; assim ela viveu, afastada de todos nós, ainda precisando de nós tão desesperadamente, no íntimo fiel a seu único impulso elevado, mas tão incapaz de sintonizar seu comportamento diário com ele! E assim, no momento exato em que deixou de merecer a culpa da sociedade, ela se viu isolada e reduzida à condição de viúva "apressada" conhecida por seus jantares alegres.

Eu me debrucei perplexo sobre as profundezas de sua situação. O que mais, em qualquer um dos estágios de sua carreira, ela poderia ter feito, frequentemente me perguntava? Entre as jovens que agora crescem ao meu redor, não encontro nenhuma com imaginação suficiente para conceber a incapacidade desamparada da linda garota dos anos 70, a garota sem dinheiro ou vocação, colocada no mundo aparentemente só para agradar e desconhecedora de qualquer forma de se manter lá por seus próprios esforços. O casamento por si só poderia salvar essa garota da fome, a menos que por acaso ela topasse com uma velha senhora que queria que seus cachorros se exercitassem e seu jornal teológico fosse lido em voz alta para ela. Mesmo o dia de pintar rosas silvestres em leques, de colorir fotografias para "se parecerem" com miniaturas, de fabricar abajures e enfeitar chapéus para amigos mais afortunados, mesmo esse início precário de independência feminina ainda não tinha amanhecido. Era inconcebível para a geração de minha mãe que uma menina sem dote não fosse sustentada por seus parentes até que encontrasse um marido; e que, depois de tê-lo encontrado, ter de ajudá-lo a ganhar a vida era ainda mais inconcebível. A pequena sociedade autossuficiente daquela Nova York desaparecida não dava grande importância à riqueza, mas achava a pobreza tão desagradável que simplesmente não a levava em consideração.

Essas coisas advogavam a favor da pobre Lizzie Hazeldean, embora, para observadores superficiais, sua vida diária parecesse desmentir o pleito. Ela não tinha conhecido nenhuma outra forma de suavizar os últimos anos do marido a não ser sendo falsa com ele; mas, depois que ele morreu, ela expiou sua traição com uma rigidez de conduta pela qual não pediu qualquer recompensa a não ser sua própria satisfação interior. À medida que envelhecia e seus amigos se dispersavam, casavam-se ou eram mantidos distantes devido a um ou outro motivo, ela preenchia seu círculo esvaziado com uma mão menos meticulosa. Era possível encontrar em sua sala de estar homens enfadonhos, homens comuns, homens que obviamente iam lá porque não eram convidados para nenhum outro lugar e esperavam usá-la como um trampolim na escada social. Ela estava ciente da diferença: seus olhos diziam isso sempre que eu encontrava um desses recém-chegados instalado em minha poltrona; mas nunca, com palavras ou sinais, ela admitiu isso. Ela me disse uma vez: "Você acha que aqui é mais maçante do que costumava ser. A culpa é minha, talvez; acho que eu sabia como atrair melhor os meus velhos amigos". E em outro dia: "Lembre-se, as pessoas que você encontra aqui agora vêm por bondade. Eu sou uma velha e não analiso mais nada". Aquilo era tudo.

Ela ia mais assiduamente do que nunca ao teatro e à ópera; fazia para os amigos uma centena de serviços triviais; em sua ânsia de estar sempre ocupada, inventava atenções supérfluas, oprimia as pessoas oferecendo ajuda da qual não precisavam, às vezes beirava, com todo o seu tato, a dedicação dos desesperadamente solitários. Em seus jantarzinhos, ela nos surpreendia com flores requintadas e iguarias singulares. O champanhe e os charutos ficavam melhores conforme a qualidade dos convidados declinava; e, às vezes, quando o último desse grupo maçante se dispersava, eu costumava vê-la, entre os cinzeiros espalhados e os decantadores de licor, lançar um olhar furtivo para o reflexo no espelho com olhos abatidos que pareciam perguntar: "Será que mesmo *esses* voltarão amanhã?"

Eu deveria relutar em deixar o quadro neste momento; minha última visão dela é mais satisfatória. Eu tinha estado ausente, viajando por um ano do outro lado do mundo; no dia em que voltei, passei por Hubert Wesson em meu clube. Hubert tinha ficado pomposo e pesado. Ele me chamou de lado e disse, ruborizando e olhando cautelosamente por sobre o ombro:

– Você tem visto nossa velha amiga, a sra. Hazeldean? Ela está muito doente, eu soube.

Eu estava prestes a começar com o "Eu soube"; então me lembrei de que em minha ausência Hubert havia se casado, e que sua cautela era provavelmente um tributo ao seu novo estado. Corri na mesma hora para a sra. Hazeldean; e, na entrada da casa, para minha surpresa, eu trombei com um padre católico que olhou seriamente para mim, curvou-se e desmaiou.

Eu não estava preparado para aquele encontro, pois minha velha amiga nunca tinha falado comigo de assuntos religiosos. O espetáculo da carreira de seu pai tinha presumivelmente abalado qualquer fé incipiente que havia nela; embora em sua infância, como ela sempre me dizia, ela tenha ficado tão profundamente impressionada com a eloquência do dr. Winter quanto qualquer membro adulto de seu rebanho. Mas agora, assim que pus meus olhos nela, entendi. Ela estava muito doente, estava visivelmente morrendo; e, em sua extremidade, o destino, nem sempre gentil, lhe enviara o consolo de que ela precisava. Será que tinha despertado nela alguma herança obscura de sentimento religioso? Será que ela se lembrara que seu pobre pai, depois de uma longa vida de vagabundagem mental e moral, tinha finalmente encontrado descanso no antigo grupo de fiéis? Eu nunca soube a explicação; ela mesma provavelmente nunca soube.

Mas ela sabia que tinha achado o que queria. Finalmente poderia falar de Charles, poderia confessar seu pecado, poderia ser absolvida dele. Desde que os jogos de cartas e ceias e conversas tinham acabado, que barreira mais abençoada ela poderia encontrar contra a solidão? Toda a sua vida, de agora em diante, era uma longa preparação para aquela hora diária de expansão e consolo. E então esse visitante misericordioso que a entendia tão bem podia também dizer a ela coisas sobre Charles: sabia onde ele estava, como ele se sentia, que requintadas atenções diárias ainda poderiam ser prestadas a ele e como, com toda a indignidade eliminada, ela poderia finalmente esperar alcançá-lo. O Paraíso jamais pareceria estranho se interpretado desse modo; todas as vezes que a vi, durante as semanas de seu desvanecer lento, ela se parecia cada vez mais como uma viajante com o rosto virado para casa, mas sorrindo resignada enquanto aguardava sua convocação. A casa já não parecia solitária, nem as horas tediosas; tinham até encontrado para ela, entre os livros que ela tantas vezes tinha tentado ler, aqueles livros que há muito olhavam para ela com rostos tão hostis, dois ou três (eles estavam sempre sobre a cama) que continham mensagens do mundo onde Charles a estava esperando.

Assim provida e conduzida, um dia ela foi até ele.

SOBRE O LIVRO

FORMATO
13,5 x 20 cm

MANCHA
23,8 x 39,8 paicas

TIPOLOGIA
Arnhem 10/13,5

PAPEL
Off-white 80 g/m² (miolo)
Cartão Supremo 250 g/m² (capa)

1ª EDIÇÃO EDITORA UNESP: 2021

EQUIPE DE REALIZAÇÃO

EDIÇÃO DE TEXTO
Silvia Massimini Felix (Copidesque)
Jennifer Rangel de França (Revisão)

PROJETO GRÁFICO E CAPA
Marcos Keith Takahashi (Quadratim)

IMAGEM DE CAPA
Ilustração de Edward C. Caswell para a
primeira edição de The Old Maid: The 'Fifties,
publicada por D. Appleton and Company, 1924

EDITORAÇÃO ELETRÔNICA
Arte Final

ASSISTÊNCIA EDITORIAL
Alberto Bononi
Gabriel Joppert

Coleção Clássicos da Literatura Unesp

Quincas Borba | Machado de Assis

Histórias extraordinárias | Edgar Allan Poe

A relíquia | Eça de Queirós

Contos | Guy de Maupassant

Triste fim de Policarpo Quaresma | Lima Barreto

Eugénie Grandet | Honoré de Balzac

Urupês | Monteiro Lobato

O falecido Mattia Pascal | Luigi Pirandello

Macunaíma | Mário de Andrade

Oliver Twist | Charles Dickens

Memórias de um sargento de milícias | Manuel Antônio de Almeida

Amor de perdição | Camilo Castelo Branco

Iracema | José de Alencar

O Ateneu | Raul Pompeia

O cortiço | Aluísio Azevedo

A velha Nova York | Edith Wharton

*O Tartufo * Dom Juan * O doente imaginário* | Molière

Contos da era do jazz | F. Scott Fitzgerald

O agente secreto | Joseph Conrad

Os deuses têm sede | Anatole France